傲王馴嬌 1

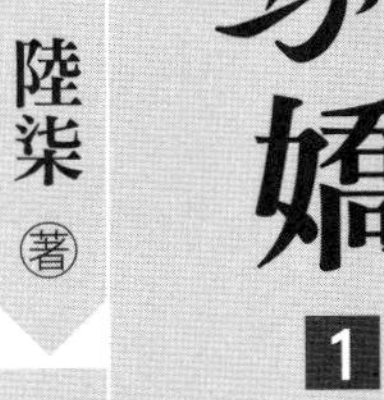

陸柒 著

目錄

序 …… 005
第一章 …… 007
第二章 …… 027
第三章 …… 049
第四章 …… 071
第五章 …… 091
第六章 …… 111
第七章 …… 133
第八章 …… 153
第九章 …… 173
第十章 …… 191
第十一章 …… 217
第十二章 …… 237
第十三章 …… 257
第十四章 …… 277
第十五章 …… 297

序

陸柒

敲下最後一個字時，我終於鬆了口氣。

總算是把這個故事完完整整地講完了！

落筆開始寫這個故事之前，我手頭上有不少於三個的故事哏，我要做的就是從這些哏當中選擇一個，完整地把故事呈現出來。

《傲王馴嬌》其實並不是我的首選，因為這個故事裡的女主角設定太過特別，她不是一名普通的姑娘。最終讓我下定決心寫下這故事，緣自於突然湧進腦海的一個疑問——如果一個人發現自己愛的姑娘並不是他以為的那樣，他會怎樣呢？

曾經有朋友在看到女主角設定時表示——愛上這種姑娘的人一定很辛苦！

辛苦嗎？我仔細地回想了一下男主角陸修琰的感情路，突然覺得，朋友說的可能是正確的！

愛上秦若蕖或許真的是陸修琰人生經歷的最大一次考驗。他的堅持、他的原則在她的面前一次又一次退讓，當他對長英說出那句「定會親手了結她，然後，再賠她一命」時，我突然開始心疼他，難得地反省是不是對他有點狠了？他本是天之驕子，可對著她，卻甘願墜成塵埃。陸修琰的愛其實很簡單，也很純粹，嚴格來說，單純的四姑娘更適合他，所以，在岳梁山上相處的那段日子，應該是他最快樂、最幸福的時光。他喜歡上了一位姑娘，而那姑娘也喜歡他。這種喜歡一日深過一日，哪怕後來這份感情一次又一次地打擊他的信念，可因為愛上了，也只能不離不棄。

願天底下所有的姑娘都能擁有這樣的「不離不棄」！

第一章

「……雖說妳非我親生，又自小由老夫人撫育，但好歹我也擔了妳一聲『母親』，有些話不得不說。不管如何，妳總是咱們四房唯一的姑娘，又是正經的嫡出，雖平日姊妹們常相處一起，可這嫡與庶是無論如何不能亂了……」

佈置得雅致又不失溫馨的屋內，一身石榴紅撒花長褙子的中年女子，端過白瓷梅花圖案茶杯細細地抿了一口，瞥了一眼站在跟前的小姑娘，嗓音平淡無溫，不疾不徐地道。

小姑娘年約十四、五歲，上著茶白對襟襦，下穿丁香色百褶裙，腰間繫著長條帶，一頭烏黑亮澤如緞的長髮簡單地挽成髻，雙手乖巧地在小腹前交握，頭微微垂著，幾綹髮絲柔柔地從耳後垂落，聞言偶爾低低地「嗯」一聲，一雙如含著兩汪秋水的明眸卻一眨也不眨地盯著中年女子身後花梨木方桌上的青釉花瓶。

往左挪了……約莫一、二、三，嗯，挪了三寸，得往右邊再挪回去。不行，還要再往前略挪一寸……她眨巴眨巴眼睛，心裡不停地嘀咕。

「……三丫頭不過庶出女，即便比妳年長，也絕不能越過妳去。有些事妳自個兒不在意，可卻是關係著四房的體面，總不能讓人覺得大房裡的一個姨娘養的，也比四房嫡女要尊貴……」

……先往右挪三寸，再往前挪一寸，不對不對，不夠一寸……

「……妳與姊妹們相處得融洽，姊妹情深，自然極好，可這分寸還須記著；若是別的倒也罷了，可那批錦緞是為妳們到楊府赴宴準備的，難不成妳一個堂堂嫡女，穿得倒還不如大房的庶女？這讓旁人如何看咱們秦府，如何看咱們四房，如何看我？」說到此處，秦四夫人周氏添了幾分惱意。

若非如此，她也懶得理會此事。對這繼女的事，她向來是當甩手掌櫃，不願多理會，反正老夫人將這丫頭當眼珠子般寵著、護著，雖說沒了親娘，親爹也是諸事不理的，但府裡從不曾有人敢怠慢她。對她來說，一個小丫頭片子，還是個頗有些傻呆樣的，將來給副嫁妝便算是全了「母女情分」，別的自是再也沒有了。

秦若蕖下意識又「嗯」了一聲，猛然間福至心靈，眼珠子轉了轉，繞著圓木桌轉了半圈來到周氏身旁，一面麻利地拿起茶壺為周氏續了茶水，一面乖巧地應道：「母親教訓得是。母親請用茶。」

趁著周氏接茶的時機，她微微退開一步，動作飛快地將身後方桌上擺放的青釉花瓶往右再往前挪了挪，再若無其事地退回原處。

只是當她抬眸再望向那花瓶時，不禁懊惱地輕敲了額頭一記。

挪過頭了！

周氏見狀皺了皺眉頭，有幾分不悅地道：「妳這是做什麼？難不成我還說錯妳了？」

秦若蕖忙道：「不是不是，母親說得句句在理，是若蕖行事不周。」

周氏定定地望著她，見那張猶帶幾分稚氣的臉龐盡是一片真誠，不含半分假意。可就是這樣的一張臉，十足像極了那個人，那個讓她耗費了將近十年光陰都無法徹底抹去痕跡的人。

心中不由生出幾分煩躁，她怕自己再對著這張臉會克制不住那股想毀滅的衝動。

「便這樣吧，妳的事向來也由不得我多管。」匆匆扔下這一句後，她起身舉步，在身後的恭送聲中離開了。

「四夫人怎麼來了？」捧著漿洗乾淨的衣物進來的青玉，不解地問。

秦若蕖拍拍手，望著那個終於被她不差毫釐地挪回原位的花瓶，不以為然地回答。「還不是為了那疋錦緞。」

青玉了然，難怪呢！

又聽秦若蕖問：「妳怎地回來了？嵐姨呢？」

她無奈地笑笑。「嵐姨不放心小姐，讓我回來伺候呢！」

「我又不是小孩子，何須時時有人伺候？再說，這院裡伺候的人還算少嗎？值得讓妳巴巴地回來。」秦若蕖撇撇嘴。

「人自是不少，可不差毫釐清楚知道這屋裡大小之物擺放位置的，卻只有青玉。」青玉戲謔。

見小姐咂咂嘴，而後嘀咕了幾句，她也聽不清楚，只是笑著提醒道：「這會兒小姐該往老夫人處去了，省得老夫人又讓人來喊。」

秦若蕖「啊」了一聲，再不敢多話，提著裙就往外走，出了房門，又走了半步，腳步突然停了下來，兩道細細的眉蹙了起來，猶豫片刻，猛地轉過身去，加快腳步又回了屋，三步併成兩步地來到那花梨木方桌前，眼睛一眨不眨地盯著那花瓶，又用手扶著細細比劃，繼而掏出帕子仔仔細細地擦拭一遍，終於心滿意足地點了點頭。

「沒錯，確實是分毫不差。」

青玉先是不解她的去而復返，但見她一連串的動作，又聽她這話，終忍不住「噗哧」一聲笑了出來。

「小姐就放心吧，青玉保證會認認真真、仔仔細細地將屋裡所有東西都檢查一遍，絕不讓它們亂了自個兒的位置。」

秦若蕖衝她抿嘴一笑，也不再多話，重提著裙子急急忙忙出了院門，徑直往秦府老夫人所在的榮壽院去了。

穿過小花園的圓拱門，踏上一道青石小道，迎面便見一名身著青袍的中年男子走過來。男子雖年約不惑，容貌瞧來卻不失俊朗，比之年輕一輩竟毫不遜色，加上那經過歲月沈澱的沈穩氣度，配上通身的書卷氣息，讓人見之忘俗。

秦若蕖原本輕快的腳步一滯，輕咬了咬唇瓣，遲疑須臾，方迎上前去行禮。

「爹爹。」

秦季勳神情一如既往的平靜冷淡，微微點了點頭便舉步欲離去。

「爹、爹爹，上回、上回女兒給您做的鞋子可適腳？」話語衝口而出，她下意識將下唇抿得更緊，一雙明亮的眼眸又忐忑、又期待地望向他。

「這些雜事府裡自有人張羅，妳只須好生孝順祖母，其餘諸事無須耗費過多心思。」不鹹不淡、無甚起伏的音調，一如之前的每一回。

秦若蕖的眸光一下便黯淡下來，絞著手指，垂著腦袋低低地應道：「……是，女兒知道了。」

秦季勳見狀，呼吸一窒，嘴唇蠕了蠕，終是移開視線，一言不發地邁步離開，直到了拐角處，他忍不住止步回身，望向那道纖細的身影。

對方渾身上下縈繞著的沮喪氣息，便是隔著老遠一段距離，彷彿也能感覺得到，讓他心口不禁為之一痛。

他合上眼眸深深地吸了口氣，再不敢多看。

榮壽院正房內，滿頭斑白的秦老夫人一面探著腦袋望向門外，一面不停地念叨著。「蕖丫頭呢？怎還不來？」

「來了、來了，我才要出去瞧瞧，遠遠便見四小姐正朝這邊過來。」王嬤嬤笑著進來，接替小丫鬟扶著老夫人道。

秦老夫人這才面露笑容，由著她扶自己在軟榻上坐下。

不過小片刻的工夫，外頭便響起熟悉的腳步聲，秦老夫人臉上笑容更盛了；只是當她看到耷拉著腦袋走進門來的秦若蕖時，稍一怔，瞬間便明白當中內情。

她若有還無地嘆了口氣，笑容斂了斂，衝著正向自己行禮請安的孫女伸出手去。「蕖丫頭，到祖母身邊來。」

秦若蕖「嗯」了一聲，小手搭上祖母的，在她身邊坐下，整個人窩進她的懷中，悶悶地喚了聲。「祖母。」

秦老夫人憐愛地摟著她輕輕搖，一如她小的時候。

她這個孫女兒一向是個心寬的，能讓她露出這副表情的，唯一人矣。

秦若蕖垂著眼簾。這些年來雖早清楚父親的冷淡性子，可每一回被這般冷待時，她仍會忍不住難過。明明小時候爹爹是那樣疼愛她，為什麼突然就變了呢？明明爹爹還是爹爹，她也還是她。

「祖母，長大一點都不好。」在最疼愛她的祖母胸前蹭了蹭，她落寞地道了一句。

是的，長大一點都不好，若是沒有長大，她還會是那個被爹爹捧在手心上疼愛的小丫頭；若是沒有長大，她的爹爹還會是那個慈愛溫和的爹爹，她的娘親、她的哥哥也還會在身邊……

秦老夫人聞言停下手中動作，掩住眼中的複雜，在她腮幫子上捏了一把，若無其事地笑斥道：「淨胡說，也不知是哪個丫頭當年總嚷嚷著要快快長大，長大了就可以孝順祖母，難不成這些話都是嘴上說說哄祖母高興的？」

秦若蕖抬眸噘嘴不依地抗議。「您明知道人家不是這個意思。」

「祖母年紀大了，猜不透小姑娘的心思。」秦老夫人故作無奈地搖搖頭，分明是故意要鬧她。

「才沒有，祖母一點都不老，阿薬也會一直孝順祖母。」秦若薬急急分辯。見孫女兒果如自己所料那般轉移了心思，再不糾結於父親的冷待，她暗暗鬆了口氣，陪著她東拉西扯地逗趣一陣。祖孫兩人言笑晏晏，彷佛方才那失落沮喪的氣息從來未曾存在過一般。

「到裡頭把衣裳整整，一會兒陪祖母到園子裡走走。」

秦若薬低頭打量蹭得有些縐褶的衣裙，又順了順頭髮，應了一聲後往次間去了。

「四夫人剛從攬芳院出來，青玉便被素嵐遣回去伺候，不到半盞茶的工夫，四小姐就往榮壽院來了，在花園荷池青石道上遇到了四老爺。」秦若薬離開後，一直靜靜地侍立一旁的中年僕婦上前低聲回道。

秦老夫人「嗯」了一聲，少頃，問：「她因為何事往攬芳院去？」

這個「她」指的自然是秦府四夫人，她的小兒媳周氏。

「昨日外頭送來一批錦緞，原本一疋流雲彩霞緞應是四小姐的，後來四小姐見三小姐喜歡，便與三小姐作了交換。」

秦老夫人不停轉動手中的佛珠，依舊一言不發。

中年僕婦見她不作聲，也不敢再說，躬身行禮後靜靜地退了出去。

只是片刻工夫，又有一名十三、四歲的丫鬟走進來稟道：「老夫人，二小姐、三小姐、五小姐、六小姐及七小姐來向您請安了。」

秦老夫人半閉著眼眸，淡淡地「嗯」了一聲，小丫鬟見狀行禮退出，緊接著便是一陣環珮相撞的悅耳響聲及細碎的腳步聲，寬敞的屋子裡很快便進來了幾名年齡、打扮各不相同的年輕女子，正是秦府年輕一輩的五位姑娘。

五位姑娘一字排開，站在左側首位的是年初剛訂下親事的秦二娘若珍，往右依次是三娘若蓮、五娘若芸、六娘若蓉和年方九歲的七娘若妍。

「孫女請祖母安。」異口同聲的嬌脆請安聲瞬間響了起來。

秦老夫人緩緩睜眼，視線往幾人身上隨意一掃，道：「都起來吧！」

幾位姑娘聞聲而起，年紀最小的秦七娘偷偷抬眸望了一眼又再度半閉著眼、轉動手中佛珠的老夫人，見那張長著皺褶的臉龐依然如記憶中的冷漠無溫，不禁有些敬畏地往身邊的六娘身後縮去。

秦六娘被她擠得有幾分心煩，可也不敢在此處放肆，只能暗暗瞪她一眼以示警告。七娘委屈地癟了癟嘴，也不敢再亂動。說來說去，她還是最怕到榮壽院來，比到爹爹處更怕。

還是二娘出聲打破了這難耐的沈默，只見她先是嚥嚥口水，努力揚著溫柔乖巧的笑容上前一步，福身道：「近日風大，孫女特意給祖母做了件抹額，您瞧瞧可適合？」

秦老夫人的視線落到她身上，望了一眼她雙手呈著的抹額，神色漸漸有幾分柔和。

「難得妳有這份孝心，祖母這兒伺候的人不少，妳親事將近，平日多忙著，閒來多調養身子，跟妳母親學學持家之道，日後也好盡妻子本分。」

秦二娘心中一喜，忙道：「祖母教導得是，只是孝順長輩也是晚輩本分，若珍不敢忘。」

站在她身側的秦三娘聞言暗自冷笑，鄙視地瞪了她一眼，只是也不敢多話。

「妳們的孝心祖母知道了，都回去吧！」秦老夫人又再次合上眼眸。

秦二娘還想再說，只是看著轉動佛珠、口中唸唸有詞的老夫人，到底不敢造次，只能心不甘、情不願地跟在秦三娘等人的身後離開。

秦若蕖從次間出來時，先是四下望了望，而後狐疑地問：「我方才在裡頭明明聽到二姊姊她們的聲音，怎地出來卻不見人？」

秦老夫人含笑望著她新換上的一襲水綠衣裙，不答反問：「好端端的怎換了衣裳？」

秦若蕖撓了撓鼻端，衝她露出個憨憨的笑容。「明柳姊姊讓我換上的，說是要穿來給祖母瞧瞧可好看。」

明柳是秦老夫人的貼身大丫鬟。

「好看，我家阿蕖怎麼穿都好看。」老夫人毫不吝嗇地誇讚道。

秦若蕖聞言，有幾分得意又有幾分害羞地抿了抿嘴。

「明日便穿這一身陪祖母到廟裡還願。」

「好。」

另一邊剛從榮壽院離開的五位姑娘，方出了正門，秦三娘便再忍不住嗤笑道：「有的人啊，也不瞧瞧自個兒的身分，好意思去和人家爭寵？」

「想來是想著討了祖母的好，能往嫁妝單子上添幾樣好東西唄。」秦五娘不甘落後，不屑地撇嘴道。

「哦……原來如此，怪道呢！」秦三娘拖長尾音，故作一臉的恍然大悟。

秦二娘又羞又氣，眼中泛著淚光，深深地吸了口氣，道：「從來不曾聽說晚輩孝敬長輩是『討好』，何況，我不是尊貴的嫡出之女，可兩位妹妹又何曾比我好多少？不過是五十步笑百步罷了。」

說畢，再不看兩人，頭也不回地邁步離開了。

一直默不作聲的秦六娘見狀忙小步跟上。

秦三娘與秦五娘對望一眼，均不自在地別開臉。要真論起來，她們與秦二娘一般無二，亦是庶出之女，唯一不同的是，她們各自的父親均是秦門嫡子，而秦家三房老爺秦叔楷，亦即二娘生父，卻非秦老夫人親生子，而是秦老太爺一名通房丫鬟所出。

夜幕低垂，秦府各處陸陸續續點起了燈，燈光一閃一閃，似是要與天上的點點繁星爭輝。

秦老夫人凝視著軟榻上熟睡的秦若蕖，眼神複雜又有幾分迷茫，良久，她低低地嘆道：「這孩子，長得越發像清筠了。」

聽她提及故去之人，一旁王嬤嬤呼吸一窒，還未接話，又聽對方似是自言自語地道：「只是沒有清筠的敏慧伶俐，不過這也挺好，世間難得糊塗，糊塗之人多有福氣……」

遠處隱隱響起一道更聲，本在睡夢中的秦若蕖猛然清醒，揉了揉雙眸，軟軟地道：「天黑了？阿蕖要回去了。」

秦老夫人止住她的動作，不贊同地道：「都快是大姑娘了，還像小娃娃一般愛揉眼睛。」頓了頓，試探著問：「外頭天都黑了，不如今晚就在祖母屋裡歇下？」

秦若蕖搖了搖頭，趿鞋下榻，很快便有丫鬟上前來為她整理衣裝。

「阿蕖先回去了，明日一早與祖母到廟裡去。」

秦老夫人無奈搖頭，卻也不堅持，轉身問明柳。「今日是誰跟來伺候？」

「回老夫人，是青玉。」

聽見是寶貝孫女兒身邊得力的青玉，她才放心地點了點頭，叮囑秦若蕖幾句，又細細吩咐進門來的青玉好生伺候，這才讓主僕倆離開。

秦府上下都知道，四小姐是從不肯在別處留宿的，哪怕是最疼愛她的老夫人，也無法將她留在榮壽院一個晚上。

走在往攬芳院的路上，帶有涼氣的晚風迎面撲來，讓仍有幾分困倦的秦若蕖清醒了些許，她輕掩櫻唇小小地打了個呵欠，問：「嵐姨可回了？」

「尚未，最早怕得明日晌午之後才能回得來。」青玉為她掖了掖斗篷，回道。

「哦……對了，明日一早我得陪祖母到廟裡還願。」

「曉得了，青玉會準備好一切的。」

「嗯，妳辦事我自是放心。」

主僕兩人妳一句、我一句地閒聊，途經四房正院，遠遠便見幾名僕婦或捧或抬著各式精緻擺設匆匆往正房去。

兩人對望一眼，秦若蕖嘀咕道：「東西換來換去，單是記擺放位置都能把人給記糊塗。」

青玉耳尖地聽到她這話，嘴角不禁微微上揚，心裡有些好笑，抬眸望望正院方向，笑容斂了下去，暗自冷笑一聲。

想來又是四夫人把屋裡的東西全砸了，不知這回又是哪個惹得她鳳顏大怒。也罷，終歸人家底子厚，隔三差五砸砸東西也不算什麼。

「平姨娘木訥老實，這些年本本分分從不敢違背夫人，而老爺的性子夫人怎會不知？最最是心善不過了，聽聞平姨娘抱恙，故才順道去瞧了瞧，轉頭便回來了，夫人如今這一鬧，保不定把老爺給推走了。」正屋內，四夫人身邊的梁嬤嬤輕聲勸著好不容易停下動作的主子。

周氏眼中含淚，臉上一片悲苦。「若是我能有個一男半女，何至於讓那些賤婢……」

梁嬤嬤聽罷，嘆了口氣。無子，確實是女子死穴，哪怕身分尊貴如四夫人。四老爺雖有一兒一女，沒奈何均是前頭那位所出，自家夫人又是個好強的，怎甘心落於人後？怎奈天不從人願，成婚至今未曾傳過好消息。

想著自己肚子不爭氣，抱個庶出的養在身邊也未嘗不可，特意挑了幾個安分的抬了妾送到老爺身邊伺候，可偏偏這幾個妾室也是不爭氣的。

「老爺這些年待夫人處處盡心，也不愛花兒、草兒，不像二姑爺——」

「二姊夫算個什麼東西？也配與季勳相提並論？他連給季勳提鞋都不配！」話未說完，周氏便冷笑一聲打斷道：「只是，浣平那賤人想來是舒心日子過久了，忘了誰才是她正經主子！」

次日一早，秦若蕖梳洗過後到正院向周氏請安，方進房門，便見父親前些年抬的妾室平姨娘正跪在屋內，而周氏端坐上首，面無表情地品著茶。

父親的妻妾之事她自然不會理會，上前依規矩行禮問安。

周氏照舊是不鹹不淡地訓導了幾句後便讓她離開了。

到了榮壽院老夫人處，祖孫兩人簡單地用了些膳食，便坐上往慈華寺的馬車。

慈華寺乃城中最大的一座寺廟，香火頗盛，往來之人亦多。秦老夫人算是寺裡的常客，馬車甫抵達，便有早在等候的小沙彌迎上前來，將秦府祖孫一行人迎進去。

秦若蕖陪著老夫人上了香，因老夫人要去聽住持大師講經，她覺得頗無聊，趁著沒人留意便偷偷溜了出去。

慈華寺位於慈華山半山腰，又正值春之時節，滿山奼紫嫣紅，花香鳥語，雖不及富貴人家裡頭的奇花異草，卻別有一番自然獨特之韻味。

因是自個兒偷偷溜出來的，身邊又沒帶著下人，她也不敢走遠，只是沿著大殿外不算遠的幾棵參天大樹繞了幾圈。

「長得可真夠高，不知坐到上面是什麼樣的感覺？怕是看所有人都成了螞蟻般大吧？」她仰著頭驚嘆道。

目光漸漸地移向不遠處，只見那綠得青翠、紅得嬌豔的一片片花草，在早晨輕風的吹拂下微微擺動，如同掀起的花浪，更似向她打著招呼。

一絲歡喜的笑容緩緩綻於唇畔，她忍不住加快腳步往那處去，直到鼻端縈繞著清新的芬芳，她彎下身子，摘了幾株猶帶著露珠的野花。

「摘回去讓祖母瞧瞧，再插在馬車的玉瓶裡，一路上聞著這香味也舒服些。」一面摘，一面自言自語地道。

突然，一陣急促的腳步聲隱隱約約地傳過來，她不由自主地停下動作，起身順著聲音響起之處望過去。

只是片刻的工夫，前方不遠處，薄霧當中漸漸顯現一個纖細的身影，那身影越來越近、越來越清晰……

她睜大雙眸，直到看清楚來人的衣著打扮，忍不住「咦」了一聲。

來人是一個年紀與她相當的女子，身著與她一般顏色的衣裙，髮上同樣是簡單地束著金帶，神色有幾分慌張，不時還回過頭去望望身後，足下步伐卻是匆匆。

對方亦發現了她，腳步頓了頓，略整了整衣裙迎上前來，衝她微微福了福，道：「方才在後頭花叢中被突然冒出來的野兔嚇了一跳，讓姑娘見笑了。」

秦若蕖猜測著對方或許是讓外人見到了失儀之處，心存尷尬懊惱，故而上前來打招呼。

「這山裡頭確實有不少野兔，總愛突然跑出來嚇人，便是膽大的男子也免不了被嚇一跳，何況是姑娘。」

那人似是感激地笑了笑，只是當她的視線掃到秦若蕖身上時，本欲離開的腳步略頓，不經意地道：「姑娘在採花？前頭立著的那石頭後有一片草地長滿了各色鮮花，倒也雅致。」說罷，又向她福了福身，這才邁步離開。

秦若蕖望望她所指之處，離自己所在不到百尺之遠，稍想了想，遂邁步前去。

走出不過數尺，忽然聽見身後響起青玉的聲音，似是在找尋自己，她再顧不上去摘花，忙回轉身，正欲高聲回應，突然後頸傳來一陣痛楚，整個人便失去了意識。

「我明明見她往這邊來的，怎地不見人？」提著裙子走過來的青玉四下找不到自家小姐，納悶地道：「難不成從別的路回去了？」

小姐一向是有分寸的，從不做讓人擔心之事，想來也有這個可能。

她不放心地環顧四周，確信此處並無一人後，便欲轉身離開。

只是當她不經意地看到地上的腳印，定睛細看須臾，蹲下去用手丈量了腳印的大小，又輕按著試了試深淺。

「這應是女子的腳印無疑，有兩個人，身量相當，與小姐的亦頗為相似，莫非這當中的一個是小姐？」想到這個可能，她定睛細看這兩組腳印往不同方向而去，其中往她來時方向離開的那組，漸漸在西邊消失。

若是小姐，應該往東邊回去，看來這一組不是小姐的，她心中下了結論。

緩緩跟著另一組腳印前行，走出數尺之遠，突然聽到隱約約的說話聲。她皺了皺眉，凝神豎起耳朵細聽，隱約聽到幾個字——「抓錯了」、「美人痣」、「意外之喜」、「痛快一把」。

雙眉蹙得更緊，心中漸有些不好的預感，稍想了想，四下看看無人，深深吸了口氣，猛地足尖輕點，一躍躍出數尺，循著說話聲響處掠去——

遠處突然出現兩道飛跑而去的男子身影讓她吃了一驚，當她看到地上那張熟悉的面容時，更是大驚失色。

「小姐！」再顧不上理會別的，她衝上去將軟綿綿地倒在地上的秦若蕖扶起。

「……嗯，好疼……咦，是青玉啊！」後頸上的痛楚讓剛甦醒過來的秦若蕖苦不堪言，看到出現在面前的青玉，不禁有幾分詫異。

青玉為她輕揉了揉痛處，再將沾在她身上的塵土、野草拍去，不忘問道：「小姐怎麼一個人在此處？發生了什麼事？」

「我也不知，我好好地採著花，突然像是被人打了一下，醒過來便見到妳了，該不會遇到打劫的吧？」她苦著臉，皺了皺鼻子道。

青玉神情一凜，將她上上下下細細打量了一番，確信她身上衣物穿得好好的，並無被人亂動之痕跡，這才暗自鬆了口氣。

「怕真的是哪個不要命的想發筆橫財，此處不安全，咱們還是回去吧！」她隨口道。

「也好，虧得是虛驚一場。」秦若蕖拍拍胸口，有幾分慶幸地道。想了想，又叮囑道：「千萬莫要讓祖母知道，免得她老人家擔心。」

「青玉明白。」

主僕兩人邊走邊說，離秦老夫人所在之處將近時，青玉想了想，拉著她往另一邊秦府下人等候處而去。

身上披著青玉特意翻出來的輕紗斗篷，秦若蕖讚嘆地道：「妳真聰明。」

而此時的側殿內，正欲讓人去叫孫女的秦老夫人見主僕倆一前一後地進來，望了望她身上的斗篷，笑道：「早晨涼，虧得青玉丫頭細心，曉得讓妳披件擋風的。」

見果如自己預料這般瞞過去了，秦若蕖心中有幾分得意。

「來，蕖兒，見過孤月大師。」

她這才留意到屋裡的另一人，是位慈眉善目的老和尚，忙聽話地上前見禮。

「不敢，這位便是府裡的四姑娘？」孤月大師含笑相詢。

「大師好眼力，確實是老身那排行第四的孫女兒。」半晌，秦老夫人嘆了口氣，摟著秦若蕖又道：「若說這輩子老身還有什麼放不下的，唯有這丫頭。今日難得與大師相遇寺中，老身有個不情之請，煩請大師為老身這丫頭相上一相。」

秦若蕖眨眨眼睛，不解地望望這個，又看看那個。

孤月大師捋著長長的白鬍鬚，道：「禍既遠離，福未遠矣。老夫人無須過分憂心，貧僧觀四姑娘面相，應是多福多壽之人，雖有些坎坷，但亦無大礙。」

聽他這般說，老夫人卻是喜憂參半。喜的自是那句「多福多壽」，憂的卻是不知這「坎坷」到底有多坎坷？是指當年那場禍事，還是孫女今後所要經歷的？

只是她也知道即便再問下去，孤月大師能明言的也只有這些，唯有暗嘆一聲，謝過他後，祖孫一行人這才告辭回府。

回到自己所居的攬芳院，方跨過門檻，便見院中一個熟悉的身影，秦若蕖大喜，快走幾步撲上去，摟著對方腰肢撒嬌地道：「嵐姨，妳終於回來了！」

素嵐憐愛地撫著她的臉龐，含笑道：「再過幾個月便要及笄，可以議親事嫁人了，小姐怎地還像個小姑娘一般愛撒嬌。」

「就撒嬌……」

一旁的青玉「噗哧」一下笑出聲來。「若是不知道的，還以為妳們是久別重逢呢！」明明嵐姨才離開不過兩日。

「就妳多嘴，嵐姨，咱不理她。」秦若蕖啐道。

「好，都不理這多嘴丫頭。」素嵐笑盈盈地表示贊同。

「啊？怎能這樣……」抗議的聲音伴隨著輕笑聲飄落院中，久久不絕。

天色漸暗，陰暗的街道上只有稀稀疏疏幾個步伐匆匆的行人。

「主子，天色已暗，還是先找個地方住下吧，屬下記得前方不遠處有間客棧。」城南大街上，一名身著藍衣的男子壓低聲音道。

被喚「主子」的男子濃眉皺了皺，望望天色，點頭道：「也好，既已進城，也不在乎早一日、晚一日。」

見他應允，藍衣男子總算鬆了口氣。

他皮糙肉厚的沒什麼，可主子身分尊貴，雖亦是習武之人，但連日來徒步而行，到底讓他放心不下。

「屬下記得就在前面，再走——」話音乍停，身子亦警覺地繃緊，同時上前一步，將「主子」護在身後。

「長英，去看看。」目光落到小巷內，尊貴男子吩咐道。

「……是。」長英遲疑了一下，方領命而去。

只見深長狹窄的小巷內，藉著微弱的月光，可見一個身著黑衣的身影，手裡握著長棍，正一下又一下地用力擊在地上被痲袋套住頭的男子身上。

男子發出一陣陣痛苦的叫聲，卻讓那人打得更狠、更用力。

「住手！」長英大喝一聲，成功地止住了對方的動作。

那人回過頭來看了他一眼，突然間抬起右腳，朝著地上男子用力踩去，只聽得一聲淒厲的叫聲，待長英趕過來時，黑衣人已飛身而去。

「長英，不必追，瞧瞧他傷勢如何。」緩步而來的男子，若有所思地望著黑衣人消失的方向，片刻後吩咐道。

這黑衣人，身形倒有些特別……

「主子，他的右手被活活踩斷了，接回來怕是也無法回復如初。」

「下手倒狠。」

「一般來說，如此近身痛毆，想來必有深仇大恨。」

「嗯……把他抬到最近的醫館吧！」

第二章

攬芳院內，素嵐心急如焚地在屋裡走來走去，口裡不停地責備。「這事妳為何不告訴我？妳明知、明知……」

青玉低著頭，不敢多說。

房門「吱呀」一聲被人從外頭推了開來，不一會兒的工夫，一名身著黑衣的女子走了進來。

「藻小姐！」

黑衣女子應了一聲，隨手接過青玉遞過來的棉巾擦了擦臉，又就著銅盆淨了手，這才在上首落坐。

跳動的燭光投到她的臉上，一張瑩白清透的容顏漸漸變得清晰，那張臉，竟是秦府的四小姐若藻。

只是那冷漠生硬的眼神，與白日時卻是截然不同。

「藻小姐，若有要緊事須辦，儘管讓青玉去便是，何須妳親自走一趟？」素嵐嘆了口氣，不贊同地低聲道。

「不親自動手，難消我心中惡氣。」若非青玉來得及時，她只怕當場便會衝出去教訓那噁心不長眼的一頓。

「閒話莫提，此次妳外出，可有查到她的下落？」端過茶盞呷了一口溫茶，秦若蕖淡淡地問。

知道自己再勸也無用，素嵐無奈，回道：「只有查到她當年離開後，不到半年時間便嫁給了卞州城的一名商人作填房，後來那商人意外身亡，她因無後被夫家族人趕了出來，從此下落不明。」

「查，給我繼續查，活要見人，死要見屍，我就不信，她真能躲一輩子！」冰冷的語調，在寂靜的夜裡，顯得肅殺凜然。

追查了這麼多年，她早已鍛鍊出極佳的耐性，哪怕是掘地三尺，她也要將那人找出來，以還當年血案一個真相，亦是給無辜喪命之人一個交代。

「放心，天下雖大，怕再無她容身之處，把她揪出來不過是早晚問題。」素嵐頷首，頓了頓，又道：「事情如今也算是有了些眉目，蕖小姐不如早些就寢。」

秦若蕖秀眉輕顰，似是在思量，少頃，點頭道：「也好。」

見她應允，素嵐連忙上前伺候她更衣，站於一旁因心虛而始終不敢作聲的青玉快步上前，動作索利地整理好床鋪。

直到紗帳內傳出均勻的呼吸聲，兩人方不約而同地輕吁口氣。

素嵐若有還無地嘆息一聲，餘光瞄到一旁的青玉，想到床上熟睡之人今晚一番舉動，餘怒未消地瞪了她一眼。

青玉將頭垂得更低，半句也不敢分辯。

東方漸漸泛起魚肚白，秦府陸續可見當值下人的忙碌身影。

攬芳院寢間內，秦若蕖打了個呵欠，揉著眼睛喚：「嵐姨、青玉。」

話音剛落，紗帳便被人從外頭掀了開來，素嵐與青玉兩人的身影出現在她的眼前。

「小姐醒得比尋常早了些，昨夜睡得可好？」素嵐笑問。

「睡得可好了，就像當初頭一次一早醒來，發現渾身上下再也不疼痛一般舒服。」秦若蕖五指作梳，輕順著長髮，笑咪咪地回道。

正在整理床鋪的青玉聞言，頓了頓，很快又若無其事地拍了拍疊得整整齊齊的錦被，道：「那幾個準又是偷懶去了，這般久還不把水端進——」

話音未落，卻聽秦若蕖氣呼呼地道：「青玉，妳把枕頭往裡邊多移了三寸！」

書房內，牆上掛的西洋鐘敲響了一回又一回，耀眼的陽光透過雕花窗射進來，灑落滿地的金光。

昨日一整夜未曾合眼的秦府大老爺秦伯宗疲憊地按了按太陽穴，進來尋夫的秦大夫人見狀，忙上前來熟練地為他按捏肩膀。

「便是天大之事，也大不過身子，老爺何苦……」

「婦道人家懂什麼。」秦伯宗煩躁地推開她。

大夫人也不在意，輕輕拂了拂袖口，在他面前坐下，輕聲道：「妾身自是不懂，只是昨日從嫂嫂口中得知一件事，不知老爺可知？奉旨巡視地方官員的端親王，如今只怕離咱們益安城不遠了。」

「什麼？」秦伯宗大驚。「不是說王爺朝北而去嗎？為何竟是南下？」

「端王行事莫測，誰又能猜得準。」

「岳父大人與兩位舅兄可知詳情？」

大夫人搖頭。「父親也是偶然之間從陳大人口中得知，其餘之事並不曉得。」

「端王忽然而至，這可大不妙，一個處理不好，怕是半生經營毀於一旦。不行、不行，我得想個萬全之策。」秦伯宗心急如焚，喃喃自語。

突然，他停下腳步，抬頭望向妻子，道：「聽聞這兩日四弟妹身子抱恙，妳身為大嫂，理應前去探望探望。」

大夫人心領神會。「老爺說得甚是，是妾身疏忽了。」

要論起與皇家的親近，放眼整個益安城，哪個及得上秦府的四夫人？那可是當今皇上生母康太妃的娘家姪女。今上侍母至孝，待母族周家多有恩典，周氏一門之榮耀，非尋常人等所能及。

「作死呢，這般不懂規矩！」正要出門的大夫人被突然衝進來的身影嚇了一跳，待定睛一看，見是丈夫跟前伺候的小廝，不禁惱道。

「小的該死、小的該死，夫人饒命，因有要緊事要回老爺！」小廝見險些撞到主子，嚇得「撲通」一下跪到地上求饒。

「有何要緊之事？」秦伯宗皺眉。

「回大老爺，外頭來了位貴人，四老爺讓小的來請大老爺出去迎接。」

秦伯宗「噔」的一下從太師椅上蹦了起來。貴人？向來不理事的四弟著人來請，難道、難道是端王？

「來啊，更衣。」一想到這個可能，他再不敢耽擱，高聲吩咐道。

秦若蕖自是不知有「貴人」臨門，她正膩在秦老夫人懷中嘰嘰咕咕地說著祖孫倆的悄悄話，明柳與素嵐兩人相視而笑，攜手靜靜地退了出去。

「三姊姊說，哥哥很快會給我娶個嫂嫂。祖母，嫂嫂是誰呀？」她睜著明亮的雙眸，好奇地問。

秦老夫人雙眉微不可見地皺了皺，捏了捏她的臉蛋笑道：「阿蕖的嫂嫂是誰啊？告訴祖母可好？」

「阿蕖不知道啊！」秦若蕖納悶了。

「祖母也不知道啊！」秦老夫人學著她的樣子。

秦若蕖愣了片刻，長長的睫毛撲閃了幾下，猛地恍然「啊」了一聲，噘著嘴不樂意地道：「祖母作弄人。」

秦老夫人放聲大笑，半晌，摟過獨自生悶氣的孫女哄了幾句，又將她哄得笑逐顏開。

「笨丫頭，心眼都沒長一個，將來也不知會被哪個壞小子哄了去。」見孫女如此容易哄，老夫人笑嘆低語。

「老夫人，大老爺傳話過來，端親王駕臨，請老夫人與四小姐往慶元堂去。」明柳掀簾而入，稟道。

秦老夫人笑意漸斂。「其他姑娘可都去？」

「回老夫人，都去的。」

閉著眼眸深深地吸了口氣，片刻，她才拉著秦若蕖的手道：「渠丫頭，走吧！」

此時的秦府四位老爺，正引著一名錦衣男子往慶元堂方向而去。

「王爺請。」秦伯宗恭敬地道。

「大老爺無須如此，今日只是論親戚，不講君臣。」男子含笑道。

只見他生得氣宇軒昂，手儀不凡，雖是眉目帶笑，可那凜然不可侵犯的皇家氣勢，讓人不敢直視。

此人正是先帝文宗皇帝老來子，也是唯一的嫡子，端王陸修琰。

「不敢不敢。」秦伯宗哪敢當他這一聲「大老爺」，誠惶誠恐地躬身道。

一行人到了慶元堂，早有府內眾主子在等候著，彼此見過了禮，陸修琰才在眾人再三謙讓下於上首落坐。

「多年未見，老夫人還是這般硬朗。」

「託王爺洪福。」秦老夫人恭敬而疏離地回道。

一旁的秦伯宗見母親如此態度，便知她對自己讓姑娘們出來見外男的舉動甚是不滿，只不過不便當著端王之面讓自己下不了臺罷了。

他斂斂神思，一臉感激地朝陸修琰道：「王爺駕臨寒舍，實乃蓬華生輝。」

見對方臉上清淡笑意猶在，他精神一振，手一揚，衝著站立下首的府內小輩道：「還不上來拜見端王爺。」

以秦大公子為首的秦府晚輩聞聲上前，依禮拜見。

陸修琰含笑受了他們的禮，間或勉勵幾句，只是當他看到以秦三娘為首的幾位秦府姑娘上前時，眼中閃過一絲嘲諷。

秦若蕖老老實實地跟著秦三娘等姊妹們行禮，禮畢，老老實實地退到一旁。

陸修琰端過茶細細品了一口，不經意抬眸，看到某個有幾分眼熟的身影，端著茶盞的動作略頓了頓，不過瞬間便又回復如初。

那身形、高度，怎麼有幾分像是那晚的黑衣人……

屋內，父輩與那位高高在上的王爺說了什麼話，秦若蕖半點也沒聽入耳裡，她頗有些無聊地揪著袖口一角絞啊絞，連身旁的秦三娘低聲跟自己說話也沒留意。

「王爺長得可真俊，妳說是不是？」

見她不理自己，秦三娘滿懷的興奮與激動無處訴，只能繼續偷偷欣賞著上首的尊貴男子。

也不知什麼時候才可以離開？久不見可以離去的命令，秦若蕖更覺無聊。突然，她感覺頭皮有些發麻，似是被什麼盯上一般。

她納悶地四處望望，不見有異，狐疑地嘟囔幾句，也不再多作理會。

不過片刻工夫，那不舒服的感覺又再度湧現，她再次察看，屋內眾人一言一行俱無異處。

她不解地撓了撓耳根，嘀咕道：「奇怪了。」

當那感覺第三回襲來時，秦若蕖並不馬上反應，依舊低著頭絞著袖口，心裡卻敏感地在屋內嘗試抓住那「東西」。

有了！

她暗地一喜，猛然抬頭，作出一副凶巴巴的模樣朝對方瞪去……

陸修琰有些意外地迎上一雙故作凶惡的清澈水眸，一時有幾分詫異。

好個敏感的丫頭！

秦若蕖想不到抓住的罪魁禍首竟是幾位伯父正在極力討好的端王，一時也有些傻了。只是，當她看到明明做了「壞事」被當場抓住，卻一臉若無其事地移開視線的陸修琰時，不禁有些生氣。

真是討厭！

「屬下不明白，王爺為何答應留下？」望了望立於窗前仰著頭似是欣賞窗外明月的主子，老實的侍衛不解。

「長英，今日在慶元堂，你可覺察有眼熟的身影？」

長英努力回想了一番，頗有些遲疑地道：「聽王爺如此一問，屬下倒覺得確實有個身影看起來有些眼熟，只是……應該不是才對。」

他越想越覺得自己的看法沒錯，繼續道：「秦四姑娘好歹是官宦之後，大家閨秀，又怎會做出毆打傷人之事來？況且，屬下看來，那夜的黑衣人武藝並不算差，一個養在深閨的姑娘家，又怎會有如此本領？」

「你說的不無道理，這也正是本王一直想不明白之處。」陸修琰頷首道。

「難不成王爺之所以答應暫住秦府，便是為了查清此事？」

「不。」陸修琰搖頭否認。「一個黃毛丫頭，還不值得本王亂了既定之事；況且，這位秦四姑娘到底是不是那夜的黑衣人尚待斟酌。本王身負皇命，縱然心中存疑，亦分得清主與次。」

長英略想了想，也覺得是自己多慮了。

「不過……既然已經決定在秦府住一陣子，本王亦可順帶探一探那秦四小姐的底，有疑惑不去解開，終非本王本性。」陸修琰輕拂衣袖，淡淡地道。

若這位秦四姑娘當真是那夜出手的黑衣人，這當中便有些耐人尋味了。秦府，必然隱藏著些不足為外人道之事。

秦府三房正院內。

三老爺秦叔楷長嘆一聲。「大哥終究是急了些，端王非愚人，只怕已將他心中所打小算盤看了個分明，如此一來，倒是白白讓人看低了我秦門女兒。」

三夫人為他續上茶水，輕聲道：「今日在的都是自家人，想來也傳不到外頭去，夫君何須憂心。」

稍遲疑了半晌，她不禁輕聲問：「王爺位尊，如今卻允了大老爺之請，留在府中暫住，夫君認為王爺此舉，是否真的……」

「妳想問秦府可有與皇家聯姻之可能？」

「是，夫君以為呢？」

秦叔楷自嘲般一笑。「皇家人心思，我等平常人還是莫要過多揣測。大哥、二哥一心想著光復秦門昔日榮耀，總想走些捷徑，卻不細想，今上又是何等人物，豈會……罷了、罷了，這些亦不是我所能多言的。」他輕拂了拂衣袍，不欲再說。

三夫人亦不再追問。

端王到了益安城，頭一站便去了秦府，之後更是直接住進去，這一下，如同擲入湖中的石塊，激起益安一帶官場一片水花。一時間，上門請安的、拜見的各地官員絡繹不絕，秦府門前車馬盈門，熱鬧非凡。

這種情況一直持續了數日，直到端王發了話，道「靜以修身，閒事莫擾」，眾官員方不敢再輕易打擾。

只是，前院往來之人雖然少了，可隔三差五到府裡拜訪的夫人、小姐卻不見少。

秦三娘數月前已及笄，秦四娘、秦五娘再半年不到將相繼滿十五，秦六娘雖才十三歲，但三夫人想來也不介意提前相好人家。再者，秦府因有四夫人周氏的一層關係，也算是拐著彎與皇家有聯繫，加上如今暫住府中的端王，願意與秦府結親的人家並不少。

換言之，如今上門的各府夫人，雖有著為夫君打探端王來意的目的，但也不乏真心聯姻的，故而大夫人、二夫人及三夫人相當熱絡地帶著自家的姑娘們招呼她們。

「怎不見妳們家四姑娘？」難得尋了個空閒能與娘家嫂子說話的大夫人，剛回屋裡坐下，便聽嫂嫂徐氏問。

「咱們家這位四姑娘啊，是老太太的心肝寶貝，老太太輕易離不得，誰不長眼地敢去請？」大夫人抿了口茶潤潤嗓子，無奈地道。

「我記得這四姑娘也快十五了吧？姑娘大了總要嫁人，難不成還留在家中當老姑娘？我也不瞞妳，今日我來，便是有心做成一門親事的。」徐氏開門見山，道明來意。

「妳是指四丫頭的？」大夫人詫異，不過須臾便連連搖頭。「不行不行，四丫頭的親事莫說我，便是四夫人，甚至她親爹只怕也做不得主。老太太疼得緊，必是要親自挑選的；若是她老人家相不中，不說我相人眼光不行，反倒認為我有意作踐她寶貝孫女，我這不是自找苦頭吃嗎？」老太太這些年性子越發莫測，陰晴不定的，她怎敢主動招惹？

「欸，我說的這位公子，無論人品家世，皆屬上乘，老夫人必挑不出半處不是。」徐氏自信滿滿。

「哦？嫂嫂提的是哪家公子？」大夫人被挑起了興趣。

「建鄴知府張大人府上五公子，原配嫡出，年方十七，身上已有功名。」

「張知府？據說將入京任京官的那位知府大人？」大夫人甚為意外。

「可不就是那位知府大人。」

大夫人遲疑片刻，若是親事能成，對自家來說是最好不過，老爺一心盼著秦家能重回京城，與將進京為官的張府結親，便是多了一條路；只不過……

「嫂嫂待妹妹坦承，妹妹也不當妳是外人，若真是張家嫡出公子，我家那位老太太估計也是樂意的，只是怕張夫人未必瞧得上咱家的四姑娘。張家家大業大，四丫頭模樣倒也齊整，性情嘛，說得好聽些是好性子，其實是個缺心眼、少根筋的，將來若是要她當家作主，只怕……難啊！」

徐氏卻不在意。「五公子乃張夫人幼子，最是受寵，上頭有幾位兄長，又何須妳家四姑娘當家？張夫人的意思也是要尋個好性子、好模樣、嫡支嫡出的，四姑娘三樣不是全占了嗎？」

若論嫡支嫡出，秦府小一輩的七位姑娘，除了早已出嫁的秦元娘若嫦外，便只有秦四娘若蘽一人了；秦六娘若蓉雖也是嫡出，可惜卻非「嫡支」，乃秦老夫人庶子秦老三叔楷之嫡女。

大夫人細想也覺有理，不禁歡喜得拍掌。「如此看來，倒真是門好親事。待我家老爺回來，我便與他說，讓他向四老爺提一提，若四老爺許了，一切就好辦了。」

「既如此，我便等妹妹的好消息。」

秦若蕖哪知道已經有人打起自己親事的主意，對於端王住進府中一事，她是一萬個不樂意，卻非當日被陸修琰探究目光盯上之故，而是因為他住進來後，給秦府帶來的過分「熱鬧」。

這一日，難得不見有客上門，一直被拘在榮壽院的秦若蕖趁著秦老夫人到小佛堂唸經，一溜煙地出了院門，徑直往花園方向而去。

「真真難得啊，四妹妹今日竟也出來逛園子。」正閒步間，忽聽秦三娘熟悉的聲音，循聲望去，見不遠處的賞芳亭內，秦三娘、五娘、六娘、七娘及一名陌生的年輕女子正圍坐一起。

「三姊姊、五妹妹、六妹妹、七妹妹。」見姊妹們都在，秦若蕖一面招呼，一面提起裙角歡歡喜喜地朝她們快步走去。

姊妹們彼此見了禮，秦六娘見她好奇地望向自己身側的女子，笑著介紹道：「四姊姊，這位是我孫家表姊玉梅。」

「孫姑娘。」

「四姑娘。」

眾人重又落坐，秦三娘目光落到秦若蕖戴著的金累絲葫蘆式耳墜上。「妹妹這耳墜好生別致，怎從不見妳戴過？」

秦若蕖一聽，高興地晃了晃腦袋，將那耳墜晃出好看的弧度。「好看嗎？祖母給我的。」

「好看。」秦三娘、五娘、六娘聽罷，臉色一下子變得甚是難看，只有九歲的七娘一臉羨慕地望著她回答。

「祖母可真疼四妹妹，什麼好的都給妹妹，這些年妹妹想必是得了不少好東西吧？什麼時候全拿出來讓三姊姊開開眼界？」片刻，秦三娘酸溜溜地道。

「四姊姊可不同咱們，姊妹幾個就數她最孝順了，祖母又怎麼會不多疼些、多給些。」秦五娘不甘落後，冷笑一聲道。

「誰讓咱們幾個命不好，比不得人家會託生。」秦六娘雙唇抿了又抿，終忍不住加了句。

「出嫁了的大姊姊倒也會託生，怎不見祖母疼得這般厲害？說來說去啊，大姊姊還是過於老實了，比不得四妹妹會伺候人。」

見氣氛不對，一旁的孫玉梅低著頭，恨不得將自己縮成一團；便是秦七娘，也有些害怕地縮了縮脖子。

秦若蕖眨巴著明亮的雙眸聽著她們妳一言、我一句，半晌，頷首笑咪咪地附和道：「祖母是很疼阿蕖。」頓了頓，用力地握了握拳頭作堅決狀。「阿蕖以後一定要更加孝順她老人家。」

話音剛落，秦氏三女臉色又難看了幾分，孫姑娘也不禁抬頭望了她一眼，而後飛快地又垂下頭去。

氣氛一時變得詭異。

見大家突然都不說話了，秦若蕖納悶地撓了撓耳根，不解地問：「怎麼了？怎地都不說話了？」

良久，秦七娘看看這個，又看看那個，想了想，輕聲問：「母親和姨娘說我繡的花樣不好，四姊姊那本關於刺繡花樣的書能不能借我看看？」

「好啊，回頭我讓青玉給妳送過去。」秦若蕖應得相當爽快。

孫玉梅見狀，遲疑須臾，也跟著問：「四姑娘有許多藏書嗎？不知都是關於什麼的？」

「我藏書不多，多是食經之類的。」

「食經？我前些日剛得了一本《食珍錄》，四——」話音未落，小腿已被反應過來的秦六娘踢了一腳，孫玉梅也不敢去揉，有些委屈地望了望對方。

她只不過是想緩和緩和氣氛而已……

「《食珍錄》？我也有一本，不過我還是最喜歡《隨園食單》。學問之道，先知而後行，飲食亦然；為政者興一利，不如除一弊，能除飲食之弊則思過半矣。孫姊姊可吃過果子狸？我曾吃過一回，味道甚好，可祖母卻不讓多吃，《隨園食單》有記：果子狸，鮮者難得。其醃乾者，用蜜酒釀，蒸熟，快刀切片上桌。先用米泔水泡一日，去盡鹽穢，較火腿沈嫩而肥。對了，裡頭還有記載食療之法，比如黃芪蒸雞治療，我記得是這般寫的——取童雞未曾生蛋者殺之，不見水，取出肚髒，塞黃耆……」

孫玉梅目瞪口呆地望著興奮得臉蛋紅撲撲、雙眼放光、滔滔不絕的秦若蘗，終於明白方才表妹為何要踢自己了。

她忍了又忍，還是忍不住打斷對方。「四、四姑娘，這些妳都會做嗎？」

正口若懸河的秦若蘗一聽，洩氣地垮下了肩。「沒有，祖母不讓我接近廚房……」

「四姊姊曾經不小心把院裡的小廚房燒了……」秦七娘嘴快地解釋，讓秦若蘗沮喪之氣更濃。

那時候她不是年紀還小嗎？一時笨手笨腳的不小心，如今長大了，自然什麼都變好了，偏祖母不信，還把她當作以前的笨丫頭。

「原、原來如此。」孫玉梅嘴角抖了抖，極力抑制想笑的衝動。

秦三娘姊妹幾個也是想到了當年這事，或是嘲諷、或是取笑、或是同情地相繼接了話頭。

「喂，不、不帶這樣的，人家現、現在才、才不會那樣了。」很快地，秦若蘗弱弱的抗議便被各懷鬼胎的一陣陣笑聲所淹沒。

眾女聊得起勁，殊不知有人將她們的一字一句悉數聽入耳中。

陸修琰以親王之尊屈居秦府，秦伯宗兄弟幾個自然不敢怠慢，將位於府內東南面毗鄰後花園的一座精緻院落撥出，作端王臨時起居之所。

陸修琰也不挑剔，更是對院中別出心裁的小竹樓讚不絕口，站於樓上，憑欄眺望前方，可將府內後花園景致盡收入眼底。

這一日處理完公事，又無外人打擾，他難得有興致地帶著侍衛長英閒步觀賞院內風光。忽然，一陣女子悅耳的笑聲順著清風穿過牆壁送入他耳中，他挑了挑眉，停下腳步。練武之人就是這點不甚好，總是容易聽到一些未必想聽的，再加上他自幼修習的內功心法，更使他耳聰目明，強於旁人數倍。

比如此時此刻，他便可以一字不差地將秦氏姊妹幾個的對話聽得分明。

「這位四姑娘，到底是本性如此，還是慣會做戲？」秦若蕖的言語落入他耳中，讓他心中不解更甚。

若是本性如此，看來那晚之人確不是她；若是慣會做戲，可見此人城府極深。

小小年紀能有此城府，足以見得她絕非泛泛之輩。

兩道濃眉不由自主地蹙了起來，一旁的長英見狀不解。「王爺，可是這院落有何不妥？」

「方才的說話聲你可聽清？」

「屬下慚愧，只是隱隱約約聽到斷斷續續幾句，並不知何意。」長英汗顏不已。

「這不能怪你。」陸修琰並不在意，背著手在原地轉了幾圈。

長英不知何意，只是老老實實地站於一旁等候。

「這幾日你可曾打聽過那位四姑娘身世？」少頃，陸修琰止步問。

「略打聽了一番，只知這位四姑娘並非如今的四夫人親女，而是秦家老四秦季勳故去的原配夫人衛氏所出。衛氏育有一兒一女，女兒便是這位四姑娘，閨名若蕖；兒子秦澤苡於數年前往岳梁書院求學，如今為書院的一員教書先生。」

「嗯。」

長英嚥了嚥口水，上前一步，壓低聲音道：「有一事，屬下覺得有些奇怪，便是關於秦衛氏之死，雖眾口一致說秦衛氏乃染病而亡，可屬下卻以為她的死並非如此簡單；若真是病死，為何府中人人對此諱莫如深？」

「哦？」陸修琰被勾起了興致，他沈吟片刻，方道：「當年京城周家三小姐棄長樂侯而嫁益安秦府鰥夫秦季勳，引得京中一片譁然，雖然皇兄極力誇讚秦季勳人品端醇，學識淵博，但於本王看來，不過是為了讓這門親事好看些許罷了。周家雖算不上什麼了不得的人家，但有了太妃那一層關係，也算是頗為體面；而秦家不過籍籍無名之家，秦季勳雖有才學，卻無一官半職在身，加上鰥夫這一身分，與周家親事確實是稱不上門當戶對。如今看來，莫非秦衛氏之死與秦、周結親……這當中真有些內情？」

不待長英回答，他便吩咐道：「這幾日留意一下秦府後院，看可有形跡可疑之人出現。」

「是。」

「長義那邊可有密函過來？」兩人相繼舉步，陸修琰問起了正事。

「尚未，不過算算就這一、兩日便到了。」

「不必急於一時，務必要小心謹慎，切莫打草驚蛇。」

「屬下明白。」

書房內，四老爺秦季勳緩步行至一方書櫃前，右手不知按了何處，只聽「啪」的一聲，一處暗格赫然顯現。

他伸出手將暗格裡藏著的漆黑描金錦盒抱出，揭開盒蓋，裡頭零零散散的各式物件便露了出來，有女子用的碧玉芙蓉簪、孩童穿的虎頭鞋、小姑娘戴的絹花、繡得歪歪扭扭的帕子、筆跡稚嫩的大字等等。

他溫柔地輕撫每一物，最後，目光落到一雙成年男子所穿的石青緞繡雲紋鞋上。

不知過了多久，他低低地嘆息一聲，將錦盒重又收入暗格當中。

「老爺，大老爺來了。」進來稟報的婢女小心翼翼地回道。

秦季勳道了聲「知道了」，話音甫落，秦伯宗已邁過門檻走了進來。

兄弟兩人見了禮，秦伯宗方感嘆道：「時間過得可真快，不過眨眼間，你我兄弟都已經老了，想當年，咱們兄弟幾個還在為如何避開先生的考試而絞盡腦汁。」

聽他提及童年往事，秦季勳嘴角微微勾了勾，本是極為冷淡的眼眸不自覺地染上一抹柔色。「確實是歲月不饒人啊……」

秦伯宗察言觀色，片刻，不動聲色地道：「如今看著孩子們，總是忍不住憶及年輕時。對了，澤苡最近可曾有信回來？」

秦季勳立即警覺，身體不由自主地繃緊，眼神亦變得犀利。「大哥若是為了澤苡不肯為官一事而來，那便不必多言了。我數年來未曾盡為人父之責，自然亦不配對孩兒的選擇指手畫腳。」

秦伯宗恍若未覺。「我記得澤苡如今已是弱冠之齡，男大當婚、女大當嫁，他也到了成家立業之時。徽陽陳家有女，年二八，端莊嫻淑，堪為良配，與澤苡……」

「徽陽陳家？兄長切莫再說，澤苡親事我自有主意，不勞兄長費心。」秦季勳臉色一沈，打斷他的話。

秦伯宗早料到會有這一齣，也不惱，端過茶盞，悠悠地呷了口茶，繼續道：「澤苡確實是年輕有為，可陳家姑娘亦不差，既然四弟瞧不上人家姑娘，作兄長的自然也不會強迫於你。只是大哥也是一片真心，澤苡雖非我親兒，我待他與澤耀幾個並無不同，自也是處處希望他好；便是若蕖，在我心裡也視若親女一般。」

秦季勳抿嘴不語。

秦伯宗嘆了口氣，又道：「澤苡親事你既然已有主意，大哥也不便再說，只是若蕖……你且別說，待我說完再作理論可好？」見秦季勳又要發聲，他忙阻止。

秦季勳雙唇動了動，終是沒有出聲打斷。

「建鄴知府張大人膝下五公子，乃是張夫人所出，今年十七歲，如今正苦讀，準備來年鄉試。張五公子不只深受父母寵愛，且是位翩翩佳公子，待人接物溫文有禮，在建鄴學子中風評甚好，如此良婿，堪配若蕖，張家那邊亦有意，四弟以為如何？」

秦季勳聽罷沈默不語，良久，方道：「大哥一片好意，弟銘記於心，那張公子若真是品行端醇之人，確可堪配。只是，世間人云亦云之事頗多，張五公子為人如何，還請兄長容我細細打聽確認之後再作決定。兄長莫嫌我多事麻煩，只因我能為若蘩做的，怕也僅此一事。」

秦伯宗也不在意，只要不是一口拒絕便可。

「四弟一片慈心，兄長自是明白，既如此，我便先回去。」

「兄長慢走。」

一直在盼著回音的大夫人遠遠見夫君歸來，連忙迎上去，將秦伯宗迎進屋，也不待他坐下便急不可耐地問：「如何？」

「並未拒絕，想來也有六成應允。」秦伯宗自信滿滿。

大夫人鬆了口氣。「如此便好，若是咱們家與張家聯姻，日後往二皇子府走動也算是有了……」

「未成之事怎可胡亂出口。」秦伯宗皺眉，責怪道。

大夫人反應過來，拍了嘴巴一記。「怪妾身，怪妾身。」

秦伯宗淡淡地掃了她一眼，輕撫著左手戴著的玉扳指，若有所思。

張大人能進京為官，靠的可不是他那點不起眼的政績，全因為他那個進了二皇子府的女兒；可當日誰又能想到一個小小的侍妾會有那般大的福氣，不過被二皇子臨幸一回，便懷上了皇家骨肉。

想到自己如今這不上不下的官位，他不禁一陣煩躁。周家果然是靠不住的，皇上根本不像表面看來那般重視周家人，當年那步棋，看來是走錯了。

「明日挑些上等料子給若蓮做幾身衣裳，近水樓臺都不會利用，難不成還等著讓別人占了去？」

大夫人反應過來，明白他的意思，一時心中又是不甘、又是無奈。不甘的自是不希望庶女將來嫁得比親女好，無奈的是為了夫君與兒子的前程，她還真的不得不捧著庶女上位。

雖說親王妃之位不敢想，可側妃、庶妃倒是可以爭上一爭。

「那明日楊大人千金生辰宴，三丫頭可還須去？」

「去，為何不去?!」

第三章

換上為赴宴專門製作的新衣，秦若蕖高興得在原地轉了一圈，這才迎著屋內眾人的笑容，嬌憨地問：「祖母、嵐姨，阿蕖的新衣服好看嗎？」

「衣服好看，祖母的阿蕖更好看。」秦老夫人笑著誇讚。

「這顏色甚配小姐，加上這料子、做工又是上乘，款式更是別致，小姐穿上是再好看不過了。」素嵐笑盈盈。

得了誇獎，秦若蕖更高興了，一雙明亮的翦水雙瞳瞬間笑成彎彎的新月。

難得見孫女如此高興，秦老夫人也受到感染，摟過她笑問：「不過去赴個宴，也值得妳這般高興？」

秦若蕖用力地點了點頭。「高興，可高興了，阿蕖還是頭一回到別人家作客。對了嵐姨，給楊小姐的生辰禮可都準備好了？」猛然想到最重要的生辰禮，她不禁有些急地問。

「小姐放心，都準備好了。」素嵐輕聲回道。

秦老夫人臉上的笑容在聽到她那句「頭一回到別人家作客」時有片刻凝結，望著興奮地試新衣、準備賀禮的孫女兒，她難得地開始反省：這些年是不是將這丫頭拘得過緊了？

小丫頭乖巧聽話，不爭不吵，總是貼心地陪伴自己，讓她一時半刻離不了，可也讓她不知不覺地忽略，小姑娘也應該建立屬於自己的交際圈了。

有些不捨地輕撫那白淨細滑的臉蛋，直到對上一雙好奇的大眼睛，她不禁笑了，在秦若蕖腦門上輕敲一記，道：「去把祖母屋裡那個黑漆百寶嵌花紋匣子拿出來。」

秦若蕖清脆應下，邁著輕盈的腳步進了裡間，不過頃刻工夫便抱著匣子走出來。

秦老夫人接過匣子打開，從裡頭拿出一支珊瑚嵌珠點翠簪插進她的髮，左右看了看，方滿意地笑道：「如此便更好看了。」

秦若蕖抬手摸摸那簪子，聞言露出個甜孜孜的笑容。「謝謝祖母。」

素嵐含笑望著祖孫兩人，見狀無奈搖頭。老夫人這般偏疼，難怪二小姐、三小姐她們心懷不滿，虧得小姐心寬，向來不將那些酸言酸語放在心上……

位於城東的楊府乃知府楊大人的府邸，今日便是楊知府次女十六歲生辰，秦府一眾姑娘便在大夫人的帶領下坐上往楊府的馬車。

秦若蕖坐在馬車裡，與秦七娘兩人嘰嘰咕咕地說著悄悄話，完全沒有留意秦三娘與秦五娘盯著自己髮上簪子的灼熱視線。

馬車駛出一段距離突然停下來，她正感奇怪，聽見大夫人身邊伺候的挽煙在車外恭敬地道：「夫人請四小姐到前邊車子坐。」

秦若蕖不解，只是也不便多問，在眾女同樣疑惑的目光中下了馬車，由挽煙引著上了大夫人所乘的馬車。

「來，阿蕖，到大伯母這裡坐。」上了車，在大夫人親切和善的招呼中，秦若蕖壓下心中疑惑，在她身邊落坐。

「昨日妳大姊姊捎信來，還問起了妳，說許久不見四妹妹，甚是想念。」大夫人拉著她的手，笑盈盈地道。

「大姊姊？我也許久不見她了，她可好？小外甥可好？什麼時候大姊姊再帶小外甥來？上回我說要給小外甥做小布老虎的，布老虎都做好了，可他就是不來。」說到這，秦若蕖話中難免添了幾分抱怨。

大夫人好笑，也想到了小外孫當日與秦若蕖玩起來的瘋模樣。

「下回我讓人捎信，就說阿蕖的小布老虎做好了，等著小外甥過來取呢，瞧妳大姊姊把不把人帶來。」

「當真？」秦若蕖一聽便來了興致。

「當真。」大夫人笑著頷首表示肯定。

雖說在府中除了秦老夫人外，秦若蕖與其他長輩甚少接觸，可大夫人手段了得，又是刻意親近，引著她東一句、西一句地閒聊，倒也算其樂融融。

不知不覺間，馬車駛抵楊府門前，早有候著的楊府下人上前，引著秦府一眾女眷進了府門，往待客的花廳而去。

秦若蕖頭一回到別人家作客，自是什麼都感到好奇，只是始終記著秦老夫人的教導，不敢四處張望，更不敢到處亂走，老老實實地與眾姊妹一起，寸步不離地跟著大夫人。

「這位便是四姑娘？好些年未見，都長成大姑娘了。」處處衣香鬢影，嬌聲笑語，她覺得腦子如漿糊一般，糊裡糊塗地也分不清誰是誰，只知道跟著眾姊妹行禮問好，直到右手被一名身著孔雀藍華服的夫人執起，她才詢問地望向含笑站立一旁的大夫人。

「這是妳王家伯母，妳小時候她還抱過妳呢，可還記得？」大夫人為她解疑。

徐氏笑瞋她一眼。「她那時才不過兩、三歲，哪記得住。」

秦若蕖果真在腦子裡搜索一圈，確信自己真的不記得對方，抱歉地衝對方抿嘴一笑，越發讓徐氏歡喜了。

「好孩子，難怪老夫人疼妳，這般可人，便是我也想好生疼著。」

秦若蕖一時有些手足無措，求救地望向大夫人，大夫人只是笑著站於一旁，並不上前相助。半晌，徐氏方轉過去望了望另一邊規規矩矩站著、不敢多發一言的秦三娘等人，大夫人一一地介紹過，自又是一番客氣。

「妳們姊妹幾個去吧！」半晌，有楊府的侍女過來，引著秦氏姊妹幾個前去見今日的壽星，大夫人也不欲拘著她們幾個，略叮囑了幾句便讓她們離開了。

「張夫人可來了？」秦氏眾女離開後，大夫人方低聲問徐氏。

「還沒有呢，想是已經在路上了。不急，人都來了，自然有相見之時。」徐氏回道，略頓，不解地問：「妳們家那位四夫人怎不來？照理說她是四姑娘的母親，由著她出面會更好些。」

「她？算了吧！她恨不得有關前頭那位的一切都消失，更別說主動出面管繼女之事了；況且人家身分尊貴，哪瞧得上這些小門小戶的宴會。」大夫人嗤笑一聲，不無嘲諷地道。

徐氏也聽聞過這位出自京城周府的四夫人行事及性子，也不覺得奇怪，只是暗暗不屑對方連表面功夫都不會做。

另一邊，秦若蓁跟著姊妹幾個見到了壽星楊二小姐，道了賀，彼此又介紹過，有一名粉衣女子上前來挽起她的手親熱地道：「早聽聞秦大人府上有位四姑娘最得老夫人心，今日可算是見著了。」

秦若蓁稍想了想，記起她是方才楊二小姐介紹的「表妹」，似是出自徽陽陳府的二姑娘。

「陳姑娘。」她並沒有與外人相處的經驗，加上心裡又忐忑，既怕失禮讓祖母臉上無光，又怕自己讓人不喜歡。

「咱們也不用姑娘來、姑娘去的，我閨名毓昕，今年十六，略長妳一歲，便不客氣喊姑娘一聲妹妹。」陳毓昕主動招呼。

秦若蓁有些不知所措，尚未來得及自我介紹，便被走進屋內的一名紫衣女子吸引了目光。那女子邁著輕盈的步子緩緩而來，一直來到陳毓昕的身旁方停下腳步。

「是妳？」秦若蓁有些驚喜地脫口而出，此人正是當日在慈華山上偶遇的那位與她身著同色衣裳的女子。

紫衣女子愣了愣，很快便也認出她來，眼中閃過一絲慌亂及不自在，只是迅速地掩飾過去。

「若蓁妹妹認得家姊？」陳毓昕自女子出現後，臉上便浮現一絲不快，待發現她與秦若藥竟然認識後，臉上的不快更濃了。

「當日在慈華寺有過一面之緣。」紫衣女子陳毓筱淡淡地道，言畢又轉向秦若藥，別有深意地道：「原來姑娘是秦家四小姐。」

奉了大夫人之命過來的青玉聞言怔了怔，不著痕跡地掃了她一眼，當對方臉上那顆美人痣映入眼中時，心裡猛地「咯噔」一下。

美人痣？

美人痣、慈華寺、腳印、遇襲……種種畫面飛快地在她腦中閃現，長袖遮掩下，是她緊緊握起的雙手。

她深深吸了口氣，不動聲色地打量起陳氏姊妹，敏銳地感覺到這對姊妹之間的暗潮。看來當日那兩名男子真正要抓的是這位陳家大小姐，自家小姐上回是遭了無妄之災，卻不知這位陳大小姐得罪了何人，幕後之人又是誰？

她斂斂思緒，上前行了禮，道：「小姐，大夫人請您過去。」

秦若藥應了一聲，向陳氏姊妹致歉，又與秦三娘等姊妹打過招呼，這才與青玉兩人跟在特來引路的楊府侍女身後離開了。

「大伯母有何事要見我？」路上，她不解地問。

「青玉也不清楚，不過想來是哪位夫人想見見小姐吧！」青玉搖頭。這些個宴會向來是各府夫人、小姐打交道、套交情的好機會，秦府在益安城中也算是有頭有臉，加上四房又有周氏那麼一個出自京城周府的，雖然心裡甚是不舒服，但她也不得不承認，因為周氏的緣故，使得自家小姐在各府夫人眼中的價值，比秦府其他姑娘要高。

因心中始終記掛著陳毓筱臉上那顆美人痣，她有些心不在焉，本想著問問秦若蕖關於那日慈華寺遇到陳毓筱之事，但亦知此時此地不是說話的地方，唯有強壓下心頭疑雲，待回府再詳問。

到了大夫人處，秦若蕖抬眸，見屋內除了大夫人、徐氏，還有一名錦衣華服的夫人。見她進來，三人的目光齊齊落到她的身上。

「阿蕖，這位是建鄴知府張大人夫人。」

秦若蕖不認識什麼張大人、張夫人，聽大伯母如此說，忙上前行禮，避站於一旁。

那張夫人端坐於上首，目光挑剔地上上下下打量著她，讓她渾身不自在。不知過了多久，久到她覺得自己身上快被對方的視線刺了好幾個洞，方聽張夫人似是招呼道：「不錯，過來讓我細瞧。」

她下意識地望向大夫人，見大夫人衝自己點頭，只能無奈地朝那張夫人走去。

張夫人執起她的手細細打量，又輕抬著她的下頷盯了片刻，這才帶了絲滿意的笑容道：「確實是個齊整標致的姑娘。」

秦若蕖乘機縮回手，暗自嘀咕：又不是挑小貓、小狗。

聽張夫人這般說，大夫人與徐氏對望一眼，不約而同地微微笑了起來。如此，這門親事看來是成了。

秦若蕖不知道自己莫名其妙地被人「訂」了下來，耳邊是張夫人不時地問她的諸如「平日在家都做些什麼」、「都讀過些什麼書」一類的話，還有大夫人及徐氏兩人或附和、或回應之聲。

她頗覺無聊，心想：原來這便是宴會啊，可真夠沒意思的，早知如此，倒不如留在家裡陪祖母唸經呢！

卻說另一邊的青玉看著自家小姐進了屋，便欲跟著楊府侍女到另一側的屋子等候，走出一段距離，忽然被前方一道鬼鬼祟祟的身影吸引了目光。她定睛細看，暗暗吃了一驚——那身影與當日慈華寺兩名男子中的一人甚為相似。

她心思一動，尋了個藉口遣走侍女，趁著沒人留意，毫無聲息地跟蹤那身影而去。

「……你真是吃了熊心豹子膽，此處也是你能來的？若是讓人發現，你我都吃不完兜著走，還不速速離開?!」女子憤怒又壓抑的喝斥聲隱隱透過花木傳來，青玉當即閃到隱蔽之處，豎起耳朵細聽。

「二小姐，若非著實走投無路，我也不敢貿然來尋。自上回慈華寺一事後，我便像是衝撞了瘟神，無緣無故被人打斷了手不說，還落得如今連書院都去不了的地步。」

「你還好意思說？成事不足、敗事有餘，一個大男人連個弱女子都抓不住，白白浪費我一番佈置。」女子的聲音聽起來更為惱怒。

「這也沒辦法，我又不曾見過那位大小姐，何況，誰又知道會有那麼個倒楣鬼出現。」男子分辯道。

「不必多言，總而言之，我不追究你的壞事沒用，你也不要再來煩我，否則……」

「否則怎樣？陳二小姐，兔子急了也會咬人，妳若是不講情面，咱們一翻兩瞪眼，我倒要瞧瞧，陳大人若知曉他的寶貝二女兒如此心腸歹毒，設局暗害親姊……」

「你想怎樣？」女子的聲音含著掩飾不住的慌亂。

青玉眸中寒光閃現，聽到此處，已明白慈華寺一事是出自何人之手，原來是那陳毓昕設局暗害親姊。至於那男的，當日之事後，她也特意探查過，知道他是城中書院的一名學子，姓馬名守文，傳聞是某位大人的親戚，如今看來，這位「大人」很有可能便是陳毓昕之父。

至於同謀的另一男子……

心思突然一轉。難怪、難怪那晚「藥小姐」僅是重創了馬守文，卻放過了另一人，想來那日她趕去時見到那兩人離去的身影，必是當中的一人及時制止了惡行。

她唯一不能確定的，就是自家小姐遇襲到底是意外，還是有人刻意為之？若是有人刻意為之，這個人，必定是與小姐「偶遇」的陳家大小姐陳毓筱。

姊妹相殘，累及旁人。

突然，一陣嘈雜的喧譁聲從遠處傳來，她回身循聲望去，隱隱可見男男女女驚慌奔走的身影。

她心中一驚，無暇再理會那兩人，急忙朝來時路奔去。

「來人啊，快攔住牠，攔住牠！」

「六兒快回來！」

「小少爺、小少爺！」

恐慌漸漸瀰漫整個園子，讓不明所以的青玉越發慌亂，生怕自家小姐受到波及，足下步子更是越來越快。

「六兒！」驚懼萬分的淒厲尖叫聲劃破半空，驚得正全力奔跑的青玉一個踉蹌，幾乎要摔倒。

只是當她看到不遠處那驚心動魄的一幕時，忍不住同樣尖叫起來。「小姐！」

前方一座假山前，秦若蘗以身護著一名哇哇大哭的孩童，一隻目露凶光的惡犬張牙舞爪凌空向他們撲過去。

眼看著兩人就要被撲中，說時遲、那時快，一道藍光閃過，只聽得「轟隆」一聲巨響，待她回過神時，惡犬已重重地砸向圍牆一處，再摔落至地上，很快，散落的磚塊下緩緩滲出了一片紅……

「小姐！」青玉回過神來，提著裙角朝伏在地上的秦若蘗飛奔而去，與她同時抵達的，還有一名作婦人打扮的女子。

「六兒！」女子一把摟過被秦若蘗緊緊護著的孩童，母子兩人哭作一團。

「嚇、嚇死我了……」秦若蘗被青玉扶起時，仍是驚魂未定，一張俏臉嚇得刷白，抖著雙唇帶著哭腔道。

「若蘗、若蘗！」青玉安慰之語尚未來得及出口，便被跌跌撞撞趕過來的大夫人推開。

「妳這傻孩子，見有危險怎地不逃，若妳有個三長兩短，妳讓我如何向老夫人交代？」

大夫人是真的怕，頭一回帶著老夫人的寶貝外出便遇到這一齣，如果真的受傷，老夫人豈會輕易饒過自己？

秦若蕖顫抖著身子伏在她懷中，一句話也說不出來。

「多謝王爺出手相救，小兒方才倖免於難。」

陸修琰揹著手，探詢的目光鎖在那道顫慄的嬌小身影上，聞言方收回視線，冷冷地道：「連府上貴客安全尚且無法保證，又如何保一方百姓安康太平？楊大人，本王對你甚是失望！」

楊知府嚇得「撲通」一下跪倒在地，又是磕頭、又是求饒。

劫後餘生的賓客們此時回過神來，有人認出方才出手擊斃惡犬的竟是端王的侍衛，又見楊知府跪向一華服男子求饒，頓時便知來者身分。

一時間，下跪行禮之聲此起彼伏。

秦若蕖被大夫人拉著跪下，她隨手抹了一把眼中的淚花，鸚鵡學舌般跟著喚「王爺千歲」。

陸修琰並未錯過她抹淚的動作。實際上，自他發現她後，便一直注意著她的一舉一動，尤其是當她明明怕得要死卻奮不顧身地衝出去護住楊知府三歲的幼子，那一刻，他其實是在賭。

若是這位秦四小姐果真身懷武功，如此危急關頭，她必然會有法子自保。

只是，當他看到那雙燦若星辰的眼眸嚇得緊緊合上，而惡犬眼看著就要撲到兩人時，「長英」兩字已脫口而出。

如今看著對方這副驚魂未定的可憐樣，他猛然明白：她是真的害怕，並非假裝。這一刻，他甚至有幾分自責，覺得自己不該胡亂懷疑一名深閨弱女子，幾乎將這無辜女子置於險地，虧得大錯未曾鑄成，他最終還是及時讓長英出手了。

秦若蕖並不知自己一番舉動意外洗脫了端王對自己的懷疑，她緊緊地揪著大夫人的袖口，餘悸猶存地挨著她，直到大夫人帶著她進了楊夫人準備的屋子，又親自為她洗臉淨手，再輕聲細語地安慰了許久，她才漸漸緩過來。

出了意外，賓客自然無心久留，至於好好的宴會為何會有惡犬撲出，這些自有楊府追查。而楊知府被陸修琰一頓訓斥，亦沒了留客的心思，只是一心想著如何在端王面前挽回形象。

秦若蕖抿著唇，寸步不離地跟在大夫人身邊，正穿過一方月拱門，卻被一名女子攔住了腳步。

女子「撲通」一聲跪在地上，接連磕了三個響頭。

「多謝秦小姐對犬子的救命之恩，大恩大德，妾沒齒難忘！」

秦若蕖愣了愣，連忙伸手去扶。「夫人不必如此。」

大夫人也怔了須臾，稍一打量，認出來人是楊知府的妾室譚氏，亦即那位三歲的楊小公子生母。

「六公子受了驚嚇，如今正是需要照顧之時，譚夫人還是回去吧！」

譚氏又再深深地行了大禮，這才轉身離開。

大夫人一行人見她離開，便也回身繼續前行。

行至一處拐角，秦若蕖突然覺得有人輕輕拉了拉自己的袖口，緊接著手裡便被塞了一個紙團，她詫異地回頭，卻只看到一個匆匆離去的身影，那身影，瞧著像是方才向她道謝的譚氏。

「四姊姊，怎麼了？」頭一個發現她沒有跟上來的秦七娘不解地止步問。

「沒、沒什麼。」她緊緊將那紙團握在掌心，略定了定神，快步跟上。

回到秦府，姊妹幾個道別，各自回房，大夫人因為頭疼著不知該如何開口向老夫人回稟今日之事，有幾分心不在焉，也沒有多留她們。

一早得了消息守在院門的素嵐，遠遠便見自家小姐與青玉一前一後回來，連忙迎上前來，笑問：「小姐回來了？今日在楊府可曾結識小姊妹？」

秦若蕖恍恍惚惚地「嗯」了一句，根本沒留意她的話，素嵐不解，探詢的目光投向青玉。

青玉搖搖頭，卻也不細說，跟在秦若蕖身後進了屋。

「張，非良配？」屋內，秦若蕖對著一張縐巴巴的紙自言自語，素嵐與青玉疑惑地對望一眼。

「小姐這紙條從何而來？」素嵐率先問。

「方才在楊府，那位譚夫人偷偷塞給我的。嵐姨，妳瞧瞧這是什麼意思？」秦若蕖也不瞞她，將手中紙條遞過去。

「張，非良配？」素嵐望著那兩行字陷入沈思。

「嵐姨？」見她不說話，秦若蕖不禁輕喚。

素嵐回神，反問：「小姐今日在楊府都見了什麼人？」

「什麼人？有許多啊，楊家的四位小姐、陳家的兩位小姐，還有李家的……」秦若蕖伸著手指頭一個一個地數，卻被對方打斷。

「可有姓張的？」

「姓張的？好像沒有姓張的姑娘，倒是大伯母帶我見了位什麼建鄴知府張大人的夫人。」

原來如此。

素嵐了悟，暗自冷笑一聲。大房兩口子的主意都打到四房來了，手未免伸得太長，卻不知此事四老爺是否知情。

四老爺……想到那個多年來對女兒不聞不問的秦季勳，再憶起當年他視一雙兒女為瑰寶的模樣，她一時百感交集。

莫非這便是常言的人走茶涼？夫人走了，連老爺對兒女的疼愛也一併帶走了嗎？

「嵐姨，這紙條上所寫是何意思？這『張』非何人良配？」見她久久不說話，秦若蕖追問。

素嵐回神，緩緩地將紙條摺好遞給她，不答反道：「一會兒老夫人必會派人來請小姐，小姐到時記得將它交給老夫人，老夫人睿智，必能明白當中深意。」

見她這分明是推搪自己之辭，秦若蕖不高興地噘起嘴，嘀咕道：「明明知道卻不肯告訴人家，就愛故弄玄虛。」

素嵐自是聽到她的抱怨，只是裝作不知，逕自進了次間。「我去拿換洗衣裳，小姐先換了乾淨衣裳再去見老夫人。」

「知、道、啦……」拖長尾音卻滿懷怨念的回應。

一旁的青玉自是明白素嵐此舉用意，不禁微微一笑。

「老是把人家當小孩子哄，這個不讓、那個不說，神神秘秘、裝模作樣，太討厭了，討厭！」在次間內更衣的秦若蕖，不滿的抱怨聲不止，可素嵐就是裝聾作啞，惱得她將後面的「討厭」兩字加重了語氣、提高了音量，以示自己非常不高興。

「好了，就穿這身去見老夫人，頭上的簪子也換下來，就戴那蝴蝶珠花吧！」素嵐輕拍她剛換上的衣裙，再看看她髮上的簪子，道。

「那蝴蝶珠花不好看，我不要戴，我討厭蝴蝶，我要戴蜜蜂的。」一聽便知是故意搗亂、刻意作對的聲音。

「可咱們沒有蜜蜂的髮飾啊！」青玉插嘴。

「那就戴螞蟻的。」

「螞蟻的也沒有。」

「小貓。」

「沒有。」

花，泛起一道道美麗的彩光。

一盞茶工夫後，秦若蕖穿戴整齊從屋裡走出，陽光映在她髮上，照著那精緻的蝴蝶珠

「這個沒有、那個沒有，哼，還好意思故弄玄虛。」

「沒有。」

「小狗。」

榮壽院正堂內，大夫人跪在地上，滿懷愧疚地將今日意外向秦老夫人稟明。

秦老夫人聽罷大驚失色。「什麼？阿蕖可有受傷？」

「沒有，虧得端王及時趕到，讓手下侍衛擊斃惡犬，阿蕖僅受了些驚嚇，經兒媳好生安慰過後已好了許多。」大夫人忙道。

老夫人聽罷稍稍放心，一面大聲吩咐人去請四小姐，一面對她道：「妳起來吧，既是意外，自然與妳無關。」

大夫人有些意外老夫人竟會這般輕易放過自己，但也相當慶幸地暗暗吁口氣。老實說，她真的有些怵這位婆母，尤其是近些年，對方越發深居簡出，連她們這些晚輩的晨昏定省都能免則免，不輕易見人。

秦若蕖是在半路上遇到榮壽院來請自己的侍女的，聽聞祖母擔心自己，她不禁加快了腳步。

只有素嵐聽到大夫人在榮壽院時，暗自冷笑一聲。

行至榮壽院正門，她正要舉步跟上已經走進去的秦若蕖及青玉，眼角餘光卻發現身後不遠處等著一名梳著雙丫髻的侍女，於是止住腳步。

她想了想，快走幾步拉住青玉，在她耳邊低語幾句，而後轉身出了院門。

「錢伯傳話進來，說是要尋之人找著了，就在益安城內。」

「此話當真？」素嵐一驚，追問。

「錢伯說的話應不會錯。」

素嵐知道以錢伯的為人，沒有十分的把握是不會說出來的，她只是心裡有些激動，又有些難以置信。找了將近十年的人突然冒出來，追尋了數年的真相眼看著就能揭開，讓她一時有些不知該作何反應。

她怔怔地站著，良久，方低低吩咐道：「讓錢伯好生看著，我會盡快過去。」

秦若蕖到達榮壽院時，大夫人已經離去。

秦老夫人一見她進來便心疼地摟過她直喚「心肝肉」，好一會兒，才拉著她問起在楊府之事。

秦若蕖自然不會瞞她，一五一十細細道來，末了還後怕地拍拍胸口。「可嚇死我了，虧得王爺及時命人相救。」

老夫人亦嚇出一身冷汗，責怪道：「小孩子家家連自己都照顧不好，還學人當英雄，萬一有個三長兩短，妳讓祖母怎麼辦？」

秦若蘩撒嬌地反摟著她。「人家不是沒事嗎？」

老夫人無奈又不甘地在她臉上掐了一把。「妳啊，真真讓人片刻也放心不下。」

祖孫倆好一陣笑鬧，片刻，秦若蘩終於想起素嵐的囑咐，從老夫人懷抱中微微起身，掏出那張縐巴巴的紙遞過去。「祖母瞧，那位譚夫人悄悄塞給我一張紙條，也不知何意。」

老夫人接過紙條一看，臉色當即一沈。

秦若蘩見她如此，更覺好奇，難得地皺起眉頭思考今日所見的每一個人，片刻，猛地「啊」一聲，倒把老夫人嚇了一跳。

「是說我嗎？爹爹要將我許配給張家的公子嗎？」

老夫人先是一怔，繼而哭笑不得地輕斥道：「也不害臊，姑娘家把親事掛在嘴上。」

這頭，祖孫倆言笑晏晏，那邊，素嵐卻心神不寧，尤其是當天色漸漸暗下去，府內陸陸續續點起了燈，不過半晌工夫，熟悉的聲音從門外傳了進來，讓她的心不禁為之一顫。

「嵐姨怎麼了？整個晚上都怪怪的。」沐浴更衣過後躺在舒適的被窩裡，秦若蘩打著呵欠問。

「沒事，小姐快睡吧，都二更了。」素嵐輕聲道。

直到感覺秦若蘩的呼吸漸穩，她才起身放輕腳步走了出去。

夜深人靜，遠處的更聲響了一下又一下，攬芳院內，素嵐與青玉兩人面對面坐著，均是一言不發。

突然，裡間傳出輕輕的腳步聲，緊接著便是窸窸窣窣的更衣聲，兩人不約而同地彈了起來，快步往裡間走去。

燭光映照下，一名身形曼妙的黑衣女子正攏著頭髮，見兩人進來，也不過淡淡地掃了一眼，繼續將長髮挽好。

「藻小姐。」

這位黑衣女子，正是本應在床上安睡的秦若藻。

「今日在楊府出手擊斃惡犬的那人是誰？」

「是端王那名喚長英的侍衛。」青玉忙回道。

秦若藻皺著眉，頷首道：「原來是端王侍衛，難怪功夫如此了得，幸而他出手及時，否則我便要衝出去了。」稍頓了頓，又叮囑道：「端王來意不明，如今又暫住府中，日後咱們行事務必小心。」

「藻小姐放心。」

秦若藻點點頭，目光漸漸移向始終一言不發的素嵐，問：「素卿之事追查得如何？」

素嵐沈默須臾，回道：「錢伯託人傳話來，已經找著了，如今人關在城西，等著藻小姐發落。」

秦若藻一下子從椅上彈跳起來，雙眼閃著冰冷徹骨的寒光，咬牙切齒地道：「好、好、好，我就說過，有生之年，不惜一切代價，定要叫她落在我的手裡！」

話音剛落，她快走幾步推開緊閉的窗，縱身一跳，瞬間便融入黑夜當中。

青玉二話不說緊隨其後跳了出去。

夜涼如水，街上一片靜謐，偶有巡邏的官差打著呵欠經過，此時此刻，正是好眠之時。

秦若藻一路疾奔，牙關死死地咬著，眸光越發冷冽陰狠。夜風迎面撲來，似涼若冰，這感覺，就像當年她伏在那滿地奪目的紅裡……

「砰」的一聲，緊閉的房門被人從外頭用力踢開，嚇得雙手被縛、口中塞著布巾的狼狽女子顫慄不止。

只是，當她望向來人，藉著昏暗的光看清來人容貌時，雙眼驚恐地睜大。

秦若藻帶著陰鷙的笑，一步一步向她走過去，嗓音是前所未有的輕柔。「素卿姊姊，這麼多年不見，可還認得故人？」

行至女子跟前，她止步，笑得異常甜美。「這麼多年，素卿姊姊應該不記得我了，但是這張臉，想必姊姊畢生難忘，又或者曾在午夜夢迴之時見到過，只要……」

她將手輕輕按在女子心口處。「只要這裡面跳動的心，還能流得出紅色的血。」

一言既了，她用力扯下女子口中的布巾。

「夫人饒命，夫人饒命啊，奴婢不是有意的，奴婢真的不是有意的。」

秦若藻並不理會她的哭喊，抽出綁在鞋子裡的匕首，反手一揮，將綁著對方的麻繩割斷，只聽「撲通」一聲，綁坐於太師椅上的素卿一下子便跌坐在地上。

她也顧不上身上的痛，爬向秦若藻，抱著她的腿不斷地哭求道：「夫人饒命，夫人饒命……」

秦若蕖一把抓住她的頭髮，用力往後一扯，只聽得一聲痛呼乍響，可她根本不在意，咬著牙滿臉殺氣地道：「妳睜大眼睛看看我是誰，夫人？她早死了，難道妳沒看到她身上流的血？她流了那麼多的血，滿地的血，染遍了整個屋子，這些，都是拜誰所賜?!」

「不、不、不、不是我……不是我，真的不是我，不關我的事……」無邊的恐懼漸漸瀰漫素卿身體，眼前的女子更似從地獄爬出來的追魂鬼，一點一點劃開她的記憶，逼著她面對過往的噩夢。

第四章

「不關妳的事？若果真半點也不關妳的事，為何妳要詐死潛逃，為何千方百計躲避我的人？」秦若蕖每說一句，臉上的殺氣更濃一分，抓住素卿長髮的手也越發用力，力度之強，像是要將對方的頭皮扯下來一般。

素卿痛得哀號不止。「夫人……不，小姐、小姐饒命，小姐饒命啊！」

「說，當年與妳私通，讓妳換了我娘的藥的那個男人是誰?!」

「我說我說……」劇痛讓她再也承受不住，哪還敢嘴硬？

秦若蕖聞言，用力一扯，將她扯離身邊，重重地摔向一邊，眼神陰鷙地盯著她。

「說！」

素卿被摔得滿眼金星，聽到這殺氣騰騰的話，生怕回答得遲了再吃苦頭，連痛也不敢呼一聲，顫抖著道：「他是我……不不，是奴婢偶爾結識的一名大夫，姓呂名洪，雖醫術頗佳，卻因受人打壓，故而一直不得志。夫人身子欠安，呂洪認為這是他翻身的一個機會，懇求奴婢助他一臂之力，將一味藥加入夫人所服湯藥當中……」說到此處，她怯怯地望了望秦若蕖，見對方臉色越發陰沈，嚇得一個哆嗦，卻也不敢隱瞞，結結巴巴地又道：「那藥只是會拖、拖延夫人痊癒時間，並、並不會對夫人的身體造、造成損害……只、只待城中大夫束手無策之時，他、他便可藉此機會上門自薦，為、為夫人診治，到、到時夫人痊癒，自、自然……」

「他說什麼妳便信什麼？妳怎不說是自己不知廉恥，與人私通，謀害主子！」秦若蕖雙目噴火，握著匕首的手隱隱可見跳動的青筋。

「奴婢也是受人矇騙，奴婢深受夫人大恩，絕不敢做出謀害主子之事，小姐明察！況且，這都是呂洪那偽君子一人所為，奴婢發現不妥之後，本想找他問個清楚，想不到亂兵忽至，府中頓時陷入血海，奴婢九死一生逃了出去，本想向呂洪討個說法，卻沒料到那偽君子竟然想殺人滅口！」說到此處，素卿咬牙切齒，恨不得將那個騙了自己身心的男人碎屍萬段。

所幸她命不該絕，再一次逃出了鬼門關。

「妳可還記得他的模樣？」一直靜靜地站在一旁的青玉突然插口問道。

「記得，他便是化成了灰我也記得！」

「那好，妳說我來畫，看能否將他的模樣畫下來。」

秦若蕖閉著眼眸，接連幾個深呼吸，努力將那滔天的怒火壓下去，對青玉的提議並不反對。

直到青玉照著素卿的口述將呂洪的容貌畫下，又得到了對方的確認，她才冷笑一聲，朝著惡狠狠地盯著青玉手中畫像的素卿走過去。

當一道陰影將她的視線擋住時，素卿打了個冷顫，瞬間記起自己的處境，望向背著光、瞧不清表情的秦若蕖，她害怕地一面往後縮，一面驚恐萬分地喚：「小、小姐，啊……」

伴著她的慘叫聲落下的，是四下飛濺的鮮血……

原來是秦若蕖手起刀落，一刀將她右手小指砍下來。十指連心，素卿雖原為奴婢身，但也是享受了數年飯來張口、衣來伸手的夫人日子，豈受得了這般痛苦，整個人痛得在地上打起滾來，慘叫連連。

秦若蕖從懷中掏出錦帕，動作輕緩地擦著匕首上的血跡，面無表情地道：「背主之人，死不足惜，今日且留妳一命，待我將真凶緝拿，方一一清算！」

言畢，將匕首插回鞘中，冷冷地掃了一眼已經痛暈了過去的素卿，冷淡地吩咐道：「將她關押好，若她有什麼動作，直接送她上路。」

「是。」一方臉的中年男子錢伯躬身應道。

走出屋子，清涼的夜風迎面撲來，吹起她的長髮，秦若蕖抬手撫臉，卻拭出一臉的淚水。

她極力睜大雙眸，想將淚意逼回去，眼前卻漸漸變得一片迷濛。朦朧間，當年那血腥的一幕幕再度在她腦海中閃現。

慘叫聲四起，不過眨眼間，熟悉的身影一個接一個倒在了血泊當中。紅，入目盡是鮮豔的紅，無邊無際……

「……蕖小姐。」見她停下腳步，青玉遲疑片刻，低低地喚。

秦若蕖深深地吸了口氣，努力平復心中思緒，良久，啞聲道：「回去吧！」

不怕，她有一輩子的時間去追查，終有一日，定會將真相查個水落石出，屆時，必定要幕後之人血債血償！

回府的路比來時更暗、更靜，青玉運氣緊跟著前方的秦若蕖，雙唇抿得緊緊，腦子裡卻是一片空白，心裡也亂得緊。

酈陽之亂、秦府血案，還有兄長的終身愧疚……

「砰」的一聲悶響，將她從思緒中拉了回來，她揉揉撞得有些疼的額角，望著突然停下來的秦若蕖，不解。「蕖小姐，怎麼了？」

一面說話，一面順著對方的視線望過去，卻見黑暗當中，一個身影飛掠而過，瞬間便消失在眼前。

「那是咱們府。」她吃了一驚，只因那黑影消失之處，正是秦府。

秦若蕖皺著雙眉，少頃，指著黑影消失的方向道：「那個方向，我記得是端王暫住的院落，從方才那人的身手來看，武功在妳我之上。有此等武藝，想來應是端王手下之人，即便不是，多半與端王有關。妳可知端王因何到益安來？」

「我曾經打探過，據說端王是奉旨巡視地方官員，至於為何頭一站便到益安，又為何落腳秦府，這便不得而知了。」青玉壓低聲音回道。

秦若蕖雙眉蹙得更緊。

「罷了，閒事莫理，還是繞道避開他們吧，小心為上。」

兩人熟門熟路地進府，途經一方院落，忽見一名女子避人耳目地行走於鵝卵石小道上。

秦若蕖頗有幾分不耐煩。「今夜是怎麼回事？總是遇見牛鬼蛇神。」一言既了，陡然運氣，幾個躍步，兩三下便消失在青玉眼前。

青玉望了那女子一眼，認出是四夫人周氏的貼身侍女浣春，暗自嘀咕了幾句，發力跟了上去。

昏暗陰涼的屋內，臉色蒼白如紙的女子倒在床上，目光落到推門而入的綠衣女子身上，竟緩緩勾起一抹如同解脫般的笑容。

「浣春姊姊，妳來了。」

浣春腳步頓了頓，輕咬著唇瓣上前，居高臨下地望著她道：「看樣子，平姨娘是知道我今夜為何而來了？」

「浣平自認是個愚鈍之人，但跟在夫人身邊多年，或多或少清楚她的手段。」平姨娘微微笑著坐直了身子，抬手輕柔地順著長髮道。

「怪只怪妳不知廉恥，竟然敢勾引四老爺，便只有這一條，夫人也絕不會饒了妳！」

「勾引四老爺？」平姨娘失笑，無奈搖頭，嘆息般道：「我有沒有勾引四老爺，我到底是不是清白無辜的，浣春姊姊想必心裡清楚。」

浣春眼神微閃，卻仍強硬地道：「妳的意思是夫人冤枉妳不成？若不是妳存心勾引，老爺又怎會到妳屋裡來？若不是妳用了些狐媚手段，老爺又怎會為了妳向夫人求情？也不照照鏡子，四老爺神仙般人品，又怎會瞧得上妳！」最後一句，添了明顯的不屑。

「欲加之罪，何患無辭。罷了罷了，留此殘命，不過是累人累己……」頓了頓，似是自言自語地又道：「況且，曾得過他的真心垂憐，浣平便是死，也無憾了。」

說到此處，臉上竟浮現出夢幻般的柔美笑容。

浣春見狀勃然大怒，狠狠地一巴掌抽到她臉上。「賤婢！」

平姨娘被抽倒在床上，嘴角滲出一絲血絲，她也不去擦拭，依舊微微笑著道：「姊姊打得好，妹妹自知難逃一死，只是有句話得提醒姊姊。」

她掙扎著靠坐起來，氣息微喘，嗓音卻甚是溫柔，彷彿真的是在為對方著想一般。

「姊姊，妹妹勸妳得把對老爺的那份心意藏得再嚴些，若是夫人知道了，姊姊的下場只怕比妹妹今日更甚……」

浣春打了個寒顫，臉上血色刷地褪了下去，又慌又怕地指著她。「妳、妳……」

「我怎麼知道？」平姨娘輕笑。「我與姊姊一同長大，吃住一處，姊姊的心思何曾瞞得過我？」

「妳、妳胡說，妳胡說！」驚懼蔓延全身，浣春惡向膽邊生，猛然朝她撲過去，雙手死死地掐著她的脖子……

更聲響了一下又一下，陰暗的屋子裡，燭光有一下、沒一下地跳動著，女子的一雙眼眸不甘地張著，似是在控訴著命運的不公。

「平姨娘，我是洗墨，給您送藥來了。」不知過了多久，一陣輕輕的敲門聲在屋外響起。

久不見動靜，洗墨不解，伸手輕輕一推，門竟被推了開來。

「平姨娘？我是洗墨，奉四老爺之命給您送藥來了。平姨娘，平——」話音戛然而止，洗墨驚恐地盯著床上動也不動的平姨娘，身子抖啊抖，片刻，他強壓下懼意上前，伸手探了探對方鼻息……

洗墨嚇得連爬帶滾般出了門，飛也似地跑了。

「老爺，老爺！」

久久不能眠的秦季勳，正失神地望著床頂，忽然聽到小廝洗墨的驚叫聲，他不禁皺了皺眉，輕斥道：「三更半夜的亂嚷嚷什麼？藥可送去了？」

「老、老爺，平、平姨娘死、死了！」洗墨哭喪著臉，軟倒在床榻下。

「什麼？」秦季勳大驚失色，陡然從床上坐了起來。

不過半晌，他臉上血色一點一點褪去，雙目無神，喃喃自語道：「死了，死了，我早該想到的，早該知道的，她又豈會……是我，終究是我害了她……」

兩行淚水緩緩滑落，掉落衾裯當中，再也尋不到蹤跡。

西院西北間內，披著散亂長髮的女子蜷縮著身子躲在陰暗的角落中，滿目悲戚，面如白紙。

不知過了多久，進來伺候的婢女鵑兒發現了，忙走過來欲扶起她。「溫姨娘，地上涼，小心身子。」

「身子？如今還怕什麼涼不涼……平姨娘是她從京城帶來的，又是自小伺候她的，尚且得到這般下場，更何況我這孤苦伶仃、從外頭買進來的……」兔死狐悲，對未來的恐懼與無望籠罩著溫姨娘。

鵲兒聞言，打了個寒顫，勉強扯起一絲笑容道：「姨娘想必是睡迷糊了，什麼下場不下場的。夜深了，還是早些睡吧，明日一早還得向夫人請安呢！」

「平姨娘死了，死在浣春手裡，就在方才。浣春是誰的心腹，難道還要我說嗎？」浣春半夜三更避人耳目前來，慌慌張張離去，再接著，便是每隔數日來送藥的洗墨……

這段日子，平姨娘身子越發地差，可夫人卻彷彿不見，依舊讓她到跟前伺候，老爺於心不忍，曾開口求情，雖是一片好心，沒奈何卻起了反效果。

「鵲兒，我覺得我大概也活不長了……」

「姨、姨娘莫要胡言亂語，您又不曾做錯事，又、又怎會活不長呢？」鵲兒哆嗦著扶著她。

「平姨娘又何曾做過錯事？還有早些年去了的杜姨娘、方姨娘，她們又做過什麼？」

「不、不會的，不會的，姨娘多、多心了，快睡吧，一覺醒來什麼都會過去的……」鵲兒有些語無倫次，也不知是在安慰對方，還是在安慰自己。

一大早便得了回稟的周氏輕輕吹了吹雙指新染上的蔻丹，之後淡淡地瞥了一眼臉色蒼白、顫抖不止的浣春，冷笑道：「真是沒用，死便死了，有什麼好怕。那賤婢生了要不得的心思，便知道自己早晚得死。」

哪知浣春聽了她這話，抖得更厲害了。

周氏不屑地冷哼一聲，端過茶盞，施施地呷了一口。

四房妾室平姨娘的死訊是在早膳過後傳到秦若蕖耳中的，她愣愣地微張著嘴，一時竟不知該作何反應。

「怎麼突然便死了？前些日子不是還見著她在母親屋裡伺候嗎？」說起來，她與平姨娘並無接觸，只是忽聞一個活生生的人突然去了，一時心裡不禁有些沈重。

素嵐與青玉兩人均是沈默，並沒有回答。

這是第幾個了？第三個，還是第四個？兩人對視一眼，不約而同地苦笑一聲。

半晌，還是素嵐道：「生死有命，平姨娘這一去，也是脫離了人間種種悲苦不易……」

乾巴巴的安慰連她自己都說不下去，只能搖頭嘆息，轉移話題道：「小姐的百壽圖可繡好了？老夫人壽辰可是轉眼即到。」

秦若蕖卻仍怔怔坐著，彷彿沒聽到她的話，良久，才悶悶地低頭道：「嵐姨，不知怎地，我覺得心裡空落落地難受。」

不待素嵐再說，又似是自言自語地道：「我娘去的那日，我也是這般難受嗎？嵐姨，我竟一點都想不起來了，娘在天之靈若知道，她會不會怪我？怪我竟連她的模樣都快記不起來。一定會怪的吧？爹爹這些年不理我，我都覺得心裡難過，娘也一定會有同樣的感覺。我是不是很不孝？天底下哪有我這樣的女兒，難怪爹爹不喜歡我了……」

素嵐眼眶一紅，伸手過去將她摟進懷裡，勉強勾起一絲笑容安慰道：「傻姑娘，夫人那麼疼妳，又怎會捨得怪妳？夫人一直希望小姐能快快樂樂、無憂無慮地長大，若是因她的離去而讓小姐不快樂，夫人必是不願的。所以，小姐記不起來，夫人、夫人定然是……」

「不是的，那樣是不對的，縱然會不開心，縱然會很難過，可是、可是……」秦若蕖在她懷中喃喃，可是什麼？她並未說出口。

平姨娘的死只在秦府內宅中激起小小一片浪花，很快便息了下去。不提她的奴籍，單是府中有貴客端王這一層關係，秦伯宗夫妻倆都會極力掩下。

「四夫人命人用蓆子將平姨娘捲了抬出府，也不知葬去何處。」洗墨低著頭，有些難過地輕聲將打探到的消息稟報。

秦季勳薄唇緊緊抿作一道，聞言不忍地合上眼眸，嗓音沙啞地吩咐。「出去吧！」

洗墨躬著身子便要退下去，臨出門時不自禁地回身一望，卻見主子踉踉蹌蹌地往裡間走去的背影。

「清筠、清筠，曾經盼望來生，能與妳共續今世未了情，如今……」狹小的密室內，彷佛一夜之間蒼老不少的男子，顫抖著伸出手去，溫柔地撫著靈位上的每一個字——「秦門衛氏清筠之靈位」。

「如今唯願，若有來世，妳、妳莫再遇似我這般男子……」

秦府主子雖極力掩下平姨娘的死，但陸修琰是何許人物，出了人命如此大之事又豈會瞞得了他。

此時，他翻著長英送來的密函，聽到對方似是閒談般提及秦家老四妾室的離世，不禁皺起了眉頭。

他將密函摺好伸至燭檯上點燃，待燃燒將盡時，扔到一旁的銅盆裡，道：「本王依稀記得曾聽五皇姊提過，周氏將她身邊一名自幼伺候的侍女抬了妾室，可是如今這位新喪的？」

長英想了想，頷首。「確實是這位。」

稍頓，他又忍不住道：「說來也怪，秦老四妻妾不少，可至今膝下唯有過世的原配夫人留下的一雙兒女，不論是繼娶的周家小姐，還是抬的一個個妾室，均不見有喜，也不知是他與周氏女八字不合還是怎地。」

陸修琰臉色一沈，呵斥道：「本王竟不知，你何時學了那長舌婦？」

長英訕訕地摸了摸鼻子，小聲地道：「上回王爺讓屬下留意秦府內院異動，屬下一時……」

「罷了罷了，說來也怪本王疑心重，如今既洗脫了秦四姑娘嫌疑，內宅婦人之事還是避嫌些為好。」

「……是。」長英嘴巴張了又合，合了又張，終是回道。

陸修琰淡淡地掃了他一眼，隨手拿過一旁的書冊翻閱起來。不知過了多久，他無奈地嘆了口氣，將書冊扔到一邊，望向一臉欲言又止的屬下，道：「有話便說吧！」

長英一喜，卻又有幾分遲疑地問：「王爺不會又罵屬下長舌吧？」

「有話直說，這般吞吞吐吐的實非大丈夫所為。」陸修琰沒好氣地瞪他。

「是。回王爺，屬下偶然得知，真的是很偶然得知的。」長英用力點頭，接收到主子一記瞪視後，再不敢胡扯些有的沒的，一股腦兒地道：「秦四姑娘似乎會與建鄴知府家的五公子訂親。這張五公子外頭看起來人模人樣，實際卻不是什麼好東西，他不好女色，是個斷袖，不但如此，還偏好模樣俊俏的男童，府裡但凡長得稍好的男娃，沒幾個不遭他毒手的。」

說到此處，他偷偷望了主子一眼，見他臉色陰沈，沈吟片刻又道：「張夫人手段了得，將這一切掩飾得極好，否則以他家出了個懷有皇室血脈的姑娘，又怎會想為兒子聘娶個門戶不如自家的秦四姑娘？」

陸修琰兩道濃眉皺得更緊，聽到此處不贊同地道：「世間多少人因為門第之見而錯失佳偶，秦四姑娘雖非出自世家名門，可她那份遠勝於他人的善心，卻是許多皇親貴胄之女所不能及的。」

長英有些意外，想不到一向眼高於頂的主子居然對那秦四姑娘評價如此之高。

「秦、張兩家結親，秦家看中張家未來或許會有的前程；至於張家，若那張夫人頗具手段，亦非蠢人，自知該為斷袖兒子娶一個有姿色、性子軟和卻又家世不及自家的媳婦，如此方容易拿捏，而秦四姑娘恰恰滿足她這番要求。」說到此處，陸修琰眸光一寒。

「滿足這三個要求的女子何止千萬，挑個小家碧玉不是更穩當些？秦府雖不如張府，但好歹也是官宦之家，真要鬧起來，張府未必能得好。」長英不解。

陸修琰抬眸望了他一眼。「你能想到這一點，也算是有些長進，只是莫忘了，人在做決定之前，除了理智，還有感情左右。張夫人寵愛幼子，又以有皇家關係為榮，豈會輕易接受小門小戶之女？這門親事必須表面好看，讓人瞅不出半點不妥，又要滿足她真正的擇媳標準。」

長英想了想，認為主子此番話甚是有理，那張夫人保不定打的就是這樣的主意。心裡雖有些同情那倒楣的秦四姑娘，只是也知道此等事由不得外人插手。「世間為了榮華富貴出賣良心之人何其多，何況兒女親事於某些人來看，不過是貪緣攀附的一種手段，攤上這麼一個賣女求榮的爹，秦四姑娘也真夠命苦的。」

陸修琰沈默不語。

秦季勳嗎？難道自己果真是看錯他了？表面看起來的淡泊名利，其實不過是一種掩飾？

「王爺，京城怡昌長公主府送來的東西。」年輕的侍衛捧著一個描金漆黑錦盒走進來稟道。

長英忙接過，將錦盒上的信函呈給陸修琰，自己則捧著錦盒靜候一旁。

陸修琰看罷信件，隨手摺好放在書案上，吩咐道：「那錦盒裡的東西是五皇姊給她的表姊周氏的，你讓人給秦季勳送過去，請他轉交給周氏。」

「還是屬下親自跑一趟吧！」長英主動請纓。

陸修琰並無不可地掃了他一眼，在案前落坐，提筆蘸墨。

長英見主子默許，躬身行禮便離開了。

穿梭於綠樹紅花中，目不斜視地跟著引路的小廝往秦季勳的外書房走去，直到耳尖地聽到女子說話中提及的某個名字，他才不由自主地停下了腳步。

「……四小姐果真要與張家公子訂親？」

「沒有十成也有八成了，否則老夫人怎讓我去打聽張公子為人？府裡誰不知老夫人最是疼愛四小姐，對她的親事自是萬般謹慎。」

「聽妳這般說，這張公子是個極好的了？」

「自是極好，翩翩佳公子，才名遠播，頗有四老爺當年風範，讓人挑不出半處不是，老夫人多半也是滿意的。」

秦老夫人著人去查那張家公子？長英心思一動。如此看來，這位老夫人倒是真心為孫女兒考慮。

「崔護衛？」久不見他跟上的小廝止步回身。

長英反應過來，正欲說話，又聽那女子道：「不與妳多說了，我還得趕緊回稟老夫人……」

他心思幾度輾轉，方道：「忽然想起還有要緊事在身，我便不去了。這是怡昌長公主給四夫人的，煩請小哥交給你家四老爺，請他轉交四夫人。」言畢也不待對方回答，把錦盒往對方懷裡一塞，幾個箭步便沒了蹤影。

「瞧著嵐姨不在，一個個都犯起懶了不是？」邁進院門便見幾個小丫鬟正湊到一處閒聊，青玉柳眉倒豎，板著臉教訓道。

小丫鬟們忙不迭散去，只留一名年紀稍長的藍衣侍女涎著臉求饒道：「好姊姊，饒了我吧！」

青玉瞪了她一眼，問：「小姐呢？妳怎麼不在跟前伺候？」

「小姐在屋裡繡著百壽圖，我剛添了茶水出來，見她們幾個圍著在一起也不知在聊些什麼，我都還沒說上話呢，姊姊便回來了。」

「難不成還怪起我來了？」青玉沒好氣地戳了戳她的額角。「去吧！」

藍衣侍女如蒙大赦，一溜煙地跑掉了。

青玉無奈搖頭，抬腳往正屋裡去。

「小姐這是做什麼？」進門便見秦若蕖用力擦拭著花梨木圓桌一處，也不管桌上還放著她那幅將要完工的百壽圖，漫溢的茶水漸漸染上繡圖的一角。

青玉快步上前，飛快將百壽圖拿起來，用袖子將水漬擦乾。

「髒了，桌子髒了……」秦若蕖恍若未覺，依舊用力擦著桌子。

「桌子髒了讓下人們擦乾淨即可，何必……小姐的手怎麼受傷了？」好不容易將百壽圖拯救回來，卻見秦若蕖撐在桌上的左手，食指下竟有一圈血跡，驚得她慌忙奪下小姐右手抓著的帕子，強行將她扯離桌邊。

耳邊是青玉的喋喋不休，又是心疼、又是責怪之語，可秦若蕖的視線始終緊緊盯著桌上那濕漉漉、被她用力擦拭過的地方。

「我去拿藥，小姐忍著點。」

動作麻利地將藥取來的青玉，乍見又抓著帕子擦桌子的秦若蕖，頓時氣不打一處來。她三步併成兩步過去，用力奪過那帕子，狠狠地扔到地上，惱怒地瞪著小姐。

秦若蕖愣愣地迎上她的視線，好一會兒才帶幾分委屈地喃喃道：「髒了，好髒，得擦乾淨。」

青玉怔了怔，望望她受傷的手指頭，再看看桌上的污漬，猛然醒悟過來。

血……

她低低地嘆了口氣。這麼多年了，她幾乎都要忘記眼前四小姐對血的執著。

熟練地包紮好滲血的手指，又哄又勸地將四小姐的注意力轉移，並再三保證一定會將桌子擦得乾乾淨淨，方讓秦若蕖再不執著於那「髒了」的桌子。

「老夫人這會兒想必在念叨著小姐呢，小姐不如去陪陪老夫人？」

秦若蕖想了想，點頭道：「也好。」起身的同時，再三叮囑青玉務必要將桌上的「髒東西」徹徹底底擦拭乾淨，得到保證後才放心地離開。

熟門熟路地到了榮壽院，她抿了抿雙唇，決定從小後院的穿堂走。一路上，不時制止住向她請安的侍女，輕手輕腳地繞到前堂次間，她有些得意地掩嘴偷笑，正欲出去嚇祖母一跳，反倒被秦老夫人乍然響起的怒罵聲嚇住。

「……孽障！我只剩這麼一個可心的，你也要來算計，你不看著我雙腿一蹬、兩眼一閉便不安心是不？」

「母親此話，兒子便是死一萬次也不夠！」是秦伯宗誠惶誠恐的聲音。

「你死一萬次也不夠？你做下的那些事，才真真是讓我死一萬次也不夠！他日黃泉路上，我又有何面目去見你姨母一家，有何面目去見清筠！」

清筠？秦若蕖心口一揪，袖中雙手下意識握緊，原本伸出的腳也縮了回來，耳朵更是豎了起來，貼著大屏風靜聽外頭動靜。

誰知外面說話聲卻停了下來，隱隱約約聽到沈重的呼吸聲，不知過了多久，秦伯宗有幾分沙啞的聲音才再度響起。

「兒子深知無顏自辯，可是母親，那張公子之事兒子確實是毫不知情，若蕖不僅是四弟與清筠表妹唯一的女兒，更是兒子的嫡親姪女，兒子便是再混帳，也絕不敢將若蕖往火坑裡推。」

「你有什麼不敢？你還有什麼不敢?!」突然插進來的熟悉男聲怒吼道，嚇得偷聽的秦若蕖一個哆嗦，更是連連後退了幾步。

不過頃刻，外頭的怒罵聲、求饒聲、瓷器破碎聲、桌椅倒地聲，伴隨著秦老夫人的驚叫聲穿透屏風直向她傳來。

是、是爹爹……

她強壓下害怕，一點一點探出腦袋往外瞧，卻見秦季勳正壓著秦伯宗，一拳一拳地直往他身上招呼，周圍的下人又勸又拉都無法制止他的動作；而上首的秦老夫人已是老淚縱橫……

這一場混亂一直持續了將近一刻鐘，秦季勳才被聞聲趕來的秦仲桓與秦叔楷兄弟兩人拉住。

他雙目通紅，悲憤質問：「你還是大哥嗎？你還有半點兄弟情義嗎？你到底還要算計我多少？你怎不直接把我勒死？」

凌亂不堪的屋內，秦仲桓與秦叔楷對望一眼，均沈默下來，便是滿身狼狽、想要辯駁的秦伯宗，話語像是堵在喉嚨裡，怎麼也說不出來。

壓得人喘不過氣的沈默縈繞當場。

突然，一道低低的抽泣聲響了起來，讓秦氏兄弟四人反應過來，便是秦老夫人也不禁止住淚水，順著抽泣聲響起之處望過去……

「阿蓁！」

「若蓁！」

幾人的驚呼聲在看到蜷縮成一團的身影時同時響起，秦季勳率先回神，快步越過秦老夫人向女兒走去，將那嬌小的身軀摟進了懷裡。

「阿蓁不怕，阿蓁不怕，有爹爹在呢！」他又是悔恨、又是痛苦，強壓下心酸放柔聲音安慰。

「嵐姨、嵐姨……」誰知秦若蓁卻在他懷中極力掙扎，哭叫著要尋素嵐。

「嵐姨在呢，嵐姨在呢！」匆匆忙忙趕過來的素嵐見狀忙上前，將她攬入懷中。

秦季勳怔怔地望著空空的懷抱，再看看在素嵐懷中哭泣不止的女兒，良久，苦笑一聲。

他曾捧在手心上嬌寵的女兒，曾經連被蚊子叮了也會哭著找他的女兒，如今最信任之人再也不是他了……

秦老夫人也好不了多少，不管平日孫女兒再怎麼黏著自己，一到了關鍵時候，首先尋找保護的對象依然是素嵐。

可是，她卻不能有半點不悅、有半分不平，這一切都是自找的，是秦氏滿門自找的！

一場鬧劇雖已落幕，它卻像一把鋒利的刀，劃破了秦氏母子、兄弟間那一層名喚「粉飾太平」的皮。

攬芳院內，秦若蕖將臉埋在薄衾裡，任由侍女們勸了又勸都不理會。

「小姐這是怎麼了？」青玉故作不解。

素嵐含笑道：「都大姑娘了還像小孩子般哭得唏哩嘩啦，這會兒回過神來，自是羞得不敢見人。」

「哦……」拖長尾音的恍然之聲，明顯帶著取笑。

「嵐姨……」悶悶的抗議從薄衾裡傳出來。

「好了好了，不說了，小姐也快起來，小心透不過氣。」素嵐強壓著笑意，用力將她「挖」了出來。

「我、我也不想的，就是、就是有些害怕……」秦若蘽眼神四處飄啊飄，就是不敢對上眾人，對著自己的手指小小聲地解釋道。

「是，那場面，任誰見了都害怕，何況是小姐呢！」素嵐噙笑附和。

「不錯不錯，若是青玉在，也會怕的。」青玉有樣學樣。

「真、真的嗎？」

「真的！」屋內眾人齊齊點頭，終於順利讓秦若蘽鬆了口氣。

「嵐姨怎地提前回來了？錢伯可好？店裡可好？」名為「害羞」的小鳥振翅飛走，她又纏著素嵐嘰嘰喳喳起來。

第五章

素嵐聞言，臉上有一閃即逝的憂色。「都好，左右沒什麼事，心裡不放心小姐，故而提前回來了。」

青玉並沒有錯過她臉上的變化，若有所思地抿了抿雙唇。

天色一點一點暗下去，趁著秦若蕖沐浴的時機，她終於忍不住將素嵐拉到一旁小聲問：「嵐姨，妳是不是去見素卿了？」

素嵐臉色一僵，也不瞞她，頷首道：「是，我是去見素卿了。終究相識一場，有些事一直壓在我心裡，不得不去問個清楚明白。」

「那店裡可是出事了？還是說錢伯……」

素嵐搖頭。「都沒事。」

遲疑須臾，她低低地道：「我只是有些擔心，一直追查的真相怕是我們接受不了的。今日從素卿口中得知，當年呂洪曾無緣無故多了幾筆銀兩，更在醉酒之時洩漏口風，說他那位財神爺操著一口彆扭的酈陽口音，可他一聽便知對方必是益安人氏。先不提呂洪此番判斷是否準確，只是萬一——」

「妳說的可是真的？」清清冷冷的語調陡然在兩人身後響起，嚇得兩人一下子噤了聲，回身一望，見秦若蕖身著中衣，披著猶滴著水珠的長髮，正盯著她們。

「小姐……不，是蕖小姐？」素嵐試探著問。

「是我。嵐姨，妳方才所說可是真的？」秦若蕖上前一步，緊緊地鎖著她的視線。

「是，素卿確實是這般說的。」

秦若蕖聽畢秀眉緊蹙，神色凝重。良久，方自言自語地道：「難道果真是他？看來今夜得去探一探……」

素嵐與青玉互望一眼，均是不解，正欲詢問，小姐已轉身進了裡間。

燈火明亮的書房內，陸修琰有一下、沒一下地輕敲書案，直敲得一旁的長英一顆心臟亂跳不已，半晌，他再也受不了，舉手投降。

「屬下承認，張家公子那事是屬下安排的；不過，屬下也是打抱不平，王爺不是認為那秦四姑娘是個心善的好姑娘嗎？好姑娘自然該有個好歸宿，秦府必是不敢得罪張府，故而屬下便略施小計，買通那李家人，讓他們上門去哭訴。」

接收到主子的瞪視，他忙又道：「屬下可不曾無中生有。那李家的小兒子的的確確是被那張五公子虐待致死的，只因為張家勢大，李家不過尋常百姓，有冤也不敢訴啊！不過王爺放心，李家人的後路屬下已安排得妥妥當當，必然保他們一家後半生無憂。」

「罷了罷了。」陸修琰無奈。

晌午在回來的路上，便見聽大街小巷到處議論著建鄴知府五公子猥褻府中俊俏小廝致其死亡，引得死者家人上門討公道一事。他深感奇怪，張夫人既然有手段將兒子之事遮掩得水洩不通，為何在這節骨眼上出了事？如今方知這一切都是自己的侍衛長英搞的鬼。

「從此事也可得知，王爺先頭可是誤會那秦老四了，人家並非賣女求榮，而是……」

「本王何時說過秦季勳賣女求榮了？」陸修琰斜睨他一眼。

「沒有嗎？啊？哦，是屬下說的，嘻嘻……」長英先是不解，繼而恍然，訕笑著撓了撓後腦勺。

陸修琰搖頭，不願再在此事上與他多說，遂轉移話題道：「你可肯定秦伯宗確實有那麼一本帳冊？」

長英立即收起嬉皮笑臉，嚴肅地回道：「屬下肯定，而且長義的信上也這般說，這秦伯宗是個極其小心謹慎之人，必然會偷偷記錄以備將來不時之需。」

「既如此，得想個法子先將這帳冊拿到手。」

「不如讓屬下夜探秦府，說不定會有所收穫。」長英提議。

陸修琰思考片刻，除此之外一時也沒有別的法子，唯有點頭應允。「如此也好，只是千萬要小心，切莫打草驚蛇。」

「王爺放心。」

月黑風高，正是夜探好時機，長英換上夜行衣，辭別主子，縱身一跳，眨眼間便消失在陸修琰的眼前。

陸修琰望著他消失的方向，濃眉緊皺，良久，方低低地嘆了口氣。

「不知不覺間，竟又要長一歲。」憶起白日收到的京城來信，一抹淺淺的笑意漾於唇畔。

誰說自古皇家多無情？他的兄嫂並不比世間任何一個為兄、為嫂的差，甚至，還要更好。

「啪」的一下，燈芯乍響聲，讓埋首書案的陸修琰皺了皺眉，少頃，起身挑了挑燈芯，不過瞬間，屋內燈火又再明亮幾分。

他抬頭望望窗外天色，想到仍未歸來的長英，心中不禁有幾分擔憂。

「莫非出了意外？」他自言自語，稍想了想又覺得或許是自己多慮了。長英平日瞧著雖有幾分魯莽，但辦起正事來卻是謹慎細緻，並不亞於他的同胞兄長長義。

突然，一陣異樣響聲從屋頂處傳來，他立即全身戒備，隨即便有兩名親衛匆匆忙忙地走進來牢牢地護著他。

「王爺小心，有刺客。」

刺客？他一怔，忙問：「何人與刺客交手？」

「是長英大哥。」

長英？陸修琰一凜，一揮袍子越過兩人的保護大步朝門外走去。「本王去瞧瞧。」

兩名親衛無奈，急急追了上去。

出了房門，順著響聲望過去，果見屋頂處有兩名黑衣人在交手，說是交手其實也不然，身形略小的那人正四處逃竄，分明是躲避著另一人的攻擊。

藉著微弱的月光認清那兩人的身影，陸修琰雙眸陡然瞪大，震驚間，又有一名身形瘦小的黑衣人凌空飛出，手朝著高壯身影一揚，趁著對方閃避的間隙，一把拉著另一人飛掠而去。

一時不察，被對方灑來的砂迷了眼的長英登時大怒，運氣發力朝那兩人追去……

「追！」陸修琰沈聲一喝，隨即飛身而起，朝著那三人消失的方向奔去。兩名親衛自是不敢耽擱，一前一後緊跟在他的身後，頃刻，寬敞的院落便又重歸寂靜。

趁著月色一路追出數里，直追到城外一處小樹林中，陸修琰方停下來，微瞇著雙眸死死盯著被長英纏住的瘦小身影。

離打鬥中的兩人不遠的樹下，另一名黑衣人已被長英擊倒在地，一名親衛快步奔過去，索利地將對方綁了起來。

瘦小的黑衣人分明不是長英的對手，不過數十招間便已顯露敗象，尤其是當他看到已被五花大綁的同伴，心中一急，招數越發凌亂，好幾次險些要命喪長英掌下。

「長英，退下！」本是靜靜觀戰的陸修琰猛地大喝一聲，凌空一躍，虛擊一掌擊退戰得起勁的長英，再一掌朝那瘦小的黑衣人拍去，眼看就要拍到黑衣人額頭，突然掌風一變，改拍為抓……

黑衣人暗道不好，欲回身閃避而不得，蒙面的黑布「嗖」的一下被對方扯去，一張熟悉的嬌美容顏乍然出現在陸修琰眼前，正是他曾經誇讚過「心善」的秦家四小姐秦若蕖！

「果然是妳！」他說不清是失望還是驚訝，萬般複雜情緒齊湧上心頭。

秦若藻微側著臉，眼眸中凝起一絲殺氣，不待對方再作反應，足尖輕點，凌躍而起，同時，一道寒光向陸修琰掠去。

陸修琰一驚，急急閃避，堪堪避過了那直取面門的一劍，只有幾縷髮絲被劍鋒削去，在夜風的吹拂下飄揚。

「好個歹毒的黃毛丫頭，竟敢下殺手！」臉上彷彿仍能感受到那股寒氣，他勃然大怒，厲聲道。

秦若藻一言不發，提著短劍再次向他刺過來，劍鋒凌厲，招招直取對方要害。她如此舉動徹底激怒了陸修琰，當下不再客氣，運氣飛身迎戰。

兩人不過戰了數十回合，秦若藻便已抵擋不住，她又急又慌又怕，劍招越發凌亂，卻依然不肯抽身撤退，心中只有一個念頭——此人絕不能留，否則會給「她」帶來無窮無盡的麻煩。

陸修琰越戰怒氣越盛，分不清是什麼緣故，只知道心中似有團火在不停地燃燒，尤其見她這副不要命的打法，更氣上幾分。終於再忍不住，趁著對方一劍刺過來時驟然出手，一手箝住她的手腕，一手狠狠地劈向她的後頸，只聽得「咯噹」、「啊」同時兩聲，短劍掉落之時，秦若藻亦軟軟地暈倒在地。

「秦四姑娘？」走過來的長英一看見地上之人，不禁驚訝地張大了嘴巴。

陸修琰餘怒未消，死死地瞪著早已昏迷過去的秦若藻，恨不得將對方瞪出幾個窟窿來。

不知過了多久，他才冷冷地吩咐道：「將這兩人帶上，本王要親自審問她們。」

這個她們，指的便是昏迷的兩名黑衣女子——秦若蕖及她的貼身侍女青玉。

燭光照著雙眸，後頸更是一陣陣抽痛，使得緩緩醒過來的秦若蕖難受不已，本想伸手去摸摸疼得厲害的後頸，卻發現雙手被繩索死死地綁住，連半分力氣也使不出來。

她頓時一驚，立即清醒過來，睜著一雙仍帶幾分迷糊的清澈眼眸，撲閃撲閃幾下長鬈的睫毛，直到對上一張冷冰冰的臉……

「啊？啊！」前一聲，是意外身分尊貴無比的端王竟然出現在眼前，後一聲卻是震驚自己的被綁。

「你、你們想、想做什麼？」她嚇得渾身顫抖不已，卻仍故作堅強地質問。

陸修琰先是一怔，繼而冷笑。「秦四姑娘，事到如今還要裝傻嗎？妳真當本王是瞎了眼睛不成?!」

「你、你在說什麼？誰裝傻了？誰又把你當瞎子了？」秦若蕖結結巴巴地反駁，略定定神，又覺得氣憤不已。「枉我幾位伯父，還有爹爹他們那般盡心盡力地招待你，我、我也當你是好人，沒想到你卻是個偽君子，內裡藏奸，三更半夜地把人擄來。」

「本王自認閱人無數，從不曾想過竟也有看走眼之時，不僅如此，還是在個黃毛丫頭面前栽了跟頭。秦四姑娘，本王承認，妳確實是有幾分本事，偽裝能力之強，便是本王也不得不寫個服字；可明人不說暗話，事已至此仍裝可憐未免過了些。」陸修琰冷冷地道。

秦若蕖更糊塗了，可一細聽他話中意思，頓時氣得臉都紅了，連自己的處境一時也顧不得，瞪大雙眼大聲道：「你、你真討厭，硬是把人擄來，還要誣衊人家，你才裝可憐，你、你、你又討厭又可惡！」

陸修琰勃然大怒，想不到世間會有如此顛倒黑白、睜著眼睛說瞎話之人，他自問便是對上最奸猾之徒亦能氣定神閒，逐一擊破對方防線，可如今遇上眼前這個無恥至極的女子，卻總抑制不住心裡的那股無名火。

見對方氣得臉色青紅交加，更是惡狠狠地瞪著自己，像是恨不得將自己活活撕裂，秦若蕖不禁有些害怕，可轉念一想，對方畢竟無理在先，自己可不能輸了陣，是以壯著膽子又道：「不、不過，若是你、你懸崖勒馬，把、把我送回去，我、我便既往不咎，也、也不會告訴伯父與、與爹爹他們。」

陸修琰尚未反應，一旁聽了半晌的長英先忍不住了，驀地跳出來喝道：「豈有此理，簡直欺人太甚！」

一面喝罵的同時，一面凌空朝秦若蕖擊出一掌……

「長英住手！」

「啊！」

喝止聲與尖叫聲同時響起，長英掌勢過猛，一時收手不及，只能硬生生地轉了方向，只聽得「轟隆」一聲，秦若蕖身側的長案已被擊得粉碎。

她嚇得小臉刷白，一雙黑白分明的眼眸瞬間泛起淚花，睫毛上甚至掛上晶瑩的淚珠，小身子抖啊抖，就是不敢哭出聲來，只是發出一陣「嗚嗚嗚」的嗚咽聲。

「王、王爺。」長英頗有幾分懊惱。

陸修琰本是滿懷怒氣，可被他這般一鬧，氣倒是消了不少，他不贊同地瞪了長英一眼，並不出言指責。

眸光緩緩地又移向綁在椅上的秦若蕖，乍見對方模樣，不禁一怔，只是片刻工夫又冷笑出聲。

此女偽裝本領著實爐火純青，當日在楊府，他便是被她這副可憐兮兮的模樣騙倒了，否則也不至於今日被對方玩弄於股掌之上。

「秦四姑娘，不管妳偽裝的目的何在，本王都無意追究，本王只想知道，今夜妳在秦伯宗書房裡可有拿了什麼東西？」

這才是他想知道的。按長英的說法，今晚夜探秦伯宗書房時發現有人捷足先登，而這個人，正是被擒的秦若蕖。

「我、我聽不懂……你、你在說些什麼，從祖母處離開後，我便、便一直在自己屋裡，用過晚、晚膳後，嵐姨陪、陪著我散步消食，接、接著便沐浴更衣就寢，再、再後來醒來便發現被、被你們抓來此處……」秦若蕖帶著哭腔，一五一十地回答。

不等陸修琰再說，她又繼續哆哆嗦嗦地道：「你、你們要、做什麼？我、我沒有銀兩，只、只有一些珠寶首飾，都是祖母給的，我全、全給你們，你把我放回去可好？」

陸修琰磨著牙，好半晌才深深地呼吸幾下，慢慢將滿腹的怒火壓下去。他想不到此女竟然如此冥頑不靈，事到如今仍是謊話連篇。

「秦、若、蕖！」像是從牙關擠出來的三個字，預示著他的怒火將要達到頂點。

「我、我真的不知道你在說什麼啊，你們不能這樣，不能這樣欺負人，嗚嗚嗚……」委屈與害怕同時襲來，讓秦若蕖再忍不住哭了起來，淚水如斷線的珠子般不停滑落，混著臉上的灰塵，將那一張俏臉染得髒兮兮的，瞧來好不可憐。

便是原本對她甚是惱怒的長英，見她如此模樣，也不知不覺生了幾分惻隱之心，若非他曾與對方交過手，他幾乎都要懷疑自己是不是真的冤枉了這可憐的弱女子。

陸修琰怒極反笑，拉過一旁的太師椅坐下來，不疾不徐地道：「都說女子的眼淚是世間最好用的武器，只是這招於本王毫無作用。秦若蕖，聰明的話還是從實招來得好，今夜妳可否從秦伯宗書房裡拿了什麼不該拿的東西？」

「我、我沒有，我沒有，你們冤枉我……」秦若蕖哭著辯駁。

見她竟仍然如此固執，不僅如此，還哭得一聲比一聲響，一聲比一聲委屈，彷彿真的受了天大的冤屈一般。

饒是一向英明果斷的端親王，也不禁有些束手無策，只能緊皺著雙眉，板著臉瞪著哭得唏哩嘩啦的女子。

「王、王爺，也許秦姑娘真的沒有拿，屬下只見到她從秦伯宗書房裡出來，並不曾見她拿了什麼東西，屬下這一路緊盯著她，她若拿了也來不及藏到別處去。」長英終於忍不住了，湊到陸修琰身邊壓低聲音道。

陸修琰並不理他，眼睛仍眨也不眨地盯著哭泣不止的秦若蕖。

滋味。

時間一點一點過去，哭聲卻是久久不絕，他的心思幾度輾轉，生平頭一回嚐到了挫敗的滋味。

「莫哭了！」有幾分氣急敗壞的大吼，成功地止住了哭聲。

秦若蘩揚著一張花貓臉，不時打著哭嗝，卻再不敢哭出聲，眼神帶著畏懼，偶爾怯怯地偷望他一眼。

陸修琰更是煩躁，偏又拿她毫無辦法；若她仍是方才打鬥的凶狠模樣，他自有一百種方法對付她，可她偏偏表現出這一副嬌弱的無辜樣子……

「我、我不哭了，你、你幫我解開繩子可好？我的手又痛又麻的。」久不見對方說話，被綁的雙手又著實難受得很，秦若蘩不禁小小聲地懇求道。

「王爺……」長英於心不忍，詢問般望向主子。

陸修琰有幾分無力地衝他揮了揮手以示同意，得了主子命令，長英忙上前去，兩三下便解開了綁著她的繩索。

「嗚，都快要破皮了……」哭腔明顯的語調，成功讓陸修琰額上青筋跳動了幾下。

秦若蘩並不理會他，委委屈屈地吹著手腕上被繩索勒出的紅痕。

陸修琰死死地盯著她，不放過她臉上每一個表情。他深信，便是天底下最會演的戲子，也總會有露出破綻之時。

可是眼前的女子偏偏再一次打破他的認知，有那麼一瞬間，他甚至懷疑今夜那個出手狠毒的女子是他幻想出來的，在他面前的這一位，真的不過是尋常的官家弱女子。

「王爺，被擒的另一名女子要見王爺，說是有話要向王爺稟報。」正僵持間，一名青衣親衛進來稟道。

陸修琰一怔，不過須臾便回過神。他險些氣糊塗了，這一位不肯說，可他手上還有另一個，那位名喚青玉的侍女。

「帶她進來。」

「青、青玉？」本是一心一意地吹著傷口的秦若蕖，聽到腳步聲時抬頭一望，竟見到青玉綁著雙手，被兩名作護衛打扮的男子押了進來。

青玉見她安然無恙，不禁鬆了口氣，朝她微微一笑，示意她莫怕，而後「撲通」一下向著坐在太師椅上的陸修琰跪下。

「民女青玉，拜見端王爺。不管王爺為何要暫留秦府，也不管王爺所為何來，青玉與小姐一概不知，也不會過問，更加不會妨礙王爺一切行動。」

「哦？妳倒是有幾分聰明。只是妳一介奴婢，有何資格替主子作決定？而本王憑什麼又要相信妳？」陸修琰輕拂了拂衣袍上沾染的灰塵，施施然反問。

「青玉才不是奴婢。」秦若蕖不滿地插嘴，在收到對方一記警告目光後，嚇得脖子一縮，雙唇動了動，似是在嘀咕著什麼，陸修琰也懶得與她多作計較。

「王爺所言甚是，青玉自知難以取信於您，只求王爺寬限一日，明日子時，青玉與小姐必將給王爺一個確切交代，王爺以為如何？」

不待陸修琰說話，青玉忙又道：「青玉與小姐有自知之明，絕不敢不自量力與王爺作對；何況，小姐身分王爺已知曉，秦府又有王爺之人，青玉與小姐便如砧板之魚，是生是死全憑王爺一句話，如今只求王爺寬限一日，於王爺而言，並無損失。」

陸修琰若有所思地望著她，見她一臉真摯誠懇，再聽她一言一語，可見是個頭腦清醒的聰明人。

他再朝秦若蕖所在位置移去視線，成功地捕捉到一張氣鼓鼓的狼狽臉，心裡竟突然生出幾分哭笑不得之感。

他掩唇佯咳一聲，再望向地上的青玉時，又換上凜然難犯的威嚴神情。

「明日子時，就在此處，妳們若不來，本王絕不輕饒，到時會有何後果，怕妳們也得仔細掂量掂量。」冷冷地扔下威脅之語，他才朝親衛點了點頭，示意對方為青玉鬆綁。

「謝王爺。」

看著秦氏主僕相互攙扶著出門，陸修琰一個眼神示意，便有一名親衛心領神會地跟了出去。

漆黑得幾乎要看不見的路上，不時響起不知名的蟲叫，偶爾夜風迎面而來，帶著一陣陣涼意，讓緊緊靠著青玉的秦若蕖打了個噴嚏。

「青玉，這是什麼地方啊？我們會不會迷路了？」

青玉輕聲安慰。「小姐莫怕，此處應是城郊的一處農莊，青玉認得路。」

聽她這般說，秦若蕖才鬆了口氣，想了想，又小小聲抱怨道：「上回在楊府，端王命人出手相救，我還以為他是好人，沒想到也是個作奸犯科的，虧他還是當朝王爺呢！」

一會兒又委屈地道：「他還罵我裝傻扮可憐，凶巴巴的……」一會兒又憂心忡忡。「咱們突然不見了，嵐姨想必擔心極了，若她告訴了祖母，不是害得祖母一夜不得安眠？祖母年紀大了，可禁不起折騰。」

不等青玉回答，她突然輕呼一聲，隨即壓低聲音問：「青玉，今夜我是不是又犯病了？」

青玉愣了愣，片刻才反應過來，有幾分不自然地胡亂點了點頭。

「我就說嘛，怎麼好端端地又穿上了黑衣服；再說，若我好好地在屋裡睡覺，又怎會這般輕易被人抓了去。」秦若蕖如夢初醒，頗為懊惱地道。

青玉生怕她再糾結此事，忙道：「再過不久便要天亮了，咱們得快些回去，小姐抱緊些，把眼睛閉上。」

「好……」秦若蕖聽話地摟緊她的腰肢，合上雙眼伏在她肩上。

青玉將她抱緊，運氣發力，幾個跳躍，很快便沒了身影。

一直因為兩人久久未歸而忐忑不安的素嵐，一見她們出現，當即迎了上去。「總算回來了，這……出什麼事了？」

見秦若蕖軟軟地靠著青玉，素嵐大驚失色，連忙上前半抱半扶地將她安置在床上。

「嵐姨放心，我只是動了些手腳，讓四小姐睡得安穩些。」青玉解釋道。

「四小姐？」稱呼的不同使素嵐怔了怔。「怎麼會是四小姐？蕖小姐呢？」

青玉苦笑。「出了些意外。嵐姨，等會兒再說，您還是先伺候小姐更衣淨身，她今夜遭了不少罪，我去拿傷藥。」

又是遭罪、又是傷藥，讓素嵐又驚又慌，只能強壓下慌亂，動作熟練地為熟睡中的秦若蕖換下那身夜行衣，再用乾淨柔軟的濕棉布仔仔細細地為她擦拭身子。

當她看到秦若蕖手腕上的紅痕時，不禁心疼得掉下了淚。

「不必擔心，搽了藥睡一覺，一早起來便會褪紅了。」青玉安慰道。

「這都造什麼孽啊！好好的大家小姐，偏要遭這些罪……」看著自己親手帶大的小丫頭，再想想這些年她經歷的種種，素嵐忍不住淚流滿面。

「沒事，老天爺都看著呢，是好是歹，是福是罪，終有一日會清算的。來，嵐姨，把藥給小姐搽上。」

卻說一路跟著秦若蕖主僕兩人的端王親衛，直到看著那兩人躍進秦府裡，他才折返向陸修琰回稟。

陸修琰聽罷，狐疑地問：「她真是這般說的？」

「回王爺，秦四姑娘確實是如此說。」

「你確定她們沒有發現你在跟蹤？」他不放心地追問一句。

「屬下確定她們並未發現。」

陸修琰「嗯」了一聲，也是相信自己下屬武藝的，若是這樣都能被對方發現，他們也枉稱大內一流高手了。

只是，心裡終究疑惑不解。按理，那秦若蕖面對自己做戲倒也說得過去，可離開之後，身邊又是信得過的自己人，已經沒了偽裝的必要，又何苦還說那些莫名其妙的謊話？

此女到底是個什麼樣的人？

他陷入了沈思。

當日楊府內惡犬突襲，人人均四處逃散以求自保，明明她自己也怕得要命，仍不顧自身安危挺身而出，護著那素未謀面的楊府小公子。也正是這一事，便足以讓他對她改觀。

一個肯捨身救人的女子，心腸必不會壞到哪裡去；而平日觀察她與姊妹們的相處，性子雖確實有些迷糊，實際卻是個心寬大度的，種種表現加在一起，方才洗脫他曾經對她的懷疑。

可今夜鬧的這一齣，卻大大出乎他的意料，這巨大的落差使他有那麼一瞬間，生出些許被欺騙的憤怒。

他低低地嘆了口氣，無奈地揉了揉額角。罷了罷了，一切還得留待明日子時，到時看她們還要玩什麼把戲。

晨曦初現，當紗帳內傳來女子細細的呵欠聲時，一夜無眠的素嵐與青玉不約而同起身，一人一邊將帳子撩起。

「嵐姨，青玉。」秦若蕖仍是睡意深濃。

素嵐率先上前挽起她的袖子，見被磨得快要脫皮的纖細手腕已經漸漸褪去了那嚇人的紅，不禁鬆了口氣。

秦若蕖愣愣地望了望她，又看看自己的手腕，安慰道：「嵐姨放心，一點都不疼，以前一覺醒來還會渾身痛呢，如今這點小傷不算什麼。」

素嵐眼眶都紅了，轉過身去擦了擦淚水，勉強笑道：「昨日四夫人傳話過來，今日讓小姐好生休息，不用去請安了。」

「哦，也好，那我再睡會兒。」秦若蕖眼神一亮，本已沾地的雙腳又縮回床上，順手扯過薄衾蓋上，打著呵欠叮囑道：「嵐姨，我再睡小半個時辰便起，祖母那邊若有人來，妳幫我遮掩遮掩。」

「好，小姐放心。」素嵐輕拍著她的肩，輕聲道。

直到均勻的呼吸聲響起，她才低低地嘆了口氣，與青玉兩人一前一後地走了出去。

「周氏何故這般好心？」輕掩上房門，青玉低聲問。

「昨日四老爺鬧的那一齣，雖老夫人下了禁口令，以周氏的本事，又豈能瞞得過她？估計也是做做表面功夫吧！」素嵐不以為然。

「這倒也是，說不定不見四小姐去請安，她心裡不定怎麼惱呢！」青玉撇撇嘴。

只是，她這般說真的冤枉周氏了，雖不待見秦若蕖，好歹也當了對方這麼多年的繼母，對秦若蕖一根筋的性子，周氏多少也有幾分了解，故而她說免了秦若蕖的請安，便是真的沒想過對方還會來。

要問她為何會突然這般體貼，全是因其乳母梁嬤嬤的一番勸說。

話說昨日秦季勳因為女兒親事之事怒打秦伯宗，消息傳到周氏耳中時，她確實心裡不好受。本以為這麼多年，夫君對衛氏一雙兒女不聞不問，便是代表著他已經徹底拋下了那一段情分，哪想到……

梁嬤嬤自是明白她的心結，遂輕聲勸慰道：「老爺向來是心慈重情之人，四姑娘終究是他親骨肉，又那般被嫡親伯父算計，身為父親的，怎能輕易嚥得下這口氣？若他真不聞不問，便不是夫人所愛之人了。」

周氏輕咬著唇瓣，有幾分委屈地道：「我知道，我只是、只是有些害怕，害怕這麼多年過去了，他心裡仍記掛著那死人。」

「常言道，人走茶涼，衛氏死了那麼多年，再多的情分也隨著時間的流逝而漸漸消淡了；何況夫人這些年對老爺一直體貼關愛有加，便是石頭也都被捂熱了，記憶終究是冷的，哪及得上近在咫尺的溫暖陪伴？」

「真的嗎？」周氏抓緊她的袖口，不確定地追問。

「千真萬確，嬤嬤活了大半輩子，什麼人沒見過？什麼風浪沒經過？世間沒有任何人、任何東西能敵得過時間。」梁嬤嬤一臉肯定。「只不過，有句話嬤嬤也得勸勸夫人，不管怎樣，四姑娘也是夫人名義上的女兒，她的親事夫人總得上些心，一來算是盡了本分，也斷了老爺惦記女兒的可能；二來，老爺見女兒得了好歸宿，對夫人豈不是更為感激？除了四姑娘，遠在岳梁的五公子，夫人也得上上心，終究五公子是老爺唯一的兒子，將來有些事還少不得靠他。」

周氏聽罷有些不樂意。「那丫頭長得那副模樣，著實讓我瞧了便心煩；至於秦澤苡……」她冷哼一聲。「妳瞧他這些年可曾回來過一次？便是偶有書信、禮物回來，也只是給他的寶貝妹妹和親祖母，何曾將我這做母親的放在眼裡？如今大了，反倒要讓我操勞他的親事，說不定到時撈不著好不說，反倒讓他以為我有心藏奸，這種吃力不討好之事，我向來不屑於做。」

見她不聽，梁嬤嬤自是不好再勸。自家夫人性子如何，她這個自幼伺候的又豈會不清楚，最最是固執不過之人，認定之事，便連她的嫡親姑母康太妃也勸不來，更何況她這個做下人的？

周氏面上雖不樂意，但也不得不承認梁嬤嬤所說甚是有理，只是心裡對始終不將自己放在眼裡的秦澤苡極為不滿，想了想，還是決定先從稍微能入眼的秦若蕖著手。

終究不過是個丫頭片子，給些嫁妝、挑個門第、人品過得去的也就打發了。

第六章

秦若蕖睡了個心滿意足，用過了早膳，本是打算往秦老夫人處去的，孰知卻迎來了甚少來自己院落的周氏。

「母親。」她忙上前行禮。

周氏頷首示意免禮，簡單地問了她日常起居用度幾句後，便從浣春手上接過精緻的雕花盒打開，從裡頭拿出一支海棠式樣的金步搖，一面往她髮上插，一面道：「姑娘家總是要多打扮打扮，更何況妳眼看便要及笄了，更是馬虎不得，這步搖顏色、款式最是適合妳們姑娘家。」

秦若蕖抬手輕撫那步搖，眼角餘光卻盯著往梳妝檯走去、拿起妝匣子旁手持銅鏡的浣春。

「來，瞧瞧可好看？」周氏接過銅鏡。

秦若蕖望了望鏡中的自己，如雲鬢髮中，一支精巧細緻的海棠步搖正隨著她的微動而款款輕擺。

「好看。」

周氏微微一笑，將銅鏡遞還給浣春，由著浣春將它放回梳妝檯。

秦若蕖不時地望向浣春，見她隨意地將那銅鏡置於梳妝檯上，心不在焉地附和了周氏幾句，終於忍不住道：「母親，我再細瞧瞧。」

言畢也不待周氏回應，三步併成兩步地將那手持銅鏡取起，裝模作樣地對著自己左照右照，最後不動聲色地把它分毫不差地放回原處。

「當真好看極了，謝謝母親。」既鬆了口氣，她的笑容自是分外甜美。

周氏被她的笑容晃了一下，神色有幾分恍惚，她緩緩地伸出手去覆在秦若蕖的臉上，塗著豔紅蔻丹的長指甲貼著那瑩潤白淨的臉龐，兩相對比之下，竟有些許詭異之感。

秦若蕖頗為不自在，只是剛收了對方價值不菲的禮，加之又是長輩，一時半刻也不好推開她，只能僵僵地站著，任由那長而尖的指甲在臉上滑動。

周氏的眼神由迷茫漸漸變得瘋狂。

是她，是她，這張臉，正是衛清筠那個賤人！

眼前的女子逐漸與記憶中的那人重疊，一樣的桃腮杏臉，一樣的柳眉水眸，甚至連笑起來時，嘴角兩側那若隱若現的小小梨渦，也是那樣的相似。

眼中嗜血之色漸濃，撫著秦若蕖的手越來越用力，五指一點一點地收緊，尖銳的指甲漸漸在那透亮的臉蛋上劃下紅痕，讓秦若蕖不適地皺起了眉頭。

「四夫人！」她欲側頭避過，卻被突然響起的高聲嚇了一跳。周氏亦然，一驚之下，手也下意識地縮了回來。

周氏惱怒地回頭一望，見是素嵐，不禁冷笑一聲。

素嵐不動聲色地上前，將秦若蕖擋在身後，躬身行禮。「素嵐見過四夫人。」

周氏冷笑連連，一旁的浣春見狀上前一步，冷哼一聲道：「在夫人跟前也敢不稱奴婢，素嵐姊姊當真好規矩。」

素嵐不卑不亢地迎上她的視線，淡淡地道：「素嵐本非奴身，又何來奴婢一說？」

浣春一愣，沒想到她會這般說，一時也抓不準她說的是真是假，唯有強硬地道：「不管怎樣，妳總是秦府下人，明知主子在場，卻不懂規矩大聲呼叫，著實——」

「住口！嵐姨乃是自由身，來去自由，又豈是爾等奴婢所能相比！何況，在場諸位，唯妳為奴，主子未曾發話，妳身為奴婢竟敢多嘴，規矩又何在？母親素日待人寬厚，反縱得妳越發不知天高地厚、目無主子，在我攬芳院裡也敢如此托大?!」一言未了，卻被插進來的秦若蘩怒聲指責，直罵得她臉色青了又白、白了又紅。

秦若蘩卻不理會，纖指指著她罵聲不絕，驚得周氏及素嵐直瞪眼睛，簡直不敢相信自己所聽到的。

最後，還是周氏率先回過神來，瞪了被罵得羞憤欲絕的浣春一眼，惱道：「還不向四小姐請罪？」

浣春哪還有二話，當即跪下請罪。

豈料秦若蘩並不領情。「妳該請罪的不是我，而是嵐姨。」

浣春又羞又恨，求救般望向周氏，卻發現周氏並不理會自己，唯有壓下滿腹的怨恨，不情不願地向素嵐請罪。

素嵐自是不會為難她。

一番熱鬧後，直到周氏主僕離開，素嵐才心疼地輕撫秦若蘽臉上被指甲劃出的紅痕。「疼嗎？」

秦若蘽餘怒未消，被她稍帶涼意的手一撫，不知怎地竟湧出委屈之感，咕噥道：「她竟然敢欺負妳……」

素嵐心裡又暖又酸，找出膏藥搽在那紅痕上，清清涼涼的感覺，讓秦若蘽臉上的熱度消了不少。

她又是哄、又是勸，好不容易將秦若蘽又哄得笑逐顏開，這才暗暗鬆了口氣。望著又快快樂樂地翻著各類食單的秦若蘽，良久，她的嘴角漾起一抹淺笑。

這麼多年過去了，她或許是忘了，曾經，她的小姑娘，聰敏伶俐不亞其兄。自從當年血案之後，不管是眼前這個迷糊、遇事大而化之的，還是另一個冷靜、過度精明的，其實都不應該是真正的她。

她甚至沒辦法想像，若是所有的悲劇不曾發生，故去的夫人仍在，老爺寵愛依然，公子未曾離家，她的小姐又會長成什麼模樣？

想必，一定會有四小姐的純真、樂觀，也會有蘽小姐的聰明、穩重。

「嵐姨，方才出什麼事了？」趁著秦若蘽不注意，青玉悄悄地將素嵐拉到外面，壓低聲音問。

素嵐一五一十地將方才之事告訴她，末了還叮囑道：「從今以後絕不能讓周氏與小姐單獨相處。」

青玉不解。

素嵐苦笑。「若我告訴妳，她不止一次險些弄傷小姐……」

「什麼?!」青玉大驚失色。

「小姐長得與過世的夫人如同一個模子印出來一般……」

「這個毒婦！」青玉還有什麼不明白的，頓時咬牙切齒，眼中殺氣立現。

「也是我疏忽，這些年一直相安無事，我還以為……罷了，妳且記住我的話便是。」

青玉冷著臉，少頃，道：「所以老夫人才會將小姐帶到身邊撫養？」

素嵐搖頭。「我不知，也許有這一方面的原因，也或許是老夫人思念早逝的外甥女兼兒媳婦，到底為何，怕只有老夫人才知道。」

「四老爺呢？他便由著周氏如此對待親骨肉？」

「四老爺？」素嵐冷笑。「誰又知道呢，從來新人勝舊人，怕是他根本不知，又或是他知道亦當不知。」

「可是，我看四老爺並非無情之人，上回張府公子之事……」青玉有些猶豫。

素嵐心口一窒，別過了臉。「自夫人去後，我便再也看不透他。」

四房正院內。

「俗話說，打狗也得看主人，四小姐當著夫人的面如此罵奴婢，分明是不把夫人放在眼裡。」浣春惱恨難消。

周氏雖亦惱，卻不至於被她牽著鼻子走，只是疑惑地自言自語。「那素嵐伺候內宅，竟非奴身，她到底是何人物？」

論理，大戶人家當中，能進內宅伺候夫人、小姐的必是簽了死契，抑或是家生奴，只簽活契的下人只能在外頭做些粗重活，更不必說自由身。

可這素嵐……

深夜，更聲敲響了一下、兩下、三下，秦府高牆之內，兩道身影「嗖嗖」飛出，幾個跳躍，眨眼便消失在夜空當中。

城郊的一處莊園裡，陸修琰靠著椅背閉著眼眸養神，長英持劍靜靜護在他的身邊。突然，一陣細碎的響聲傳入，長英當即握緊長劍，同時，陸修琰亦睜開了眼。

「秦若蕖依約前來。」不含溫度的女子聲音在屋外響起，陸修琰挑眉，示意長英開門相迎。

不過頃刻，一身黑衣的秦若蕖與做同樣裝扮的青玉一前一後邁了進來。

陸修琰不動聲色地打量著她，直到對上那雙冰冷無溫的眼眸，他頓時明白，眼前的女子，已恢復了那夜交手時的冷漠狠戾。

「看來秦四姑娘這回不打算再向本王展示高超演技，而是願意打開天窗說亮話了。」他不無嘲諷地道。

秦若蕖腳步頓了頓，若無其事地行至他跟前，自顧自地拉過長椅坐下，開門見山地道：

「今夜我來，是打算與王爺做一筆交易。」

「哦？」陸修琰氣定神閒地呷了口茶。「妳有何籌碼，能與本王做交易？」

「就憑你們想從我大伯父書房盜取的東西。」

陸修琰端著茶盞的動作一頓，眼神漸漸變得有幾分犀利。「那東西在妳手中？」

「王爺放心，那夜我的的確確什麼東西都沒有拿到，你要的東西，如今還好好地在我大伯父手中。只是，你須知道，我大伯父做事處處小心，時時謹慎，他要隱藏的東西，任誰也休想輕易得到。」

陸修琰輕拂袖口，不鹹不淡地道：「既如此，四姑娘憑什麼認為妳就一定能拿到，而本王，沒了妳便一定拿不到？」

「就憑我是他不會防備之人，以及，王爺不會想在益安、在秦府多耗時間。」秦若蕖自信滿滿。

陸修琰瞇起眼眸，繼續任由她道：「我雖不知王爺此行所為何事，但能勞動端王的，想必絕非小事，估計是關係著朝廷、天下蒼生之要事；既是要事，自是儘早解決最好。」

他靜靜地聽了片刻，眼睛一眨不眨地盯著她，良久，輕笑一聲，道：「姑娘錯了，本王時間相當充裕，更何況，本王長年忙於政事，如今有機會四處走走看看，即便是當作放鬆又有何不可？」

秦若蕖才不相信他的話，認定他不過是想搶回談判的權力，只是她的目的不在此，故而淡淡道：「我協助你們取得所要的東西，唯一的要求，便是請王爺對我所有的事，包括身分進行保密；同樣，我也不會將你們的事告訴任何一個人。」

陸修琰定定地看了她許久，方問：「姑娘不欲知道本王想從令伯父處得到何物？此物又是否會給令伯父，甚至給整個秦府帶來壞處，或者說，禍事？」

秦若蕖避開他的視線，面無表情地道：「端王心懷蒼生，英明賢良，處事公允，天下皆知。」

「哦。」陸修琰頷首。「姑娘的意思，心懷蒼生、英明賢良、處事公允的本王，所要對付的必是禍害蒼生、有損社稷之輩，可對？」

「我可沒這般說。」

陸修琰瞧出她的不自在，輕笑。「姑娘給本王戴了這麼大一頂高帽子，本王若不允妳，好像頗有些不識抬舉。也罷，這筆交易，本王允了。」

「好。」見他答應，秦若蕖一直懸著的心頓時放了下來，她從懷中掏出兩張疊得整整齊齊的紙攤在案上。

陸修琰一望，見最上面寫著幾個清秀的字——「協議書」，不禁微微一笑。「原來姑娘早已料定本王必會應允。」

秦若蕖迎著他的視線，認真地道：「對自己有利無害之事，我想不出王爺會有什麼拒絕的理由。」

陸修琰失笑，也沒有反駁她，大略掃了一眼協議書內容，見上面所列與她方才提的要求一般無二，故十分痛快地按上了印鑑。

「不愧是端親王，做事就是爽快。」她隨口誇讚。

雙方蓋印完畢，又讓長英及青玉當了見證人，秦若蕖才將其中一份協議書遞給陸修琰，自己那份則交給青玉收好。

「既如此，請王爺告知所尋何物。」

「帳冊。」

帳冊？秦若蕖一愣，他們要找的竟然也是帳冊？

陸修琰察言觀色，自然不會錯過她的異樣，不動聲色地道：「四姑娘有何異議？」

「不、不。」秦若蕖一驚，連忙掩飾。「不知王爺要尋的是哪一本帳冊，所記載的又是關於何事、何物？」

「令伯父藏得最嚴那本，便是本王要尋的。」陸修琰四兩撥千斤。

老狐狸！秦若蕖暗罵一聲，想了想又暗自啐道：難道拿到手我自己不會看？

「既然如此，我便告辭了，待他日帳冊到手後，我自會再來尋王爺。」她隨意拱了拱手，就打算離開。

「且慢。」陸修琰制止她離去的腳步。

「王爺還有何吩咐？」秦若蕖瞪他，頗有幾分不耐煩。

「姑娘探明帳冊所在位置後請務必前來告知本王，本王到時自會派人與姑娘『一同』去取。」陸修琰悠哉悠哉地道，那「一同」兩字還刻意放緩了語調。

「王爺信不過我？」秦若蕖冷了臉。

「這與是否信得過無關，只是本王心中迫切一睹那物，有些等不及。」陸修琰好整以暇。

秦若蕖冷哼一聲，知道自己在此人跟前是得不到好的，唯有恨恨地瞪了一眼，頭也不回地轉身走了出去。

一旁的青玉忙跟上去。

陸修琰抬眸望了望兩人離去的背影，唇邊的笑意漸斂。他若有所思地輕敲書案，一下又一下……

「啊，蟲子！」突然，一聲女子的尖叫從屋外傳來，他陡然一驚，身子已飛掠出去。只是當他衝出門外，望著疊在一起倒在地上的秦若蕖與青玉時，一時愣住了。

他正欲出聲相詢，卻見壓著青玉的秦若蕖掙扎著爬了起來，一雙明亮如星的眼眸撲閃撲閃幾下，抬手撓了撓耳根。

「咦？」驚訝的輕呼出口，使得陸修琰心裡「咯噔」一下，腦中忽然靈光一閃，一個荒謬的念頭頓生。

「深更半夜的，不知秦四姑娘光臨寒舍所為何事？不會又要誣衊本王綁了妳吧？」他板著臉，既是先下手為強，亦是出言試探。

「啊？對不起、對不起，我、我不是、不是有意的……」秦若蕖慌了，結結巴巴地欲解釋。

正撥著身上沾到的落葉的青玉，聽到陸修琰這奇怪的問話，心中頓生不好預感，欲出聲阻止，可秦若蕖已接上了話。

她不忍卒睹，嘆息撫額。完了！

果然！一試即中，陸修琰恍然。

他佯咳一聲，嚴肅地道：「姑娘好歹也是大戶人家小姐，深更半夜不在家裡睡覺，卻跑到本王莊園裡來，著實有失體統。」

「對、對不起，我、我就是、就是睡、睡迷糊了……」秦若蕖一張俏臉脹得通紅，羞愧難當地低下頭。

青玉再不敢聽下去，拉著她的手胡亂地朝陸修琰行禮。「青玉與小姐告辭了。」

言畢也不待秦若蕖反應，半拉半抱地帶著她縱身跳入夜色當中。

陸修琰望著兩人消失的方向，良久，不可抑制地笑了起來。

原來，他竟也有顛倒黑白、睜眼說瞎話的本領。

「王、王爺，秦、秦四、四姑娘她她她……」長英目瞪口呆。

陸修琰不理會他，踏著月光下了石級，目光在方才秦氏主僕跌倒處細尋，少頃，他彎下身子，纖長的兩根手指挾起一條肥軟的毛毛蟲。

原來如此，罪魁禍首竟是這小東西；倒沒想到表面瞧來冷靜冷淡的那一位，居然會害怕蟲子。

心思幾度輾轉，他將蟲子扔到一邊，朝如墜雲裡霧裡的長英招招手，待對方行至身邊後，他壓低聲音叮囑了幾句。

「王爺，這、這樣不太好吧？」長英遲疑。

「就按本王吩咐去辦。」陸修琰一錘定音，駁回他的異議。

長英無奈，唯有領命而去。

秦若蕖被青玉帶著飛奔出好一段距離，再也忍不住湊到她耳邊問：「青玉，我今夜是不是又犯夜遊症了？」

青玉一個踉蹌，險些摔了個倒栽蔥。

她忙穩住身子，停下腳步，對上小姐有幾分自責的眼神，一本正經地胡說八道。「是的，小姐，今夜又犯夜遊症了。」

「我就知道。」見果如自己所猜，秦若蕖懊惱地一拍腦門。

「明明好些年沒犯過了，我還以為已經徹底好了呢，沒想到事隔多年又犯病了，還跑到別人家去丟人現眼。」一想到自己居然半夜三更地跑到外男家中，她簡直羞愧欲絕。

青玉心虛地移開視線。

「不行，看來以後睡覺得讓嵐姨把我綁住。」

青玉再聽不下去，胡亂指著天上。「啊，小姐，今夜月亮好圓、好美啊！」

秦若蕖疑惑抬頭望了望那只剩半邊的月亮，認真地糾正。「青玉，今晚的月亮一點兒都不圓，妳看錯了。」

「啊？看錯了、看錯了，小姐，咱們還是趕緊回去，嵐姨想必急壞了。」青玉訕笑幾聲道。

「哦，好。」秦若藻點頭。

青玉暗暗吁了口氣，心裡又有些慶幸。

幸好這個小姐最容易糊弄，跟著這麼一位迷糊的小姐，真是上蒼對自己的眷顧。

不提這一夜青玉如何向素嵐轉述今夜之事，只說次日一早，秦若藻循例往周氏處請安，剛一進門便見秦季勳坐在花梨木桌邊揉著太陽穴。

「爹爹。」她又是高興、又是忐忑地輕喚。

秦季勳聞聲望來，眼神有一瞬間的複雜難辨。「嗯。」

「藥來了，早說過不要多飲酒，你偏不聽，如今……」周氏那含著關切的嘮叨在見到秦若藻的身影時便頓住了。

「是若藻啊！」她隨意招呼了一聲，自顧自地走至秦季勳身邊，將手上端著的藥碗遞給他。「先把藥喝了，否則頭還得疼。」

秦季勳下意識地推開她的手，周氏猝不及防，湯藥便灑了大半。

秦季勳也想不到會如此，有幾分尷尬地佯咳一聲。「阿藻還在呢！」

周氏本來冷下來的臉色漸緩，瞥了一眼呆呆地站著不說話的秦若藻，極力壓下厭煩道：「老夫人想必還在等著妳呢，快去吧！」

秦若藻愣愣地「哦」了一聲，木然地行禮離開。

秦季勳嘴唇動了動，似是想說什麼，最終一句話也沒有說出來。

卻說秦若蘗從正房離開，心不在焉地往秦老夫人所在的榮壽院而去，行至小花園的涼亭處便止步，靠著涼亭石柱坐到了石凳上。

好像還是頭一回見到爹爹與母親私底下的相處呢！只是，似乎哪裡不對，爹爹不應該是這樣的表情，他的臉上應該會帶著很暖很暖的笑容，會聽話地喝下母親送來的藥，然後還會在母親的笑罵中抱起自己飛高高；再接著，哥哥會衝著自己扮鬼臉，叫著他給自己起的混名。

是母親嗎？似乎又不是，記憶當中不是這張臉；可是，不是母親又會是誰呢？

她極力睜著雙眼，似是想看清記憶中衝自己笑得溫柔又慈愛的女子容貌……

「四妹妹，妳怎麼一個人在這兒？」秦三娘疑惑的聲音將她從混亂的回憶中拉了回來。

她呆呆地望向對方。「三姊姊。」

秦三娘好笑，伸手在她臉蛋上捏了一把。「又犯傻了？」

「才沒有……」秦若蘗嘟囔著揮開她作惡的手。

秦三娘才不信，學著她的樣子背靠著石柱坐下來，嘆了口氣道：「往日四叔父對妳不聞不問，四嬸娘又是那樣的性子，我還挺同情妳的，如今看來，四叔父必是還疼愛妳，不像……」

「不像什麼？」秦若蘗問。

秦三娘欲言又止，終是又重重地嘆息一聲。「說了妳也不懂。」

「哦。」秦若蘗點點頭，安安靜靜地靠著柱子欣賞不遠處樹上唱歌的鳥兒。

見她果真不問了，秦三娘坐不住，拉拉她的袖口。「喂，妳怎麼一點都不好奇？」

秦若蕖歪著腦袋不解。「說了我也不懂啊！」

「妳……」秦三娘被噎了一下，實在是氣不過地伸手用力在她臉頰上掐了一把。「妳一日不氣我便心裡不痛快是不？」

「哎喲！」秦若蕖被她掐得哇哇叫，末了摸摸有些疼的臉頰，又委屈、又生氣地瞪她。

秦三娘也知道自己下手重了，忙陪著笑臉拉過她。「好妹妹，是我錯了，一時沒注意力道，不氣啊！」

秦若蕖拍開她又要伸過來碰自己臉蛋的手，哼了一聲，扭過頭去不理她。

她也是有脾氣的好不好。

秦三娘涎著笑臉陪了好一會兒不是，才將她哄得消了惱。姊妹兩人肩碰肩坐到一起，半晌，秦三娘才嘆道：「前些日，爹爹讓母親給我做了好些漂亮衣裳。」

「那不是好事嗎？有新衣裳穿。」秦若蕖不明白。

「有新衣裳穿自然是好事，可若是他們的目的是讓妳打扮得像隻花蝴蝶般，去引某位大人物注意，那滋味可就不那麼好受了。」秦三娘撇撇嘴。

「大人物？」秦若蕖更為不解。

秦三娘朝著東南面努努嘴。

「端王爺？」秦若蕖吃了一驚。

「可不是，他們打什麼主意，想必妳也明白了吧？如今連姨娘也動了這心思。我雖出身不如妳，但好歹也是正經人家小姐，怎能做、做出那種不要臉的事。」秦三娘又委屈、又惱怒，更多的是無奈。

「更何況，側妃、庶妃雖聽起來高貴，本質上還不是妾室？寧為窮人妻，不為富人妾，我可不希望我將來的兒女也如我自己一般，因為庶出身分而低人一等。」說到最後，秦三娘的聲音越來越低，語氣甚為落寞。

「三姊姊，妳沒有低人一等。」秦若蕖握緊她的手，認真地道。

秦三娘勉強地衝她笑笑。「我自然知道妳不是那樣的人，可世間不以有色眼光看待嫡與庶之人又能有幾個？罷了，我和妳這什麼也不懂的傻姑娘說什麼呢，回去了，妳也別傻坐著。」她拍拍衣裙，起身離開。

走出好長一段距離，她不由自主地停下腳步，回頭望望秦若蕖已經漸漸遠去的身影，片刻，輕嘆一聲。

不得不承認，平日她雖然喜歡氣秦若蕖，可心裡有了事，她頭一個想傾訴的，卻是這個時不時被她冷嘲熱諷的四妹妹。

這是為何呢？也許是因為她知道姊妹當中，真真正正能做到心胸寬廣、不愛計較的，唯有這個一直讓她嫉妒的四妹妹。

與秦三娘分開後，秦若蕖便挑近路往榮壽院走去。當榮壽院大門出現在她眼前時，她卻意外地見大夫人站在門外，正恭恭敬敬地朝裡頭行禮。

開了。

「大伯母？」她狐疑上前。

大夫人見是她，臉上閃過一絲不自在，隨口應了一聲後，也不與她多說，頭也不回地離開了。

原來是當日張府五公子事發，秦季勳認定是兄長不安好心，有心將女兒推入火坑，故怒而揍兄；而身為向夫君提議張五公子的大夫人，自然也得不了好。不提夫妻兩人因此事關係降至冰點，便是秦老夫人知道起頭的是大兒媳後怒氣沖天，劈頭蓋臉一頓大罵不說，甚至掄起枴杖要將她趕回娘家；還是大房幾位小輩跪地求情，再加上二夫人、三夫人妯娌好言相勸，方使她收了主意，但再不曾給大夫人好臉色，鬧得大夫人顏面盡失，恨不得將娘家嫂子徐氏撕開來。

自己的狼狽落到小輩眼中本已極為難堪，更何況是眼前這個，大夫人又豈會再逗留。

「四小姐。」見她進來，明柳行禮道。

「祖母呢？」左右望望不見秦老夫人，秦若蕖問。

「老夫人昨夜睡得晚了些，如今還未起呢！」

秦若蕖詫異，追問：「祖母昨夜為何睡晚了？」

明柳嘆氣，不答反道：「小姐不如先四處走走，老夫人想必要再過陣子才醒。」

秦若蕖想了想，遂答應下來。

獨自在屋裡坐了一陣子，她覺得有些無聊，提著裙子沿正堂走了一圈，見外頭風景正好，便邁過門檻，專挑綠蔭小道而行。

「咦？這門何時忘了鎖？」也不知走了多久，忽見花木翠色當中，隱隱顯現雕梁畫棟，她四下打量，認出是長年緊鎖大門的那座覓芳院。

她記得幼時曾問過祖母，為何這般好看的院子要鎖起來，可惜祖母只是笑著摟過她，並不回答。

眼珠子轉了轉，她抿嘴一笑，裝模作樣地輕敲大門。「有人在嗎？我進來了哦！」話音未落便已邁了進去。

「啊，好多蘭花。」進門便見兩側種滿了各式品種的蘭花，白的、紅的、紫的……一朵又一朵，正迎著晨風擺動，似是向她展露迷人舞姿。

她驚嘆著輕跑過去，這裡摸摸、那裡嗅嗅，簡直愛不釋手。

「白玉蘭、蝴蝶蘭、春劍……」她一株一株地數過去，品種之多，大大出乎她的意料。

「家裡竟然有這麼一個種滿蘭花的地方，我怎從沒聽說過？」她自言自語道，想了想，又沿著迴廊往前頭小小的三間正房走去。

在明間前停下來，她遲疑須臾，終是伸出手去輕輕往房門一推，聽見「吱呀」一聲，門便被她推了開來。

「有、有人嗎？」她放輕腳步走了進去，左右環顧，確信屋內空無一人。

她邁步往東次間去，見碧紗窗下設有一案一椅，案上整齊地擺放著文房四寶，旁邊擺著琴桌，上面放著一架古琴，另一側是書架，擺滿了書籍。

「原來是書房。」她了然，正欲離開，卻被掛在牆上的畫中女子吸引了目光。

她怔怔地盯著那女子片刻，突然手忙腳亂地從身上帶著的錦囊中翻出一個小小的西洋鏡，對著自己照了照，再看看畫中女子。

如此幾個來回，她驀地笑了，尤其是看到畫中某行字中的幾個字時——「青竹閒人、清筠」時，不由笑得更燦爛了。

原來是爹爹給娘親畫的肖像……

原來此處是娘親嫁給爹爹前居住的小院……

笑著笑著，兩行清淚竟緩緩地流淌下來。她記得了，她終於記起娘親的模樣了，清筠，衛清筠，她的娘親……

「阿蕖……」秦老夫人顫抖的輕喚在身後響起，她流著淚回身，帶著淚眼望著秦老夫人一陣子，忽地撲進祖母的懷裡，又笑又哭地道：「祖母，我記起了，我記起娘親的樣子了。」

秦老夫人的身子先是一僵，待聽到她後半句後，又是一鬆，含淚抱著她，任著她在懷中發洩。

「阿蕖的娘親是世間最溫柔、最聰慧、最美好的女子，她到祖母身邊來時只有五歲。那年妳外祖父出了意外，幾個舅舅也一併沒了，只留下妳外祖母與妳娘。妳外祖母帶著妳娘投奔祖母，可惜不久妳外祖母便染病不起，不到半年，便也跟著妳外祖父與幾位舅舅去了。」

秦老夫人抱著秦若蕖，嘆息著說起往事。

「祖母沒有女兒，妳娘又是那般懂事，那般可人疼，祖母便視她如親女一般，特意收拾了這院子讓她住下來。妳的幾位伯父還有爹爹，對這新來的小表妹也是百般疼愛，那個時候啊，是咱們秦家最和睦、最快樂的時候……」

年少的衛清筠突然失去所有至親，並非不害怕、不難過，所幸身邊有嫡親姨母的真心疼愛，還有幾位表哥的關心陪伴，漸漸地便走出了喪親的陰影。

「……妳爹爹人小鬼大，說什麼才不要什麼小媳婦，清筠妹妹在就好了。」說到兒子的童年趣事，秦老夫人面上不禁浮現懷念的笑容。

「原來爹爹那麼小就已經喜歡上娘了？」秦若蕖睜著滴溜溜的眼睛，好奇地問。

秦老夫人失笑，捏捏她的鼻子。「才丁點大的小娃娃又哪裡懂得這些。」

「可後來爹爹不還是娶了娘嗎？」秦若蕖不服氣。

秦老夫人好笑。「是，後來妳爹爹娶了妳娘，又生下了妳哥哥和妳這兩個小搗蛋。」

雖說少年易慕艾，一同長大的姑娘又是那樣的美好，可畢竟距離太近，一時半刻也分不清彼此間的情誼是親情還是愛情，直到鬧了不少笑話，才確定了彼此心意。好事多磨，大抵便是如此吧！

最寵愛的兒子與最疼愛的外甥女結親，最高興的莫過於當時的老夫人了。

「再後來呢？」秦若蕖催問。

後來？秦老夫人略一失神。

後來，一直無意官場的幼子帶著新婚妻子去了酈陽，並先後在酈陽生下了一雙兒女，再後來，便是……

她的心口一陣揪痛，再不敢往下想，避開秦若蘽渴望的眼神，她敷衍道：「再後來便是你們兄妹倆越長越大，越長越淘氣。」

「阿蘽才不淘氣，淘氣的是哥哥。」秦若蘽堅決要為自己正名，頓了頓又補充道：「哥哥最壞了，還給我取難聽的混名，爹爹若罵，便裝裝樣子改口，轉過身又開始叫……」

說到往事，她的聲音裡充滿了怨念。

秦老夫人哈哈一笑，一掃方才的沈重壓抑，摟緊她問：「哥哥叫阿蘽什麼混名？告訴祖母，祖母替妳教訓他。」

「不說，若說了祖母也叫。」秦若蘽將頭搖得如撥浪鼓，堅決不上當。

第七章

「謝嬸子。」將院裡眾人的月錢收好，向派發月錢的僕婦道了謝，青玉才舉步離開。

行走間，不自覺地想到這段日子發生的一切，她頗有些憂心。端王乃何許人物，蘖小姐與他交易，算得上是與虎謀皮了，雖朝野上下對端王頗有讚譽，只是皇家人心思莫測，翻臉不認人之事做得還少嗎？

她越想越放心不下，只是一時半刻也想不出有什麼解決辦法，唯願端王真乃守信之人。

突然，一陣細微急促的風聲從身後襲來，她略一側頭，右手一抓，將偷襲之物牢牢抓在手中。

順著襲來的方向望去，見花木遮掩中，長英正靜靜望著自己，見她望過去，竟還朝她點點頭，隨即一個閃身便消失了。

她愕然，緩緩攤開手，見是一個被棉線裹著的紙團。她謹慎地往四周看看，再飛快地拆開紙團，將裡面的小石子扔掉，只見縐巴巴的紙上寫著一行字——今夜子時老地方。落款竟是一個「陸」字。

陸乃皇家姓，她瞬間便明白，這是端王所寫。

將紙團藏好，她若無其事地拍拍袖口，繼續往攬芳院的方向走去。

看著又是一身夜行衣打扮的秦若蘽，素嵐嘆了口氣。「前兩次都出了意外，這回去，若是……」

「嵐姨放心，我自會小心。」聽她提及前兩次的意外，秦若蘽有幾分不自在。說實在，這麼多年來頭一回栽這麼大的跟頭，咳，是一回吧？上一回被噁心的毛毛蟲嚇到的不算。

知道自己多勸無用，素嵐無奈，又叮囑了青玉要小心照顧，這才看著兩人跳入夜幕之中。

「這種日子，何時才到頭啊……」她怔怔地凝望著那兩人消失的方向，良久，鼻子酸澀難當。

秦若蘽與青玉一路疾奔，未及半個時辰便到了陸修琰位於城郊的秘密莊園中。

門外的長英見兩人依約而來，上前迎了秦若蘽進門，青玉見狀要跟上，卻被對方擋了下來。

「王爺與秦四姑娘有事相商，閒雜人等無令不得進入。」

青玉想要反對，卻被秦若蘽制止。「青玉，妳在此等候。」

青玉無奈，只能惱怒地瞪了長英一眼，心不甘、情不願地止步。

「姑娘果然是守時之人。」見她依時而來，陸修琰含笑道。

秦若蘽面無表情地瞅了他一眼，單刀直入。「不知王爺有何要事？」

「是這樣的，關於那協議書，本王回頭細想了想，似乎有些地方忽略了，故而請姑娘過來重新商議。」

秦若蘩皺眉，不悅地問：「難道王爺想反悔？」

「君子一言，駟馬難追，本王雖不敢自稱君子，但言出必行四字卻是不敢忘的，姑娘請細看，這協議書上是否有所疏忽？」陸修琰並不在意她的態度，將案上摺得鬆垮垮的協議書遞給她。

秦若蘩淡淡地掃了他一眼，伸手接過打開……

只聽見「咚」的一聲，那聲尖叫還來不及出口，她整個人便已一頭栽到地上，「協議書」緩緩飄落，紙張的影子恰恰遮住地上兩條又肥又長、正蠕動著的大青蟲。

陸修琰也愣住了。這、這也太、太靈了吧？

「哎喲！」不過片刻工夫，倒在地上的女子便緩緩爬了起來，一面揉著撞疼的額頭，一面呼起痛來。

只是當她迎上一雙似無奈又似探究的眼神時，再看看那張臉龐，當即「啊」的一聲叫了起來。

「你你你、我、我我……」秦若蘩結結巴巴地指指他，又指指自己。

陸修琰定定地看著她的雙眸，片刻，唇邊揚起淺淺的弧度。「秦四姑娘可又是睡迷糊了？」

秦若蘩一下子便鬧了個大紅臉，期期艾艾地道：「大、大概是、是吧……」

「蘩小姐！」話音剛落，房門便被人用力從外頭推開來，是門外的青玉聽到她的叫聲後焦急地衝了進來陸修琰對跟著進來欲阻止的長英擺了擺手，長英隨即退至一旁。

「青玉！」見到身邊人，秦若蕖如遇靠山般向她倚了過來，一張布滿紅暈的羞愧臉蛋埋到了對方肩窩處。

「四小姐？」青玉怔了怔。

正呷著茶的陸修琰聞言，動作一頓，若有所思地將茶盞放了下來。

而此時青玉亦注意到地上的青蟲，頓時便明白了，氣得俏臉通紅。「王爺未免欺人太甚！」

「本王不過是欲了解合作之人能力，畢竟，秦四姑娘如此……嗯，特別，萬一在緊要關頭又變得……丟了性命事小，誤了本王大事，妳們可擔當得起？」陸修琰臉色一沈，不怒而威。

「蕖小姐才不會讓四小姐——」青玉怒而反駁，話未說完便察覺口誤，當即收了聲，恨恨地瞪了他一眼。

陸修琰似是不經意地望了望她將秦若蕖護在身後的動作，眼神越發意味深長。

「看來王爺並無要緊事，青玉與小姐便告辭了！」知道自己是絕對討不了好的，青玉深深地吸了口氣，冷著臉道。

「且慢！」她轉身欲邁步，卻聽身後傳來制止聲，伴隨的竟然還有兵器凌厲的破空聲，她大驚，一把將秦若蕖推開便要迎戰，卻驚見劍勢從她身側閃過，竟是朝著秦若蕖刺去。

「小姐小心！」她欲回身相救而不及，眼看著鋒利的長劍就要刺入秦若蕖喉嚨，卻聽

「噹」的一聲——

陸修琰穩穩地高坐上首，雙眸一動也不動地盯著站在屋內中央滿臉殺氣的女子。眼神又變了。

這也說明他心中懷疑是正確無誤的。

「王爺，這是何意?!」明明方才還羞愧得不敢見人的女子，如今臉上卻布滿寒霜，一雙明眸凝著顯而易見的殺意。

是她，又非她。

陸修琰望了她片刻，道：「本王只不過是想驗證一些事。」他一面說，一面施施然起身。「四姑娘，還是藥姑娘？」

秦若蕖身子一僵，還來不及說話，又聽對方道：「本王一直好奇，到底是怎樣的人才能修練出足以瞞過任何人的演技，如今想來，那並非演技，而是性情。世間竟會有人有兩種截然相反的性情，不得不說，確實是匪夷所思，但本王也不得不信，因為，她就在本王眼前出現。」

「我不懂你在說什麼。」秦若蕖壓下心中慌亂，握著短劍的手滲出了汗，緊挨著她的青玉亦不自禁地顫了顫。

「『四姑娘』應該是秦府裡純真柔弱的四小姐，而『藥姑娘』估計是身懷武藝、手段果決的妳。」陸修琰行至秦若蕖的跟前，看著她的雙眼一字一頓地道。

秦若蕖臉色一白，想反駁，可對方根本不給她機會，繼續又道：「若本王沒有猜錯，當藻姑娘意識薄弱，比如昏迷時，又或者遇到了畏懼之物，比如蟲子，便是四姑娘現身之時。當然，反之亦然。

「當日在楊府，便是本王不曾命長英出手，藻姑娘也不會任由四姑娘傷於惡犬爪下，本王想來是做了多餘之事。」

一滴冷汗從秦若藻額上滴落。

「問題是，四姑娘與藻姑娘彼此是否知道對方存在，本王原無法肯定，如今卻有十分把握。藻姑娘知道四姑娘，而四姑娘不知藻姑娘。一個人自幼身上發生那麼多怪事，甚至會在一覺醒來後發現自己受傷，如此荒謬怪誕之事，便是再單純之人想必也會懷疑；可四姑娘如今的懵懂無知，恰恰說明了一個問題——那便是藻姑娘對她做了什麼，既是同為一體，相信要動點手腳並不難。」

秦若藻握著短劍的手越來越用力，臉色也越來越蒼白。

「一個人有如此極端的性情，到底是天生如此，還是後天所逼？若為先天，必瞞不過至親，可本王觀察秦四老爺日常行為，並不像知道；而姑娘自幼獨居一院，甚至不肯在最疼愛自己的親祖母處留宿一夜，也印證了本王猜測。本王肯定，秦府當中知道姑娘兩面性情的，唯有身邊伺候之人，比如這位青玉姑娘。」

聽到此處，青玉的身子顫抖得更厲害了。

「人之性情，若非外界強烈刺激，必不會導致大變，姑娘之變化，必定經歷了一番常人所難忍受之苦難。一位養在深閨，又頗得寵愛的女子，到底能經歷什麼苦難？」說到此處，他深深地望了秦若蕖一眼。

「十年前，平王兵敗，亂兵往南逃竄，途經酈陽，搶掠殺害無辜百姓數戶，當中有一戶秦姓人家，主母及下人慘死亂兵刀下，唯離家訪友未歸的戶主父子，以及被下人拚死相護的幼女逃過一劫；而這位秦家幼女，便是——」

「住口、住口、住口！」血淋淋的記憶被人活生生撕開，秦若蕖又怒又恨又痛，提著短劍就要向他刺來，卻被動作更快的長英瞬間奪去兵器，並架到脖子上。

她咬著牙，雙眸帶著刺骨的殺意，死死地盯著神情莫測的陸修琰。

「蕖小姐！」青玉欲救而不及。

陸修琰並不在意此番變故，繼續道：「殺母之仇，不共戴天。亂兵盡誅，平王被囚，論理大仇已報，可姑娘多番舉動告訴本王，前四夫人之死似乎另有隱情，如此方使得姑娘追蹤至今；而這個隱情，想必出自秦府內部。」

秦若蕖怒至極點反而冷靜了下來，她冷笑道：「看來王爺追查的並不是什麼帳冊，而是我的身世。」

陸修琰一揚手，長英便鬆開架在她脖子上的短劍。

「姑娘曾說過，本王所辦之事關係朝廷，關係百姓，既如此重要，本王又豈敢大意？姑娘身為秦家女，本王欲查的正是秦家人，又怎敢輕易相信姑娘主動提出合作而無私心，本王不過是要增加籌碼，確保姑娘無二心罷了。」

「果然不愧是『英明果斷』的端親王，是小女子高看自己了。」秦若蕖磨著牙，一字一頓地道。

陸修琰淡淡地笑了笑。「如此，帳冊之事便煩勞姑娘了。」

秦若蕖目光如淬毒，卻也明白自己已是受制於人，唯有從牙縫擠出兩個字。「不、敢！」

言畢恨恨地奪過長英遞過來的短劍，踏著重重的腳步離開了。

青玉自是忙跟上。

「方才王爺說的秦姓人家，難道當年王爺從遇難者家中床底下抱出來的那名小姑娘，就是這位秦四姑娘？」半晌，長英如夢初醒。

陸修琰並沒有回答，但神情卻是認同了他的說法。

「想不到王爺與這位秦四姑娘還有這一段因緣。」長英滿懷唏噓地道。

陸修琰心思一動，薄唇抿了抿。

是的，他也是想不到自己當年偶然救下的那名小姑娘，若干年後會以這樣的方式與自己相遇。

「如此看來，秦姑娘身世倒也可憐，想必是因為當年親眼目睹生母被殺才導致性情大變。」長英嘆息著道。

「或許吧！」陸修琰望向門外，也不知在想什麼，聞言只是模稜兩可地應了句。

若是當年他到得再早些，會不會便能阻止二皇兄犯下此等不可饒恕之罪？會不會就此挽救那幾戶無辜百姓之性命？而秦家姑娘也不必經歷那慘絕人寰的一幕。沒有經歷那些，她想必會如一名普通女子般，在父母的關愛下平安無憂地成長吧？

他低低地嘆了口氣，這都是皇室兄弟相爭給百姓帶來的災難。

二皇兄終究是大錯特錯，不僅百姓遭殃，還拖累一干人等，包括他自己的妻兒……

文宗皇帝駕崩，遺旨著皇三子宣王陸修樘繼位，便是如今的宣和帝。宣和二年，文宗皇帝次子平王陸修琮起兵謀反，史稱平王之亂。僅一年，平王兵敗如山倒，追隨將領悉數被誅，平王本人亦被囚。

也是那一年，年僅十三歲的端王陸修琰遠赴戰場，勸下寧死不降的平王，免除了雙方更大的傷亡。只是，戰爭雖平息，但戰爭引致的悲劇卻已無可挽回，無辜的遇難者流出的鮮血依舊歷歷在目。

「屬下仍有些不明白，那什麼四姑娘、蓁姑娘難道不是同一個人嗎？」長英想了想，依然不解。

陸修琰終於收回視線，睨了他一眼，回答得似是而非。「你覺得她們是一個人，她們便只是一個人；若你認為她們是兩個不同之人，那她們便是兩個不同之人。」

長英被他此番說辭繞得更糊塗了，欲再問，陸修琰已回到案前坐下，不再理會他。

他撓撓鼻端，唯有作罷。

而秦若蓁被陸修琰道破隱藏的秘事，心中如燃著一把火，一路疾走出數里，方覺全身無力地軟倒在路邊大石旁。

「葉小姐。」青玉蹲下身子，輕聲喚。

「我沒事，只是……」許久之後，秦若葉方啞聲道。

「端王心細如塵，我幾次三番在他面前露出破綻，被他發現也在意料當中，只是這麼多年來，頭一回被人當面揭了傷疤，終究有些難以承受。」

「咱們真的要到大老爺書房偷什麼帳冊嗎？」青玉低低地問。

秦若葉望向她，道：「青玉，妳記住，即使沒有端王這一齣，我也是打算去偷那帳冊的。」

「為何？」

「我只是想確定一件事，當年呂洪無緣無故得的幾筆銀兩，是否出自大伯父之手？大伯父有個習慣，凡是經他手的財物，必會記錄分明，這一點，我也是十一歲那年偶爾聽三姊姊所說。三姊姊生母玉姨娘是大伯父寵妾，伺候大伯父二十餘年，或多或少總會知道些旁人不知之事。

「若說我原本還在懷疑大伯父是否真有這樣一本帳冊，可那日聽端王提及，我便更加肯定了。」提及端王，她又不禁怒上幾分。

「這、這怎會？」明白她話中所藏深意，青玉一下子便白了臉。「夫、夫人不僅是大老爺弟媳婦，還是他、他的姨表妹啊……」

秦若葉扶著她的手起身，拍拍身上的灰塵，道：「我比妳更希望他是無辜的，畢竟這些年，他待秦四娘也稱得上好。先不提這些，妳記住，從明日起，早些讓秦四娘睡下。」

不錯，確實如陸修琰所說，她只能在秦四娘意識薄弱或面臨危險時突破束縛出現。

「是，青玉明白了，會想法子讓四小姐早些歇下。」

秦若蕖低低地嗯了一聲，目光投向遠方，不知有沒有聽到她的話，青玉也不敢打擾。

「青玉，妳到我身邊總共多少年了？」夜風徐徐，不知名的蟲鳴不絕於耳，青玉正猶豫著是否要提醒她該回府了，卻聽她輕聲問道。

「七年了，青玉到小姐身邊已經七年了。」

「七年了啊……」秦若蕖喟嘆道：「不知不覺間，竟已經七年了；而我娘，已經離開我將近十年了，可我至今仍未能……」

她合上眼眸深深地吸了口氣，再睜眼時，眸中傷感已蕩然無存，取而代之的，是一如既往的冷漠無溫。「端王為了秦府，或者說為了大伯父而來，以他的行事為人，想必秦府逃不過一場風波，咱們必須趕在端王發難之前，將該查之事查清楚。」

「青玉明白。」夜風迎面吹來，吹散了青玉低低的回應，也吹散了她話語中所含的複雜。

原來將近十年了啊！她揹負著兄長沈重的愧疚，也已經快十年了……

夜漸深，街上隱隱響起一下又一下的打更聲，巡街的官差偶爾偷偷打個呵欠，隨即又拍拍臉頰醒醒神，盡職地巡視著大街小巷。

秦若蕖與青玉兩人各懷心事，沈默地趕路。當那熟悉的秦府宅子出現在眼前時，秦若蕖正要發力跳過高牆，袖口卻被人輕輕扯住。

「藻小姐，那裡。」青玉拉住她，指著不遠處角門小小聲提醒道。

秦若藻順著她的手指望過去，看見一名身著灰衣的男子從門內鬼鬼祟祟地探出頭，四下張望，她一驚，下意識地拉著青玉避到隱蔽處。

不到片刻，那灰衣男子小心謹慎地邁出門，再三張望確定無人，這才輕手輕腳地關上了門，腳步往南面方向一拐，很快便融入夜色當中。

「藻小姐，那人瞧來有些面善。」藉著月光看清那人容貌，青玉壓低聲音道。

秦若藻點點頭，一時半刻也記不起在何處見過那人，只知道此人既然從秦府裡出來，想必若不是府中人，便是與府裡人有一定關係的。想到此處，她足尖輕點，朝著灰衣男子消失的方向追去。

青玉緊隨其後，寸步不離。

兩人一路追至一間小木屋前，見那男子抬手在門上敲了三下，頓了頓再敲三下，如此敲了三回，木門方「吱呀」一聲從裡頭打開，不過片刻工夫，一名身材高壯、臉帶刀疤的男子走出來，將那人迎進去。

秦若藻與青玉對望一眼，各自觀察起周遭環境，見木屋四周盡是或高或矮的樹木，數尺開外是一條彎彎的小河，月光灑在河面上，泛起粼粼波光。

突然，一聲慘叫從屋內傳出，兩人均是一驚，正欲上前探個究竟，卻見那灰衣男子從屋裡走了出來，掩上門，伸手往懷中掏出什麼東西，片刻，一道火光燃起，那人竟然點起了火摺子。

殺人放火？秦若蕖腦海中頓時浮現出四個字，不待她反應，那人已經拿著火摺子將木屋四處點燃起來，很快地，在夜風的幫助下，火勢越來越猛，熊熊的火光下，映出那人臉上陰鷙的笑……

「天堂有路你不走，地獄無門偏要闖！」扔下一聲陰冷的嗤笑，灰衣男子拍拍手轉身大步離開。

「蕖小姐！」青玉一聲驚呼，伸手抓了個空，眼睜睜地看著秦若蕖從火光四起的窗戶中跳進屋。

「小姐！蕖小姐！」她又怕又慌，本欲跟著衝進去，卻被迅猛的火勢擋住了腳步，急得她險些哭起來。

火越燒越盛，火光沖天，不過眨眼間，原本漆黑一片的四周便染上了紅光。

青玉再忍不住，猛地縱身跳入河裡，將全身浸了個透，凌躍而起，朝著被大火包圍的木屋衝過去——

「妳不要命了?!」孰料衝到半路，手臂卻被人牢牢抓住，她也來不及去看來人是誰，死命掙扎著。「放開我，放開我！蕖小姐在裡面，我要去救她！」

「什麼？」被火光吸引過來的陸修琰聞言大驚。

「小姐在裡面，蕖小姐在裡面，放開我！」青玉又急又怕，拳打腳踢地欲掙脫長英的箝制。

「救人！」

「王爺！」隨著先後的兩道男聲，待青玉反應過來時，只能眼睜睜地看著陸修琰與長英兩人一前一後地衝入火場當中。

大火漸漸吞噬整座木屋，連周邊的樹木也不放過，「噼噼啪啪」的燃燒聲不絕於耳，每一分、每一秒都在緊緊地揪著青玉的心。

她瘋了似地抱起門外一只未受波及的木桶，不要命般往返小河，將河水一桶又一桶地往火裡潑。

只是，杯水車薪，僅憑她一人之力又如何能撲滅熊熊燃燒的猛火？

突然本是要澆向猛火的水被從屋內衝出來的身影擋去了，青玉一愣，隨即大喜，隨手扔掉木桶，飛也似地往被她淋得全身濕漉漉的身影走去。

「蓁小姐……」她又慌又怕，望著被陸修琰抱在懷中的秦若蓁，顫聲喚。

「她還沒死。」扶著生死不明的刀疤男的長英瞥到她眼中水光，沒好氣地道。

遠處隱隱傳來嘈雜的人聲、腳步聲，陸修琰濃眉一皺，當機立斷。「快走！」

言畢率先抱著昏迷不醒的秦若蓁飛身閃入黑暗當中，長英無奈，唯有半扶半拖著刀疤男提氣跟上。

青玉亦不敢怠慢，眼神緊緊盯著陸修琰懷中的身影，寸步不離地跟了上去。

「傳大夫。」邁著沈穩的腳步跨過門檻，陸修琰頭也不回，沈聲吩咐道。

自然有守候在一旁的侍衛應聲領命而去。

「我家小姐怎樣了？可是傷到哪裡了？傷得重不重？可有性命之危？」青玉急出滿額的汗，巴巴望著軟軟地偎在陸修琰懷中的秦若蕖。

陸修琰小心翼翼地將懷中人放到床榻上，霎時，秦若蕖左手臂那觸目驚心的灼傷露了出來。

「她的手是被砸落的橫樑弄傷的，想必傷到骨頭；至於身上可有其他傷，這便要煩勞姑娘檢查了。」陸修琰淡淡地道。

跳動的燭光照在他的臉上，照出滿臉的灰塵、污漬，原本乾淨整潔的衣袍如今也髒得不成樣子，幾滴水珠從他髮上掉落，便是他站立之處也染了一灘水漬，難為他居然還能很有皇家風範地拂拂衣袖，彷彿身上穿戴的仍是那身矜貴的親王儀服。

「多謝王爺！」青玉感激地朝他撲通跪下，連連磕了幾個響頭。

陸修琰並未阻止她，只是在餘光掃到急急忙忙地奉命而來的大夫時道：「先讓大夫給她看看傷勢。」

一言既了，他轉身離開，長英遲疑片刻，終是跟了上去。

換上乾淨的衣物，接過長英遞過來的熱茶呷了幾口，陸修琰方覺舒暢不少。

「大夫怎麼說？」合上茶蓋，他彷彿不經心地問。

長英明白他所指何事，道：「左手臂灼傷得厲害，橫樑砸中骨頭，怕是要將養好一段時間方能恢復如初，如今昏迷只是因吸入煙霧，大夫開了方子，青玉姑娘正在照顧著。至於那名刀疤男子，胸口雖中了一刀，但是運氣好了些，沒傷及要害，一時半刻死不了。」

「嗯。」陸修琰輕敲著書案，閒閒地又道了句。「將皇兄先前賜下的那盒綠玉膏給她送過去。」

長英愣了愣，不過瞬間便明白這個「她」所指何人，有幾分不樂意。「皇上總共才賜了兩盒，一盒大皇子要了去，若連這僅剩的……」未盡之語在收到對方一記輕瞥後一下子嚥了回去，只能心不甘、情不願地去取那盒珍貴的療傷聖藥。

掌心握著藥膏，他忍了又忍，終是按捺不住地抱怨道：「王爺便是不顧及自己，好歹也想想追隨您多年沒功勞也有苦勞的屬下，若是老爹和大哥知道屬下居然讓王爺涉險救人，還不扒了屬下的皮！」

陸修琰聞言，嘴角浮現一絲笑意，只是很快又斂了下去，淡淡地掃他一眼，道：「你若再嘟嘟囔囔，不等他們，本王便先扒了你的皮！」

長英立即噤聲。

「又不是您什麼人，還是個凶巴巴又奇奇怪怪的，做什麼要對她這般好？還是聽老爹說得好，女子啊，不到六十歲不能讓她有飽飯吃……」只是終究心裡不服，一邊走過去的同時仍忍不住嘀咕。

陸修琰又好氣、又好笑，隨手拿起案上的宣紙揉成團朝他砸過去。「胡言亂語些什麼呢，還不快去！」

長英動作靈活地避過他的偷襲，再不敢多話，一溜煙地跑了出去。

好笑地望著下屬落荒而逃的身影，他無奈地搖搖頭。

做什麼要對她這般好？想到方才長英這番話，他不禁有些許失神。為什麼會不顧自身安危衝入火場救她？也許是因為十年前那段因緣，也許是對她的遭遇心存憐惜，但更多的，想來還是為兄贖罪的微妙心思吧！

畢竟，她幼時經歷的苦難、秦衛氏之死，歸根究柢是由皇家兄弟相爭引致的，而他身為皇族一員，自然也免不了罪過。

不管秦府中人在秦衛氏之死中扮演了什麼角色，他卻能肯定，當年秦衛氏的的確確是死於刀劍之下。準確來說，那慘死的數十名無辜百姓，無一例外都是一刀斃命，這一點，當年他的親衛已經確認，毋庸置疑。

他靜靜地坐了約莫一盞茶工夫，驀地起身，大步出了門。

正憐惜地擦拭著昏迷不醒的秦若蕖額上汗水的青玉，聽到腳步聲回頭，見是端王，忙上前行禮。

陸修琰目光落在床上那張蒼白的小臉上，少頃，移至青玉身上，問：「今晚妳家小姐救的那名男子，可是與秦衛氏之死有關？」

青玉怔了怔，茫然道：「我並未看清那人模樣……」

「現在便去看個清楚。」陸修琰擲地有聲。

青玉不敢耽擱，跟在長英身後出了門，片刻工夫便寒著臉回來，磨著牙稟道：「是的，那人確實是與先夫人之死有關。」

陸修琰臉色又難看了幾分，眼神複雜地瞅了秦若蕖一眼。這人為了報仇，竟連自身性命都不顧了。

「那人是誰？與秦衛氏之死有何關係？妳們又是如何遇到他的？」一連串的發問接連而出，卻讓青玉為難地皺起了眉。

「那人名喚呂洪，其他的……王爺還是待小姐醒來再問吧！」她低著頭，啞聲回答。

陸修琰冷笑一聲，也沒逼她，只是舉步行到床前，目光落到秦若蕖身上，聲音讓人聽不出情緒。

「這一場大火已驚動了官府，想來街上如今正亂，以妳的武功自然可以神不知、鬼不覺地返回秦府，可若再加上妳這位受傷的小姐，想不被察覺看來是有些難了。」

青玉心口一跳，不禁發起愁來。這也是她頭疼之事，今夜鬧的這一場耽誤了不少時間，再不回府只怕會暴露了；而且小姐如今受了傷，只怕也瞞不過老夫人，萬一被發現……

她望望面無血色的秦若蕖，想將她帶到錢伯處暫時養傷，只是怕會讓錢伯所在的據點暴露於端王眼前。小姐的秘密已被揭露太多，錢伯那裡可不能再被端王探得了。

一時之間，她不禁左右為難起來。

「妳若信得過本王，盡可將她留置此處養傷，本王另派人與妳一同回府。」清淡的聲音響在耳畔，她詫異抬眸，望向難辨神色的陸修琰。

陸修琰斜睨了一旁的長英一眼，長英了悟，走出門外吩咐幾聲，不過須臾，一名身著青衣的女子便走了進來。

青玉下意識望過去，眼睛驀地瞪得老大，嘴巴更是吃驚地張著。「小、小姐……」

來人容貌竟與躺在床上無知無覺的秦若蕖一般無二。

青衣女子沒有理會她，扯下人皮面具，繼而朝著陸修琰單膝跪下。「屬下參見王爺。」

青玉頓時便明白他方才那番話是何意，心裡也有幾分觸動，暫時找個替身瞞過去自然是目前最好的辦法，只是一想到要將秦若蕖留在此處，她又是一萬個放心不下；讓錢伯派人來接吧，又怕會引起端王懷疑。

陸修琰察言觀色，也不催她，一揮袍袖在椅上坐下，好整以暇地等著她的決定。

倒是長英因她的猶豫不決而心生不滿，冷哼一聲道：「狗咬呂洞賓，不識好人心！」

自家王爺不但不顧自身安危進去救人，更是連極其珍貴的療傷聖藥都讓出來了，居然還讓這不識好歹的臭丫鬟「信不過」。

第八章

青玉臉色白了白，明白他這是在罵自己，心裡也有些發虛，不管如何，今夜小姐得救確實是多虧了端王。

她一咬牙，狠下心道：「好，那便如王爺所說，小姐暫時留在此處養傷，明晚青玉再來，到時看小姐意思另作決定。」

陸修琰挑挑眉，並無不可地點點頭。「隨妳。」

略頓了頓又道：「有何需要注意之事，需要特別小心應付之人，妳可告知雲鷲。」雲鷲指的便是那名擅偽裝的青衣女子。

「時間緊迫，怕是雲鷲姑娘也難做到十全十美，青玉建議還是裝病暫且瞞過去；至於需要特別小心應付之人……」青玉有幾分嘲諷地道：「只怕唯有老夫人才會……」

陸修琰明白她話中意思，不由自主地望向發出均勻呼吸聲的秦若蕖，心中竟不禁生出幾分憐惜。

他相信以雲鷲出神入化的偽裝之術及隨機應變的靈敏，哪怕時間不多，但想要瞞過絕大多數人並不難，除非對方對她所偽裝之人的一言一行相當上心，否則也絕難發現不妥；而這樣的人，秦府當中只有秦老夫人一個嗎？

嘆息間，又見青玉從腰間取出一個包得嚴嚴實實的布裹，拆開布條，一個陳舊的鈴鐺露了出來。

「明日小姐若是醒來，煩請王爺將此物交給她，她自會明白青玉意思。」

看著遞到眼前的舊鈴鐺，他收起疑惑，順手接了過來。

「多謝王爺，王爺之恩，青玉及小姐永不敢忘。」

一番感激後，雲鷺上前扶起她，又細問了她關於秦若蕖的日常行為及府中注意事項。因時間緊迫，青玉也只能大略挑些要緊的與她說。

約莫小半個時辰後，雲鷺重新戴上那張人皮面具，雙手靈巧地在臉上幾番動作，不過眨眼間，一張與秦若蕖一般無二的臉便露了出來。

儘管方才已經領教過她的偽裝術，但當場看著她變臉，青玉仍是抑制不住驚嘆。

依依不捨地再看了看無知無覺的秦若蕖，她與雲鷺一起辭別陸修琰，縱身跳入夜色當中，抓緊時間往秦府所在方向奔去。

「安排幾個細心的妥善照顧她。」淡淡地扔下一句話，陸修琰轉身邁步離開。

長英應聲領命，自去安排人手。

不提這晚青玉帶著雲鷺回府，引得素嵐一番大驚，只說次日一早秦若蕖被左手傳來的劇痛驚醒，她皺著秀眉哼哼唧唧不止，不時喃喃幾句。「嵐姨，疼，手疼……」

奉命照顧她的兩名侍女聞聲上前，一人控制住她亂動的身子，生怕她碰到傷口；另一人邊輕擦著她額上汗水邊喚。「姑娘，姑娘快醒醒……」

秦若蕖茫茫然地睜開眼睛，入眼盡是陌生的環境，連身邊的也是兩張陌生的面孔。她強忍著手臂上的痛楚掙扎著坐了起來。「妳們是誰？我怎麼會在這？嵐姨與青玉呢？」

「姑娘總算醒了，我是梅香，這位是蘭香。手可是疼得厲害？換了藥便會好上許多。」為她擦汗的梅香輕聲安慰道，蘭香則是轉身去拿藥。

秦若蕖顧不上疼得厲害的手，連鞋也不穿便跳下床躲在圓桌後，一臉防備地瞪著她們。「我不認得妳們，妳們不、不要過來！」

「好好好，我們不過去，可是姑娘，您手上的藥該換了，不換藥傷怎麼會好呢？」梅香放柔聲音勸道。

秦若蕖也覺得左手疼得緊，可對身處環境的戒備，讓她無暇顧及。

「誰知道妳們是好人、壞人，不許過來，否則我對妳們不客氣！」見梅香又要走過來，她急了，順手拿起桌上的空茶杯作出投擲的動作威脅道。

「我不過去、不過去，姑娘小心莫要傷著自己。」梅香與蘭香對望一眼，無奈地道。

場面一時僵住了。

不知過了多久，手上的痛楚越來越頻繁、越來越厲害，直疼得秦若蕖小臉發白，豆大的汗珠一滴滴滑落，順著領口沿著脖頸往下流去。

「出什麼事了？」聞聲趕來的陸修琰邁著沈穩的腳步進來，皺眉問。

「王爺！」梅香、蘭香忙行禮。

秦若蘪聞聲回頭，認出是熟悉的面孔，扔掉空杯，驚喜交加地快步朝他走去，將身子躲在他的背後，小手揪住他的一方衣袍，小小聲道：「端王爺救我！」

救？陸修琰不解，詢問的目光投向梅蘭兩女。

「姑娘對奴婢們有些誤會。」梅香無奈回道。

陸修琰明白，感覺秦若蘪揪著自己衣袍的動作越來越緊，可見確實是緊張。

他清咳一聲，側頭望向她道：「四姑娘，她們是本王的人，奉本王之命前來伺候姑娘養傷。」

「你的人？」秦若蘪抓著他袍角的手緩緩鬆開來，可眼中防備之色仍在。

陸修琰想了想，從懷中掏出那只舊鈴鐺遞給她。「這是昨日青玉姑娘讓本王轉交四姑娘的。」

秦若蘪忙接過，小心翼翼地翻看一陣，又輕搖了搖，發出一陣清脆的「叮叮噹噹」一聲，歡喜的笑容躍於臉上。「不錯，是青玉的鈴鐺。」

她這一笑，整個人自然鬆懈下來，揚著臉衝著陸修琰笑得眉眼彎彎。「多謝你。」

陸修琰被她這太過燦爛的笑容晃了晃，忙攏手掩唇佯咳一聲。「姑娘不必客氣，安心留下便是，若有什麼需要的，儘管吩咐她們去辦即可。」

見她安分下來，陸修琰自然不好久留，簡單叮囑梅香與蘭香好生伺候，便離開了。

在書房裡處理了往來文書，又接見了一名密探，聽著對方稟報。

「……江夫人半月來已經數度進宮，想來是江氏父子已懷疑起王爺此行真正目的，想從貴妃娘娘處打探消息。」

陸修琰有一下、沒一下地輕敲著案面，聞言只是問：「先前聽聞皇后娘娘鳳體微恙，如今可痊癒了？」

「回王爺，娘娘如今鳳體無恙，大皇子妃每日帶著皇長孫進宮陪伴，娘娘甚是開懷。」

「如此甚好。」陸修琰點點頭，總算是放下心來。

皇嫂近些年來身子時好時壞，雖無大病，卻是小病不斷，加上宮中事多，不安分之人亦不少，更讓她耗費心神。

他生而失母，先帝又忙於政事無暇顧及，故自幼便跟著三皇兄、三皇嫂，兄嫂之於他，等同父母。

密探頓了頓，又稟道：「王爺日前巡視衙門，又罷了幾位大人職務，如今官場上人人自危，個個謹慎，想要探得更多消息，只是怕……」

「無妨，必要之時打草驚蛇亦會有意外之喜，本王只怕他們太安分。」陸修琰冷笑。

「屬下明白了。」

「去吧！」

在書房裡坐了半晌，又看了小半個時辰卷宗，他動了動肩膀，起身出門，打算在莊園裡四處走走散心，一直候在他身邊的長英自是寸步不離地跟上。

「婆婆您好厲害啊，是怎樣編的？教教我可好？」嬌俏的驚嘆聲順著清風吹入耳中，成功地讓他止住腳步。

順著聲音望過去，見不遠的樹下，秦若蕖蹲在一名頭髮花白的婦人跟前，又驚又喜地望著對方麻利地用竹子編出一個小小的籃子。

「待姑娘手上的傷好了，老婆子再教可好？」老婦人笑咪咪地將小竹籃遞給她，慈愛地道。

「好，謝謝婆婆。」秦若蕖雖有些遺憾，但也歡歡喜喜地用那隻沒受傷的手接過籃子，清脆道謝。

看著提著小竹籃步履輕快的嬌小身影，陸修琰啞然失笑。

到底該說這姑娘心太寬呢，還是該說她適應力強？

沿著小道走了片刻，又聽到那個嬌嬌脆脆的聲音。「……挖個坑，放一顆；再挖個坑，再放一顆……」

「欸，對了，就是這樣，挖一個放一顆，姑娘學得真快。」間雜著的有年長男子帶笑的鼓勵。

「真的嗎？」開開心心的語調，便是沒有見到人，他也能想像得到她那明媚歡喜的笑容。

「爹，人家姑娘手還受著傷呢！」陌生女子無奈的嗔怪聲。

「啊，怪我、怪我，哈哈哈，好姑娘，還是讓大伯自己來吧！」

「欸，好的，大伯，鋤頭還您。」秦若蕖也覺得有些累了，故而不堅持，爽快地將鋤頭還給了中年農夫。

此時的陸修琰也見到了三人的身影，無奈搖頭。

受了傷還能到處走，這丫頭當真是跳脫得很。

「還挺會自得其樂的。」長英的嘀咕在他身側響起，他好笑地掃了他一眼。

抬頭望望又邁開步子、不知去哪找樂子的秦若蕖，他唇邊笑意更濃。

確實挺會自得其樂的。

又走了不到半個時辰，見莊裡風光正好，他乾脆尋了處石桌坐下，閉著眼睛養神。清涼的輕風迎面拂來，如慈母溫柔的手輕撫臉龐，涼意陣陣，驅趕行走帶來的熱氣，讓他通體舒暢。

「端王爺、端王爺……」腳步聲伴著歡喜的嬌聲從身後傳來，他回頭一望，只見秦若蕖提著那個小竹籃，受傷的左臂用白布條綁著掛在脖頸上，正朝他快步走來。

陽光輕灑在她的身上，為她染上一層層淺淺的金色，映得那張異常燦爛的笑臉更顯眩目。

陸修琰挑挑眉，看著她笑出一臉花地走到跟前，將手上那只竹籃放到石桌上，再將蓋在籃子上的紗布拿開，從中取出一個木質食盒，剛打開蓋子，一股甜香味便撲鼻而來。

「你嚐嚐、你嚐嚐，我做的甜糕。」她一臉獻寶地將那盒猶散著熱氣的甜糕往他面前推。

陸修琰擋住她的動作，本想謝絕她的好意，可一對上那雙漾滿期待，亮得如夜空明星的眼眸，謝絕之話便梗在喉嚨裡，再無法說出口。

他拿起一塊送入口中，在長英詫異的目光下輕咬一口，甜得發膩的味道充斥口腔，讓他不由自主地皺了皺眉。

「怎麼樣、怎麼樣？味道可好？」秦若蘿睜著亮晶晶的雙眸，巴巴地望著他。

陸修琰不動聲色地將那甜糕放到一邊，不答反問：「真是妳做的？」

秦若蘿臉上笑容一滯，眼神心虛地移開，好一會兒才吶吶地道：「糖、糖是我、我放的……」

果然，雖然那軟糯口感確實極佳，卻過於甜膩，對比如此極端，說是一個人做的他還真不相信。

對上他了悟的眼神，秦若蘿有幾分洩氣地在他對面坐了下來，隨手抓起一塊往嘴裡塞。「我親自放的糖，又幫忙準備材料，火候也看著，怎麼也是出了力的，說是親手做的也過得去吧？我不過就是缺了些經驗，若不是祖母不許我進廚房，說不定我如今會做許多許多好吃的……」

看著食盒裡的甜糕越來越少，陸修琰濃眉皺得更緊了。這般甜膩膩的東西，吃多了真的好嗎？

心裡懷疑著，下意識地擋住她再往食盒裡伸的手。「不是說讓本王嚐的嗎？怎地全是妳一個人吃了？」

秦若蘿也不在意，任由他將食盒蓋上，交給一旁的長英。「收著，本王回去再嚐。」

長英瞪大眼睛，一副活見鬼的表情。王爺不是最討厭甜食的嗎？

秦若蘗並未留意他，只是掏出帕子擦擦嘴角，咂咂嘴，嘀咕道：「就是太甜了些。」

陸修琰瞄她一眼。原來她也知道太甜了啊！

「你這莊子真好，什麼好吃的、好玩的都有。對了、對了，王二伯家的大水牛懷娃娃了，你可見過牛娃娃？阿水嬸家的大黃狗也懷娃娃了，她說等生下來可以送我一隻，我是挺喜歡的，可是狗娃娃還是在狗娘親身邊長大得好，所以婉拒了她；阿根伯的小孫子快五歲了，會唸書、會寫字，阿根伯可高興了，說以後要讓他考秀才；李婆婆說鎮裡有間鋪子，賣的棉線顏色又多、價格又公道；阿秀姊姊繡的帕子可好看了，我央她教了我幾種針法，回頭得練練；阿成叔耕種是個好手，據說每年就他的莊稼收成最好……」

陸修琰驚奇地望著她，才半天時間，這丫頭便與莊裡的人混熟了？連人家的牛啊、狗啊懷娃娃了都知道。

「……二牛哥說動作要快，若是慢了讓牠跑了，那可就白忙活了。」秦若蘗不知他心思，滔滔不絕地說得興起，白淨柔膩的臉蛋染著興奮的紅暈。

自幼便困在府中，秦老夫人雖然疼愛，但管束亦多，加上過分的偏寵無形中又讓她成為眾矢之的，姊妹們或明或暗多少會排擠她，使得她連個談得來的小姊妹都沒有，更不必說到別人府中作客。

虧得她心寬大度，從來不會糾結過多，即便每日只陪在老夫人身邊亦不覺得悶；但如今在莊子裡無人管束，自由自在得如飛出籠子的鳥兒，撒著歡到處去，自然是看什麼都覺得稀奇，看什麼都覺得有趣。

整個莊子裡，唯有陸修琰是她的「舊識」，加上青玉又讓對方轉交了兩人的信物鈴鐺，自然而然地，她便視陸修琰為可信之人，言談舉止間亦不由自主地少了些許拘束，多了幾分隨意。

陸修琰不以為忤，定定地望著她，也不出聲打擾，只是眸色漸深。

這麼一個親切善良，讓人瞧著便心裡歡喜的小姑娘，著實難與那一位出手狠戾，冷漠無溫的聯想起來。

耳邊響著女子嘰嘰喳喳的嬌聲脆語，往日最不喜嘈雜之音的他，竟出奇地沒有出言制止，甚至示意長英上茶，更親自倒了茶送到秦若蕖面前，看著她咕嚕咕嚕地灌了幾口潤嗓子，再體貼地為她續上茶水。

長英愣愣地望著這一幕，藍天白雲，綠樹紅花，一剛一柔，一靜一動，竟覺得相當和諧。

昨夜的一場大火不只是驚動了官府，連城內的人家也都聽說了，秦府中人自然也不例外。

書房裡，秦伯宗臉色鐵青，隨手抓過墨硯往跪在下首的灰衣男子砸過去。「成事不足、敗事有餘！什麼叫做無人傷亡？為什麼會無人傷亡？你不是保證萬無一失的嗎？那人呢？屍首呢？莫要告訴我已經被火燒成灰燼了！」

男子嚇得顫慄不止，哆哆嗦嗦地道：「奴、奴才確、確實是一刀刺在他的心口上，看著他倒在地上一動不動了，方才放火燒屋的……」

誰又會想到大火撲滅後，原本應該在灰燼中發現的屍首居然無影無蹤。

「確實是、確實是——那你告訴我，屍首呢？屍首何在?!」秦伯宗大怒，雙目如噴火，死死地瞪著對方。

「難、難道他、他被人救、救走了？」

秦伯宗心口一窒，滿腔的憤怒一下子堵住了，臉色也變得詭異莫測。

被人救走了？那個亡命之徒又有什麼人會救他？或者說有何人因為何事會不顧生死地衝進大火中救他？

見他平靜下來，灰衣男子一陣忐忑，片刻，小心翼翼地試探道：「會不會是四老爺？」

秦伯宗心口跳得更厲害了。四弟？

「你還是大哥嗎？你還有半點兄弟情義嗎？你到底還要算計我多少？你怎不直接把我勒死？」

當日榮壽院內秦季勳的悲憤控訴再度在腦中迴響，使得他的臉色越發難看。

還要算計他多少？還要……

難道他知道了？一想到這個可能，他覺得心跳得更厲害了。

不會、不會，四弟對清筠表妹用情至深，若是他知道……不會的、不會的。

雖然一再在心裡否認這個可能，可他也清楚地意識到，若是呂洪真被人救走，這個救人的，最大嫌疑者便是四弟秦季勳。

「四小姐是個大門不出、二門不邁的姑娘家，五公子又遠在岳梁，當年的知情人也幾乎死絕了，呂洪更是六親全無，亡命之徒一個，沒人追殺他算是好了，更不必說救他。故而除了四老爺，奴才著實想不出還會有哪個……」

聽他這般細細分析，秦伯宗原本亂跳不已的心反倒漸漸平靜了下來。他沈著臉，陰冷地道：「呂洪之事，你私底下再細細打探，活要見人，死要見屍，至於其他的，我自有主意。」

男子打了個冷顫，連連稱是。

這頭灰衣男子剛離開，便有小廝前來稟報。「大老爺，外頭有位吳老爺求見。」一面說，一面呈上拜帖。

吳老爺？秦伯宗一愣，接過拜帖一看，臉色頓時變了。

是他?!

秦季勳哪會知道自己無緣無故成了兄長懷疑的對象，一早起來便聽下人說起四小姐昨夜受了涼，如今病了起不來，老夫人急得直讓人請大夫。

他表面瞧來看不出神情變化，心裡卻又急又怕。這些年來，女兒身子一直很好，甚少生病，如今突然病倒……

憶起當年秦若蕖的一場大病，他漸漸坐不住了，正欲起身前去探個究竟，卻見周氏帶著侍女浣春款步而來。

「如今天氣正好，老爺也要常到外頭散散心，總悶在書房看書，對身子不好。妾身親手熬了碗粥，又做了些小菜，老爺嚐嚐？」帶著溫柔似水的笑容，周氏端過浣春手上的瓷碗放在書案上，體貼地道。

「勞夫人費心了。」秦季勳穩下心神，客氣地道。

「你我夫妻，又何須客氣。」

秦季勳也不再說，心不在焉地喝著粥，卻是食不知味。

「昨日偶聽母親提起，澤苡不久便會啟程回府。他多年未歸，往日住的院子怕是蕭條了，妾身想著，他也到了娶親的年紀，雖未曾訂下人家，但提前把院子收拾出來也是好的，不知老爺意下如何？」周氏一面為他布菜，一面輕聲問。

秦季勳舀粥的動作頓了頓，卻再也吃不下。他垂下眼簾，接過周氏遞過來的帕子拭了拭嘴，淡淡地道：「他如今長大了，又向來是個有主意的，且讓下人每日打掃清潔便是，其餘的不必多作理會，由著他回來再另做打算。」

「既如此，妾身聽老爺的便是。」周氏輕輕揮了揮手，浣春忙上前動作麻利地收拾碗筷。

「還有件事，若蓁眼看便到及笄年紀，我想了想，也是時候訂親了，故而未經老爺允許便書信託怡昌長公主替我留意著，若有家世、人品尚佳的青年才俊，無論怎樣都要為咱們搭根線。」

秦季勳嘴唇微動，最終也只是淡淡地「嗯」了一聲，再無他話。

周氏不動聲色地注意著他的一舉一動，見狀，輕咬了咬唇瓣。就是這樣，這麼多年，他對著自己總是沒幾句話，初時她以為這是對自己的信任，什麼都不會違自己的意，可時間久了，卻發覺並不是如此；至少，當年他待衛清筠便不會如此。

越想心裡越氣，越想便越覺委屈，她做了那麼多還不是因為愛他，放棄了侯夫人的榮耀，捨棄了周家小姐的驕傲，一再讓姑母、讓爹娘失望，到頭來卻仍抹不去一個死人在他心裡的痕跡。

她忿忿地一拂衣袖，一聲不響地轉身離開。

秦季勳只是淡淡地掃了她離去的背影一眼，重又埋首書冊當中。

一直靜靜地站在一邊的浣春偷偷望了他一眼，眼中情意流轉，也只有在如今這樣的時刻，她才敢放縱自己。

依依不捨地收回視線，她斂斂心神，躬身退了出去。

周氏卻是出了書房門便停下腳步，靜靜地等了片刻不見盼著的人追上來，臉色越發難看。

多年夫妻，他從不肯放下身段哄一哄自己，明知道她是絕不會真正生他氣的……

「夫人……」浣春心裡有幾分扭曲的痛快之感。抓得再緊又如何？便是將府裡的女子全部趕走，四老爺一樣不會愛她。

「妳在裡頭磨磨蹭蹭的做什麼？」周氏冷冷的聲音在她耳畔響起，讓她心中一凜，再不敢胡思亂想。

周氏並不需要她的回答，暗含警告地道：「千萬不要生出不必要的心思，否則，浣平的下場……」

「奴婢對夫人忠心不二，夫人明鑑！」浣春嚇得「咚」地一下跪在地上，連連表起忠心。

周氏冷哼一聲。「一個奴婢，諒妳也沒那個膽，起來吧！」

「……是，謝夫人。」浣春低頭掩飾眼中恨意，寬袖中的雙手死死地握成拳。

「一大早，吳世奇便到了秦府，看來江建業已經開始懷疑秦伯宗了。自當年秦伯宗借周家的勢力謀到如今官職，多年來一直不上不下，只得五品官位，心裡難免有些急；只是他空有一腔雄心，卻無膽量，故而當初在江建業以利相誘時不敢拒絕，也不敢真正追隨，同時為了以防萬一，還偷偷記錄每一筆交易。」燈火通明的屋內，風塵僕僕的男子一五一十地將所探之事回稟。

男子約比長英年長幾歲，眉目間與他甚是相似，只是比他多了幾分沈穩氣度，端的是不苟言笑，嚴肅堅毅，此人正是長英同胞兄長長義。

陸修琰點點頭。「江建業既然同樣懷疑他手上有這麼一本帳冊，看來咱們得抓緊時間，萬萬不能讓對方捷足先登了。」

「屬下亦是這般想，故而打算今夜一探秦府，將那帳冊偷到手。」長義沈聲說出自己的打算。

「我與你一同前去。」女子獨特的嗓音突然響起，長義握緊長劍，護在陸修琰跟前，眼神凌厲地盯著來人。

「長義，無妨。」陸修琰定定地望著推門而入的女子，一對上那雙冰冷的眼睛，他便清楚來人不再是白日那個在自己身邊嘰嘰喳喳、沒完沒了的四姑娘。

「傷筋動骨一百天，姑娘傷勢並不輕，還是好生將養些日子為好，帳冊之事，本王自有安排。」

「我既答應你會幫忙，便一定會做到，王爺的好意我心領了。閒話莫說，你若不放心，大可派人與我一同前去便是。」秦若蕖並不接受他的好意，堅持道。

見她說話如此不客氣，長義不悅地皺起眉，本欲喝斥，卻被站在身邊的弟弟長英輕拉了拉袖口，他不解地側頭，見長英對他做了個「不可」的口形。

雖不知此女是何人、與王爺是何關係，但親弟既如此暗示，他唯有將滿心的不悅壓下去。

對她的固執，陸修琰頗有幾分惱怒，故而冷冷地道：「蕖姑娘既然堅持，本王自然不會阻止。長義，今晚你便與她一同前往秦府。」

言畢低下頭，隨手拿過卷宗翻開，擺明一副送客的模樣。

秦若蕖並不在意，轉身便出門，倒是跟在身後、一聲不響的青玉朝他屈膝行了個禮。

「那姑娘是何人，竟敢對王爺如此無禮！」尋了個無人的時機，長義終忍不住皺眉問。

長英自不會瞞他，一五一十地將秦若蕖的身分，以及與陸修琰相識始末細細道來。

「你是說，她是當年王爺從死人堆裡抱出來的那名小姑娘？」長義臉色有幾分古怪。

「是的，我問過王爺，王爺亦不否認。」長英頷首，片刻，又問：「大哥，當年不是你跟著王爺去的嗎？那幾戶人家當真是被平王亂兵所殺？」

長義一臉凝重，也不知在想些什麼，久到長英以為他不會回答，方聽他道：「當年是我親自確認他們的死因，的的確確全數死於兵器之下；只是，有一人情況卻有些不同……」

「何人？」長英追問。

「一名年輕婦人，她雖亦是被兵刃所殺，但被殺前已中了毒，我猜測大約剛好是毒發之時，亂兵便破門而入，將她斬殺於刀下。」

「雙重謀殺?!」長英大驚失色，聯想秦若蕖的行為，他幾乎瞬間便肯定這個年輕婦人是秦衛氏。

「那婦人的確是死於兵器之下，況且這當中牽扯的說不定是內宅爭鬥，王爺又趕著前去阻止平王，故而此事我並沒有多放在心上，只是將那女子死因一併歸入遇害者當中。如今聽你說來，說不定那位倖存的姑娘親眼目睹了生母先後毒發被殺……」說到此處，饒是見慣生死的長義也不禁生了幾分同情。

長英臉色也變得極為難看，好一會兒才喃喃地道：「難怪，難怪她一直追蹤至今……」

「不管這姑娘懷的是什麼心思，我都不會允許她壞了王爺大事，你且回去好生保護王爺，待我往秦府一探究竟。」長義沈著臉吩咐道。

「大哥，王爺待這位秦姑娘有些不同，連皇上賜的綠玉膏都給她用了，當初大皇子可是磨了好久，還許了許多奇珍異寶方能換去一盒。」

長義眉頭皺得更緊。「王爺瞧上她了？」

「這倒不像。」長英搖搖頭。

「那便不值得擔心。王爺心慈，一時同情她的遭遇也是有的，只要她不妄想攀龍附鳳，妄圖端王妃之位，我便是忍讓她幾分亦無不可。」這個對主子甚是無禮、又是出自秦府的女子，他著實難生好感。

長英雙唇動了動，想為秦若蕖辯解幾句，可長義已轉身大步離開了。

他自言自語地道：「一時像未開竅的傻丫頭，一時又是冷冰冰、手段狠的黑衣女，無論是哪一個，都不可能會想要攀龍附鳳吧？」

陸修琰獨自一人在書房內坐了片刻，總覺得有些心神不寧，乾脆拋開卷宗，喚來伺候秦若蕖養傷的梅香。

「秦姑娘問了奴婢那名刀疤男子所在，不聽勸阻便直接過去了。奴婢不放心跟著，只見到她用手壓在那人傷口處，逼問他關於十年前之事。」想到秦若蕖當時按著對方傷口那股狠勁，梅香不禁打了個冷顫。她真是作夢也沒想到白日裡那般隨和的秦姑娘，會突然變得那麼難以接近。

那一刻，秦若蕖是真的想殺了對方的。她用那隻沒有受傷的手按在對方猶滲著鮮血的傷口上，先是狠狠地一按，惹來呂洪一聲慘叫，方陰冷地問：「我問你一句，必要老實回答，否則，我便讓你求生不得、求死不能！」

拋下威脅之語的同時，她又用力按了一下，直痛得呂洪慘叫連連，本就沒甚血色的臉更是蒼白如紙。

「我說、我說，饒命……」他強忍著劇痛，喘著氣求饒道。

秦若蕖一聲冷笑，手卻沒有收回來，直問：「十年前，到底是誰指使你勾搭酈陽秦府主母侍女，並透過她下毒？」

呂洪愣了愣，一時想不到對方問的竟是此事。

見他不老實回答，秦若蕖再度狠狠地一按，又是一聲慘叫響起，呂洪胸口包紮的白布早已血跡斑斑，便是她自己，右手也沾滿了他的鮮血。

可她毫不在意，雙眼一動不動地盯著對方，大有不老實交代便要再按的架勢。

「杜強，是杜強！一切都是他指使我做的！」再多的硬氣對上如此酷刑也只有求饒的分，何況他本就不是什麼硬氣的人。

杜強？秦若蕖有片刻失神，這個名字……

「杜強就是那晚刺了你一刀之人？」她定定神，又問。

「是他，就是他趁、趁我不注意……」

杜強、杜強，她在心裡暗暗唸著這個名字，再回憶當晚那灰衣男子的容貌，猛然間，雙眼圓睜。

原來是他！

卻說梅香一股腦兒地將所見悉數回稟陸修琰，陸修琰頓時了悟。難怪她不顧傷勢堅持要幫助他盜取帳冊，看來已經從那呂洪口中得知了仇人身分。

如此看來，秦伯宗的確與當年秦衛氏之死有關。

只是，大伯與弟媳，或者說表兄與表妹，這兩者到底有何深仇大恨，以致他絲毫不顧兄弟情義、親戚情分，不惜勾結外人置對方於死地——

「接著呢？」他皺著眉問梅香。

「接著秦姑娘便來尋王爺了。」

陸修琰點點頭，食指在書案上緩緩地畫著圈圈，突然，腦海裡靈光一閃，他從椅上跳了起來。

不好，盜取帳冊是假，報仇雪恨是真！

「長英、長英！」

「王爺？」長英不明所以，飛也似地衝了進來。

「快，召集人手與本王一同前往秦府！」

第九章

夜風徐徐，籠罩在夜幕之下的秦府，安靜得如陷入沈睡當中。只是，輾轉不能眠之人，卻有不少。

榮壽院內，秦老夫人口中喃喃唸著佛經，手上的佛珠越轉越快，良久，她緩緩睜眼，問：「幾更了？」

「回老夫人，快四更了。」明柳輕聲回話，略頓，勸道：「老夫人，還是早些安歇吧，您不歇息，四小姐知道了會心疼的。」

秦老夫人低低地嘆了口氣。「這陣子總有些心神不寧，尤其是阿蕖病了這一場後，不知怎地總會想起她當年那場病。我還記得，她就是病了那麼一場，醒來後忘了許多事……」

「當年四小姐年紀尚小，又剛經歷了一場大難，病後忘事，或許是過世的四夫人……」猛然發覺自己說漏了嘴，明柳頓時忐忑不安，生怕老夫人怪罪。

誰知秦老夫人彷彿毫不在意，喃喃道：「清筠啊，是我對不起她……」

明柳沈默不語。涉及前四夫人，無論誰勸都沒用。

同樣輾轉不能眠的還有二老爺秦仲桓，人如烙餅般在床上翻來覆去，腦子裡總迴響著傍晚秦伯宗說的話——

「事情若揭發出來，你以為自己能獨善其身？當年之事，你同樣脫不了干係！」

他猛地坐起來，狠狠地抹一把臉，彷彿這樣便能將那似千斤重的愧疚與悔恨抹去。

「怎麼還不睡？」被他起身的動作驚醒的二夫人，睜著朦朧的雙眼，打著呵欠問。

「沒事，妳睡吧，我到外頭坐坐。」秦仲桓趿鞋下地，敷衍道。

二夫人只是看著他離開的背影，並未出聲勸阻，良久，她自嘲一笑。

自她嫁進來的那天起，她便知道夫君心裡已經有了人，委屈、怨惱、失望、難過侵擾了自己多年，直到那一年……

她深深地吸了口氣，怔怔地望著帳頂。

衛清筠，是世間最幸運的女子，亦是最不幸的女子。

秦若蕖一路引著長義到了秦伯宗書房外，掃了他一眼後便要轉身離開，長義用劍擋住她的去勢，沈聲問：「妳要去哪裡？」

「打草驚蛇。」秦若蕖無懼眼前的利劍，面無表情地道。

長義頓時明白她的打算，收回劍道：「且信妳一回。」

秦若蕖冷冷地掃他一眼，足尖輕點，直往大房正院方向而去。

行經後花園，忽見前面一個身披黑斗篷匆匆而行的身影。

藉著月光看清對方容貌，她頓時一愣。周氏？

不及多想，她腳步一拐，算準著距離，毫無聲息地跟在對方身後。

「……妳總算來了，真真讓我好等，四弟妹。」跟至西園，忽聽一道低沈卻又熟悉的男子聲音，她心口一跳，當即閃到一座假山後。

「秦伯宗，你到底想怎樣？當年不是已經說好了，你我私下不得再有半點接觸，如今你卻出爾反爾。」周氏恨恨的聲音隨後響起。

秦若蕖一顆心跳得更厲害了，臉上閃過一絲狠戾之色，眸光漸漸變得銳利。

秦伯宗、周氏，他們竟然……

「若非萬不得已，我絕不敢打擾妳。如今江建業盯上了我，想必再過不久便會對我出手……」

「江建業對付你與我何干？當年許你的官位已經做到，你自己不爭氣，還惹上了江家人，倒讓我周家替你擦屁股？你想得也未免太天真。」周氏冷哼一聲道。

秦伯宗被她一噎，臉上頓生惱怒，只是知道自己有求於人，唯有壓下怒氣道：「我並沒有惹江家人，只是為求自保。江家這幾年掌控各地朝貢，勾結富商豪強，中飽私囊，我一個小小五品官，又怎敢與他們作對？可若不俯首，必遭排擠，唯有虛與委蛇以保自身，那些不義之財我全沒有用，悉數存著。」

「沒有那麼大的頭，便不要戴那麼大頂帽子。你既無才，不如學著你二弟、三弟，老老實實做個七品小官便是。」周氏諷刺道。

秦伯宗見她一副擺明不願相幫的模樣，不禁冷笑道：「四弟妹，妳可莫要逼我，真逼緊了我，我將當年之事捅到四弟面前去，四弟若知道清筠表妹之死竟出自妳手……」

「你敢威脅我?!」周氏大怒。

「妳我同坐一條船，我倒了，妳也絕對得不了好。不錯，我承認，清筠表妹的死有我的手段，可這一切是為了什麼？還不是為了讓妳這位周家三小姐能順利嫁得心上人為妻嗎？妳得嫁心上人，我得官位，各取所需，誰也不比誰乾淨。」

周氏氣得胸口急促起伏，好一會兒才抑制住怒氣，磨著牙道：「季勳有你這樣的兄弟——不，他生在你們秦家，有你們這些家人當真是倒了八輩子的楣！」

秦伯宗臉色一僵，只是很快便回復如初。「不錯，四弟有我這樣的兄長，再被妳這樣的女子看上，真真是倒了八輩子的楣！」

秦若蕖咬緊牙關，眼睛裡盡是化不開的刻骨仇恨，額上是隱隱可見跳動的青筋，右手更是攥得死緊，努力克制住衝出去將那兩人當場斬殺的衝動。

周氏被他堵得怒火中燒，眼中殺氣頓現，只是心中到底有所忌憚，唯有努力平息怒氣，道：「江家非尋常人家，宮中的江貴妃頗得皇上寵愛，太妃娘娘對她亦頗為誇讚，江氏父子在朝中勢力更是不弱，便是我父親對他們亦得禮讓三分。」

「我並非讓你們周家與江家起衝突，只是……」秦伯宗一語未了，忽聽遠處一陣嘈雜聲，他豎起耳朵細聽，隱隱聽到有人在喊「有賊，快抓賊」，他臉色一變，暗道不好，匆匆扔下一句「改日再說」便急急忙忙離開了。

周氏同樣被那呼叫聲嚇了一跳，也沒有細聽秦伯宗的話，提著裙子驚慌失措地往另一條路上閃去。

秦若蕖背靠著假山深深地呼吸幾下，明白那邊已經開始行動了；可是，帳冊於她來說，早已經不重要了。

她仰著頭將眼中淚意逼回去，事到如今，她終於明白娘親到底是如何枉送了性命。這麼多年，每每合上雙眼，她都能看到娘親躺在血泊中的那一幕……

她的娘親是喝了素卿送來的藥，當場口吐鮮血，生生嚇壞了正與侍女捉迷藏的她，可她甚至還來不及驚呼，亂兵便至，不過眨眼間，身邊的人便一個接一個地倒了下去，是素嵐拚死護著她，將她藏到了床底下。

她的娘親溫柔慈愛、待人和善，什麼壞事都不曾做過，為何竟會遭遇如此不幸！

淚水奪眶而出，她緊咬牙關，不讓自己哭出聲來。良久，她突然抬起右手，抓向左手的傷口處，用力一握，鑽心的劇痛洶湧襲來，額上汗珠滑落，與淚水混在一起滴落到地上。

她隨手抹了抹臉，閉著雙眼片刻，再睜開時，眼中痛苦已被仇恨所代替。她拔出藏在長靴裡的軟劍，一運氣，朝周氏消失的方向飛掠而去……

周氏步履飛快，不時往後看，生怕被人發現，直到邁入院落，才暗暗鬆了口氣。

「夫人？妳怎會在此？」含著疑惑的熟悉男子聲音乍然響起，她臉上血色刷地褪了下去，身體顫慄不止，卻沒勇氣回過身看一眼。

秦季勳這一晚亦是睡不安穩，一時擔心女兒身子，一時思念多年未見的兒子，一時又彷佛見到逝去的原配妻子幽幽地望向他，無聲指責。

他乾脆起床，隨意披了件外袍出門，踏著月色散散心，也不知走了多久，竟發現本應在正房安寢的周氏身披黑斗篷，避人耳目般從外頭匆匆回來，一時懷疑，便出聲詢問。

周氏腦子一片空白，拚命想讓自己冷靜下來想個法子度過當前難關，可心臟卻跳得一下急似一下，根本無法平靜。

原本躲在暗處接應的浣春在秦季勳出聲時便打算出去解圍，可不知怎地，踏出去的腳又下意識地收了回來。

平姨娘臨死前那番話，以及日前周氏的威脅猶在耳邊，她想了想，靜悄悄地退回了暗處。

「夫人？」秦季勳皺眉又再喚了一聲，見她仍無反應，舉步欲上前，卻感覺一道寒光向周氏刺去，他大吃一驚，下意識將周氏拉到一邊，堪堪避了過去。

「阿藻？」只是當他看清楚偷襲之人容貌時，大驚失色。

而被拉得一個踉蹌的周氏被此一嚇，反倒回過了神，她回身一望，見來者竟是秦若蕖，登時大怒，揚著手衝過來就要掮對方一記耳光；孰料秦若蕖動作比她更快，驟然飛起一腳，狠狠地往她小腹一踢。只聽得一聲慘叫，緊接著便是重物落地之聲，周氏被踢出數尺，狠狠地撞向院中大樹，再掉到地上。

「阿藻！」秦季勳又驚又怒，上前一步死死抓住她的手腕，制止她欲再上前行凶的動作。

秦若蕖用力拂開他的手。「你還敢護著她？你居然還敢護著她！這麼多年，你可對得起我娘?!」

秦季勳先是被她眼中刻骨的恨意嚇了一跳，待聽到她的質問，臉色一下變得雪白，更是連連後退了數步。

他張嘴欲解釋，卻發覺自己一個字也說不出來。

「你怎能護著她……你怎敢護著她！你可知道，是她，是她害死了娘，是她與秦伯宗合謀害死了娘！」一聲聲帶淚質問，是泣血控訴，如利箭般狠狠地刺進秦季勳的心。

「什、什麼？妳說，妳說妳娘是、是誰害死的？」秦季勳雙眼陡然瞪大，緊緊地抓住她的右手，顫聲問。

「她！她與秦伯宗！」仇恨如同燃燒的猛火般吞噬著秦若蕖的心，身子憤怒地顫抖著，目光如利刃般直射向被聞聲趕來的下人扶起的周氏。

秦季勳只覺一陣天旋地轉，雙腿一軟，幾乎要站立不穩。

「清筠果真是妳害死的？」他拖著沈重的腳步，一步一步地行至面無血色的周氏跟前，死死地盯著她，不放過她每一分表情。

「我、我……季勳，我……」周氏雙唇顫抖不止，整個人如墜冰窖，刺骨的寒意從腳底蔓延，一點一點滲透身體每一處。

秦季勳緊咬著牙關，猛地重重一巴掌搧到她臉上，直將她打倒在地，嘴角更是滲出點點血絲。

「毒婦、毒婦……」指著她的手不停地顫著，雙眼似是被水氣蒙著一般。他什麼也看不到，什麼也聽不見，心中只有一個念頭——殺了她，殺了她為清筠報仇！

可是，當秦若蘪的利劍再次向周氏刺去時，他仍下意識地抓住她的手腕，止住了劍勢。

「明知她是害死娘親的兇手，你竟然還要護她?!」說不清是恨還是失望，秦若蘪臉色鐵青，眼中閃著遏制不住的怒火。

「妳不能殺她。」秦季勳牢牢地拉住她，臉上布滿了痛苦，卻仍是一字一頓地道。

秦若蘪恨極，伸出左手用力推他，絲毫不理會傷口迸裂帶來的痛楚。

「讓開，我今日必要殺了她為娘報仇！」指向秦季勳的短劍在月光下散發出一道嗜血的寒氣，她怒不可遏地叫著。

「妳若要殺她，先從為父的屍首上踩過去。」秦季勳收起滿腹絕望，望向她的眼神悲愴卻又堅定。

秦若蘪握劍的手顫慄不停，眼中仇恨漸漸消褪，取而代之的是深不見底的失望。

「你真的還記得我娘嗎？你真的愛過她？你憑什麼、憑什麼……」喉嚨一哽，剩餘之話卻再也說不出口，一滴眼淚從她眼角滑落，她深深地吸了口氣，放下了握劍的手，背過身去啞聲道：「我多希望你們當年不曾生下我，多希望身上流的不是秦家人的血，多希望當年死的——是你！」

秦季勳一個踉蹌，臉上血色全無，悲哀地望著飛奔而去的女兒，雙唇翕動，卻一句話也說不出來。

「季、季勳……」周氏怯怯的呼叫在他身後響起，可他動也不動，彷彿沒有聽到。

「季勳。」周氏的右邊臉已腫了起來，嘴角的血跡也來不及擦。

雖然仍是很痛，心裡卻生出絲絲的甜。他是愛她的，即使明知她害了衛清筠，他仍捨不得讓秦若蕖傷害自己。

這樣一想，多年來的癡戀終是得到了回報，身上的那點痛又算得了什麼？

聞聲而來的下人遠遠地避到一邊，沒有她的吩咐，誰也不敢上前，有的甚至恨不得將自己縮到地底下，如此便不會聽到那駭人聽聞的真相。

前四夫人竟是四夫人謀害的？

「季勳，你心裡是有我的，是不是？」良久，周氏抑制不住滿心的歡喜，輕聲問。

秦季勳僵直的身體終於動了動，他轉過身，定定地望著她，片刻，伸出手去輕撫她的臉頰，聲音甚是輕柔。「妳可知為何成親至今，妳始終一無所出，嗯？」

周氏心一顫，笑意頓時凝在臉上。

她強自揚起一抹笑容，道：「那、那是我身子不中用，故而、故而這麼多年來，一直無法為你孕育子女。」

「不、不是的，不是的……」秦季勳低低地嘆氣起來，撫著她臉的動作越發輕柔，周氏卻越發不安。

「那是因為我服了絕子藥，此生此世，只有清筠才有資格孕育我的孩兒，她死了，這輩子我便只有澤苡與若蕖兄妹兩人，妳想生我的孩子？作夢！」無比溫柔的語氣，卻說著最殘忍的真相。

「你、你怎能那麼狠心？衛清筠是你的妻子，可我也是！」周氏如遭雷擊，原本因為終得所愛之人眷顧的歡喜之心瞬間被打落地獄。

她恨恨地欲拂開他的手，可秦季勳突然掐住她的脖子，力度不算大，卻讓她無法輕易掙脫。

「知道為什麼我不讓阿藻殺妳嗎？因為妳不配，妳骯髒的血只會玷污她的手，妳的性命比不過她的一輩子——」一語既了，陡然發力，直掐得周氏喘不過氣來，雙手死命地去扳他的手指。

「老爺不可！老爺萬萬不可啊！」躲得遠遠的下人見情況不對，立即飛跑過來，又是拉、又是勸地，可秦季勳卻是將半生的恨、悔、痛悉數注入雙手中，力量之大，便是幾名身強力壯的小廝亦拉他不住。

「救、救命……」周氏只覺得呼吸越來越艱難，脖子像是被鐵鉗箝住一般，氣息更似生生被人掐斷，死亡的恐懼籠罩著自己，讓她使出吃奶的力氣掙扎著。

「老爺饒了夫人吧，饒了夫人吧！」聽到消息趕過來的梁嬤嬤嚇得魂飛魄散，跪抱著秦季勳的腿又哭又求，盼著他能手下留情。

可秦季勳卻是殺紅了眼，腦子裡只有一個聲音迴響——殺了她，殺了她，殺了她！

哭求聲、呼叫聲頻起，場面一時亂作一團。

「救、救我，救我……」周氏氣息越來越弱，求生的慾望漸退。她作夢也沒想到，有朝一日自己竟然會死在最愛的人手上。

若早知有這一日，當年無論如何她都不會南下陪伴靜養的怡昌長公主，如此便不會遇上他；不會將滿腔的愛戀投到他的身上，不會怨恨老天作弄人，她一眼愛上的男子，身側卻已經有了摯愛的妻子。

感覺死亡漸近時，她突覺脖子一鬆，整個人軟倒在地，大聲咳嗽起來。

「秦季勳，你若殺她，康太妃、周家絕不會放過秦府、更不會放過你的一雙兒女。」陸修琰牢牢制止欲再撲過去為妻報仇的秦季勳，大聲喝道。

秦季勳聞言，身子一顫，整個人僵住了，不知多久，他驀然仰天大笑，笑著笑著，兩行淚水緩緩從眼中滑落。

自己終是懦弱無用之人，明知妻子的死與兄長脫不了關係，卻不敢追查真相；他明知周氏心狠手辣，要對兒女不利，卻只能將兒子遠遠地送走，只能跪求生母庇護幼女；如今，他明知殺害心愛女子的真凶就在眼前，卻不能手刃仇人為妻報仇……

他這一生都在妥協，一生都在委屈妻兒。他護不了妻，護不了兒女，唯一敢做的不過是把刀對著自己，以絕育的手段無聲反抗。

他枉為人夫，不配為父，他也希望，當年死的是自己……

陸修琰定定地望著他，這個曾經是益安第一才子，迷倒無數女子的翩翩男兒，如今哭得像個孩童，淒涼又悲哀，聲聲悲泣似控訴，又似發洩。

「你若信得過本王，本王定會給枉死之人一個交代；只是，周氏不能死在你手上，更不能死在秦府。」許久之後，直到對方哭聲漸弱，他才沈聲道。

「我、我要休妻！」少頃，秦季勳沙啞的聲音響起，讓好不容易喘過氣來的周氏險些兩眼一翻暈過去。

「……好。」

更讓她五臟六腑浸入寒潭的，是陸修琰的應允。

「秦季勳，你、你敢！」她用力推開扶著自己的粱嬤嬤，向邁步進屋的秦季勳撲去。一撲不著，整個人摔倒在地，她也顧不上，掙扎著、爬著去抓他的腿。「你回來、回來！」

陸修琰冷漠地看著這一幕，並不制止。

怡昌皇姊溫柔善良，與周氏私交甚深，可周氏卻學不來她一星半點兒的美德。周氏一族仗著康太妃及皇上之勢在京城混得如魚得水，卻不曾好好管教自家兒女，長此以往，早晚會成為朝廷之禍、百姓之災。

「我不接受，我不接受！秦季勳，你不能這般待我！」周氏的哭叫響徹夜空，陸修琰一揮手，自有侍衛上前，將周氏制住。

「將周氏及其侍女等人暫關押正院。」陸修琰一揚手，眾侍衛領命而去。

一陣混亂的哭叫聲過後，整個院落又重歸寂靜。

他望向彷彿一夜之間蒼老了不少的秦季勳，心中頗有幾分複雜。誠然，他確實是有些瞧不起他，一個連妻兒都無法保護的男子，又有何面目立於天地之間？可是，他又有幾分同情他，這樣一個淡泊名利，嚮往無拘無束生活，甘於平淡的男子，若不是命運的捉弄……

他若有還無地嘆息一聲。男兒立於天地，必要自強，方能給至親至愛一個安穩的家。哀其不幸，怒其不爭，大抵便是他對這滿目愴然的男子的看法。

陸修琰抵達秦府正堂時，秦老夫人、秦伯宗夫婦、秦仲桓夫婦及秦叔楷夫婦均白著臉呆立原地，正堂中央則站著一動不動、滿目仇恨的秦若蕖，一把鋒利的短劍掉落在她腳邊。其他的秦府小輩則被侍衛遠遠擋在門外，正憂心忡忡地望向大門。

「長義。」在上首落坐，他掃了一眼制住秦若蕖的長義，長義當即將她鬆開，一聲不響地退至他跟前，從懷中掏出一本厚厚的帳冊呈給他。

秦伯宗見狀，更顯絕望。

陸修琰接過帳冊，隨意翻閱幾頁，上面清楚記載著各省及周邊屬國上呈的貢品，各貢品最終流向何處，或增或減了多少，一目了然。

他平靜地合上帳冊，將它放到桌面上，抬眸望向眼眶微紅，倔強地咬著唇瓣，身子微微顫抖的秦若蕖。

少頃，他暗嘆一聲，對這個豁出一切只為報仇的女子頭疼不已。

被長義阻止了刺殺秦伯宗那一刻起，秦若蕖便清楚今夜報仇無門，她心裡恨極，凌厲的眼神一一掃過在場這些「親人」，毫不掩飾心中殺意。

在場的秦府中人被她的眼神掃到，均不由自主地打了個寒顫。

「蕖姑娘，事已至此，多造殺孽亦無益。逝者已去，脫離人世間恩怨情仇，只是生者仍在，姑娘行事仍須顧及幾分，切莫讓親者痛，仇者快。」陸修琰按下滿懷複雜，語重心長地勸慰道。

「親者？敢問王爺，若親者是仇人又當如何？」不待陸修琰回答，秦若蕖猛地指著秦伯宗，難掩悲憤地道：「他，為了權勢官位，夥同外人謀害弟媳，致使夫妻、骨肉分離，家不成家！」

「阿……蕖。」秦老夫人顫顫巍巍地朝她走去，伸手欲拉她，卻被秦若蕖用力一拂，躲開她的觸碰。

「還有妳，妳可敢對天發誓，秦伯宗對我娘犯下的罪行妳一無所知，妳沒有故意包庇，沒有知而放任，妳這些年對秦四娘的疼愛全無半點私心！」聲聲帶淚含恨的指責，如重錘般直砸向秦老夫人胸口，痛得她幾乎呼吸不過來。

「這些年的疼愛，到底是出自對孫輩的真心愛護，還是出於對我娘的愧疚？衛氏滿門都在天上看著，妳可對得起我外祖母，可對得起我娘，可對得起妳的良心！」淚水如斷線的珠子般滑落，她曾經對秦老夫人有多感激，如今便有多痛恨。

「以親人性命換來的富貴權勢，你們真的心安理得嗎？午夜夢迴就不怕冤死之魂來找你們嗎?!什麼光復秦門昔日榮耀，秦氏列祖列宗若真的在天有靈，就應該將此等毫無人性之輩——」

「對不起，對不起，都是我的錯！是我，那藥是我尋來的，清筠是我害死的，我對不起姨母一家，對不起四弟，對不起……」突然撲出來跪在她跟前的身影，將她未盡之語堵了回去，秦若蕖低頭一望，身子晃了晃，站立不穩地退了幾步。

「二、二伯父……」向她跪下請罪的居然是一向沈默寡言的秦仲桓。

陸修琰呼吸一窒，雙手不由自主地緊緊握成拳。

「是我，全是我的錯，是我害死了清筠，是我……」秦仲桓伏在地上痛哭失聲，長達十年的愧疚幾乎壓得他喘不過氣來，曾經要光耀秦氏門楣的萬丈雄心，早已被無邊無際的悔恨吞噬殆盡。

「這都是些什麼親人啊，你們、你們……」秦若蕖淚流滿面，右手緊緊地揪著胸口。

她從沒有哪一刻似如今這般，這般痛恨自己身上流著的秦氏一族之血。

「阿蕖……」含著明顯心疼的呼喚忽在她身後響起，她睜著淚眼回頭，透過水霧望向來人，那張熟悉的面容映入眼中時，她再忍不住飛撲過去，緊緊地抱著對方腰身，將自己埋入他的懷中。

「哥哥，哥哥……」彷彿找到宣洩之口，她終於放聲痛哭起來。

「阿蕖，對不起，哥哥回來晚了，對不起……」秦澤苡紅著眼緊緊地抱著她，聲音沙啞。是他的錯，他沒有盡到兄長的責任，讓這瘦弱的肩膀獨自擔著那麼沈、那麼深的恨。

突然，懷中女子哭聲戛然而止，身子一軟，驚得他死死地攬著她急切地喚。「阿蕖、阿蕖……」

「嗖」的一聲，長義只覺眼前一花，本是坐在椅上的陸修琰已經半蹲到秦氏兄妹跟前，抓起秦若蕖的手把脈。

「無妨，她只是一時心緒急劇起伏受不住，才暈了過去。」陸修琰鬆了口氣，沈聲對秦澤苡道。

「多謝王爺。」秦澤苡啞聲道。他一個用力，將昏迷不醒的妹妹抱到懷中，冰冷徹骨的眼神逐一掃過在場秦府中人，落到秦老夫人身上時有片刻的停頓，只是很快便移開。

他抱著秦若蕖，絲毫不理會身後種種複雜目光，大步邁過門檻，頭也不回地離開。

秦季勳倚著門，絕望地望著將他視作陌生人的兒子，雙唇翕動，眼中淚光閃閃。他深深地吸了口氣，收回視線走進門。

他一步一步地朝秦老夫人幾人走過去，離得不到半尺遠便止住腳步，眼神絕望又悲哀。「大哥、二哥，你們一直想要秦家富貴顯赫如初，可是，你們可曾問過我要什麼？我想與清筠白頭偕老，想澤苡和阿蕖在我身邊平平安安成長，想阿蕖最喜歡的人還是爹爹，想澤苡一直……」他仰著頭，努力將眼中泛著的淚水收回去。

少頃，他望向秦伯宗，哽聲道：「阿蕖問我可還記得她的娘親。大哥，你可知道，我甚至不敢向她承認，我這輩子唯一愛過的女子就是她的娘親！」

頓了頓，他朝著秦老夫人緩緩下跪，接連磕了幾個響頭。「孩兒不敢因清筠之死而怨懟；賢妻枉死，孩兒不能申冤以慰亡者，是為不義；稚子無辜，卻不盡為父之責親身教導，是為不仁；慈母年邁，不侍奉膝下，反累其牽掛擔憂，是為不孝；空有滿腹經綸卻不能秉承父志光耀門楣，是為無能。孩兒實為不義不仁、不孝無能之人……」

「不，季勳，不是你的錯，這一切都是母親之錯，是母親對不起清筠，對不起衛氏滿門……」秦老夫人顫抖著去扶他，淚水滴落在地上，濺起小小的水花。

陸修琰望向秦澤苡兄妹消失的方向，臉上盡是掩不住的憂色。他回過身來，目光落到秦伯宗身上。

秦伯宗面如死灰，秦若蕖的殺意、端王侍衛的突然到來，帳冊的失蹤，一樁、一樁均提醒著他，所有的一切都已暴露。

他神情呆滯地望向身邊人，迎來的眼神，有震驚、有鄙視、有厭棄、有失望、有痛恨……最後，他對上了陸修琰平靜的目光。

陸修琰臉色如常，讓人瞧不出內心起伏，望著秦伯宗跌跌撞撞地跪在跟前，聽著對方啞聲道：「所有之事都是臣一人所為，與他人無關，臣罪有應得，全憑王爺處置。臣從江大人處所得財物悉數藏於書房密室，分毫未動；帳冊所記全為事實，臣願以戴罪之身助王爺清除奸佞，只求王爺寬恕，莫要牽連家人。」

事到如今，再無轉圜餘地，他只能盡最大力量保護家人，不至於讓他們受己所累。

他可以倒，但秦府不能倒！

攬芳院內，秦澤苡將妹妹安置在床上，又吩咐素嵐等人好生伺候，自己便欲退到外間等候，只是當他不經意地掃過屋內的佈置時，身子當即僵住。

「這、這……」

「這裡的佈置很像夫人生前寢居，是不是？」素嵐輕柔的嗓音在他身側響起。

他覺得喉嚨似是被東西堵住了一般，很是難受。

「怎、怎麼回事？」良久，他艱難地問。

「這裡的每一件擺設，小到一針一線，都有特定的位置，誰也不能移動，便是偶爾移了分毫，都瞞不過小姐的眼睛。」素嵐並沒有回答他，只是溫柔地擦拭著案上的白底青梅花瓶，再小心翼翼地將它放回原位。

「小姐試了一遍又一遍，最終才確定了它們的位置，又花了數日時間把每一物的位置牢牢記下，那一年，她還未過七歲生辰。」

秦澤苡只覺得心臟被人死死揪住一般，痛得他幾乎痙攣。

他緊緊捂著心口，哽聲問：「這麼多年來，她都是這般？」

「是的，一直如此，未曾變過。」一滴眼淚從素嵐眼中滑落，她來不及去擦，繼續道：「那年，小姐生了一場大病，痊癒之後奇蹟似地忘記了那段血腥經歷，認定夫人當年是染病不治而亡。老夫人生怕她再度憶起，遂在府裡下了禁口令，不准任何人在私下提及夫人，這些，公子當年仍在府中，想必記得。」

「那後來呢？」秦澤苡壓下心中酸澀，啞著嗓子問。

「後來？」素嵐慘然一笑。「我原本也甚是慶幸，慶幸她不再記得那血腥的一幕幕，誰知……她並不是不記得，而是生生地將那段記憶，連同她自己一起從身體裡驅逐出去。秦府四小姐的單純天真，是因為有人將絕望、悲傷、恐懼等種種痛苦記憶強行從她腦子裡抹去，那個人，就是她！」

素嵐纖指一指，正是床上昏迷的秦若蕖。

第十章

秦澤苡不知自己是怎樣從攬芳院離開的，他拖著彷彿千斤重的雙腿，分不清往何處去，腦子一直響著素嵐的話。

「蕖小姐不許我將這些告訴公子，只說，所有的仇恨、所有的痛苦由她一人承擔即可，無論是四小姐，還是五公子，都不應該被仇恨所累。」

他只覺得心如刀絞，如今方知，在自己離家的這些年，唯一的妹妹到底經歷了什麼，從不曾想到，娘親離世的背後，竟包含著親人的險惡用心。

直到腳下踢到石塊，整個人險些跌倒，他方扶著粗壯的樹幹，大口大口地喘起氣來。

阿蕖，阿蕖……他應該早些回來的，他不該讓她孤身一人留在此處，他不該讓她獨自承受生母枉死的沈痛。

他掄著拳頭一下又一下地往樹上擊去，通紅的眼眶裡，是抑制不住的淚水。

他怎就那般愚蠢，怎麼就相信大病一場之後便真的可以徹底忘記那些恐懼與痛苦？娘親慘死在眼前，拚死相護的嵐姨生死未卜，最疼愛她的爹爹又將迎娶新人，曾經能為她撐起一片天之人，死的死、傷的傷、離的離，讓一直在身邊人的呵護下長大的她怎麼承受得住？

彷彿一夜之間，她的天地轟然倒塌，再沒有人能保護她，再沒有人能為她擋去一切傷害，在無窮無盡的恐懼當中，終於有那麼一個人衝破束縛而來，抹去她的驚慌、痛苦、懼怕，還她單純、快樂、無憂……

「阿蕖、娘，對不住，都是我的錯，都是我的錯……」他枕著樹幹，潸然淚下。

他不該真的一走了之，不該為了賭一口氣，硬著脖子不回家；便是再不滿父親另娶，再記恨父親將他送走，妹妹卻永遠是他的妹妹，是那個總被他捉弄到哭，可轉過頭又屁顛屁顛地追著他喚哥哥的小丫頭……

這一年，是益安一帶官場震盪的一年，端王陸修琰突然發難，以迅雷不及掩耳之勢接連罷免了一批官員，有些官員甚至還來不及反應，端王的侍衛已經出現在眼前，烏紗帽便被摘了去。

陸修琰一身親王服飾，背著手眺望遠方，不知在想些什麼，一陣清風吹過，吹動衣袂飄飄，發出一陣細微聲響。

長義、長英兄弟遠遠地站在他的身後，不敢上前打擾。

突然，一名侍衛上前，行至長義身邊耳語，長英不解地側頭望去，卻見兄長眉頭皺緊，隨即朝著陸修琰走去。

「出什麼事了？」他叫住那名侍衛。

「秦伯宗寫下伏罪書，懸樑自盡了。」

長英吃了一驚，卻又覺得在意料當中。秦伯宗如今是眾叛親離，便是戴罪立功可免死罪，但想在官場上再拚一番前途是不可能了。

而陸修琰聽了長義的回稟後，只是平靜地說了句「知道了」，便再無話。

對秦伯宗選擇自盡這一條路，其實他或多或少能想得到。秦衛氏之死、江建業一案，兩樁分別牽扯了周府、江府，甚至宮中的康太妃、江貴妃，無論哪一邊，都不是如今的秦府所能抵抗的。

而經歷了這場風波的秦府，必將走向分崩離析的結局。

「大哥，秦伯宗心心念念的『光復秦門昔日榮耀』，這秦家人昔日到底有何了不得的榮耀？」好不容易偷了個空，長英拉著兄長低聲問。

長義瞥他一眼，道：「秦氏先祖曾追隨成祖皇帝征戰沙場，後授以一等公爵，盛極一時，及至其孫輩，亦即秦伯宗高祖父犯了事，被德宗皇帝奪爵抄家；後來雖蒙聖恩赦免死罪，只是秦門衰敗之勢卻是再擋不住，不得已退出京城，返回原籍。秦伯宗對昔日榮耀的執著，想來是自幼受了父輩教導，將光耀門楣刻入了骨子裡。」

俗話說，由儉入奢易，由奢返儉難，體會過權勢帶來的奢華富貴，再對比當下的落魄，難免心有不甘，總盼著曾經的榮華能再度歸來，久而久之，便成了一種執念，這種執念一代傳一代，根深蒂固，而秦伯宗，便是其最堅定的傳承者。

為了秦氏一族未來的榮耀，便是犧牲自己性命亦不在話下，更不必說一個弟媳婦；再加上年紀漸長，又無貴人相扶，要一步登天談何容易，心中便越發急躁，這一急，行差踏錯便免不了了。

「原來如此。」長英恍然大悟。

長義掃了他一眼，稍頓，問道：「你可知那位秦姑娘一身武藝師從何人？」

長英搖搖頭。「不知道，只知道她與那位名喚青玉的婢女武功如出一路，說不定是同一人所授，畢竟，哪戶人家會請師傅教授姑娘武藝啊！」

長義微微頷首，若有所思。

明月當空，夜涼如水。

秦澤苡深深地呼吸幾下，嗓音沙啞。「這些年，苦了妳……」

得知親妹這些年所承受的痛苦後，千言萬語也不足以表達自己心中悔痛。他的妹妹是多麼柔弱純真的姑娘啊，卻生生被逼成了如今這般模樣。

昨夜種種在他眼前浮現，也在凌遲著他的心。

秦若蕖輕輕搖了搖頭，低聲道：「哥哥，我不苦，我只是恨自己太無能，未能早日為娘親報仇雪恨。」

秦澤苡喉間哽咽，眼中一陣酸澀。

不知過了多久，他才啞聲道：「祖母……」

頓了頓，望著秦若蕖毫無表情的臉，話題一轉，問：「對祖母，妳心裡可曾怨？」

秦若蕖低著頭，不知在想什麼。久不見她回答，秦澤苡也不欲為難她，正要再說，便聽她緩緩地道：「娘親的死因，祖母一清二楚，她知道秦伯宗與秦仲桓在娘親之死中扮演了什麼角色，可是她放任了他們。當年若是她……到底是血脈至親，外甥女兒再親，又怎親得過嫡親的兒子。」

說到此處，她苦澀一笑，抬眸對上兄長的眼神，不疾不徐地繼續道：「可是哥哥，我不知道自己是否怨她，畢竟這些年她待秦四娘是真的好；但事已至此，要讓我似以往那般當作什麼都沒有發生，我自問做不到。」

若是一切還是粉飾太平的模樣，她不會干涉秦四娘與她親近，可是如今所有的遮羞布都已經扯了下來，隱藏於心底的怨也全都釋放出來，教她怎……

秦澤苡嘆息一聲，喃喃地道：「哥哥明白……」

經過那一夜，想要再回到過去，怕是再也不能了。

一時之間，屋裡陷入靜謐。

良久，秦澤苡才輕聲道：「天色不早了，妳早些安歇吧！」

「好，哥哥慢走。」秦若蕖點點頭，親自將他送出了門。

看著兄長的身影漸漸融入夜色中，她的眼神越顯複雜。

這是她的兄長，她此生唯一的兄長，若是可能，她一點也不希望他牽扯進來，仇恨也好、痛苦也罷，她一人承受便可。

只是，周氏……

想到周氏，袖中纖手死死地攥緊，眸中絲絲縷縷的溫情盡散，取而代之的是刻骨的仇恨。

秦伯宗事發，秦季勳休妻，及至秦伯宗身死，秦府經歷了一連串的打擊，早已使得秦府眾人人心惶惶。隔得數日，秦老夫人召集秦仲桓兄弟三人，正式提出分家。

秦仲桓兄弟幾個沈默不語，事到如今，分家已是勢在必行。

「你們大哥已不在了，屬於他的那份便由澤耀兄弟幾人繼承，我這些年存下的一些體己，便留給幾位姑娘。」秦老夫人強撐著病體，有條不紊地一一吩咐下去。

見兄弟幾人均不作聲，她便當他們同意了，揮揮手讓他們各自散去。

她拄著柺杖，也不讓明柳等人跟著，一步一步地往屏風後走去。滿室的冷清，也抵不過她心裡的淒涼與悲戚。

坐在平日那張軟榻上，她怔怔地出神，往日這個時辰，她的阿蕖定是陪在身邊，嘰嘰喳喳地說著小姑娘的趣事。

可是如今，那個身影卻不曾再出現，而她亦無顏去見她。

是的，正如當日秦若蕖質問那般，這些年她待孫女的心思並不純粹，固然有真心疼愛，但更多的是一種寄託贖罪之心，她將對衛清筠慘死的愧疚傾注到孫女身上。

越是對衛清筠、對她早逝的胞姊愧疚，她便越發疼愛秦若蕖，久而久之，她也分不清這到底是純粹的祖母對孫女的疼愛，還是摻雜了別的情緒。

可是如今，身邊沒了那個身影，她只覺得心裡空落落的，很是難受……

急促的腳步聲忽地傳來，下一刻，明柳跌跌撞撞地闖進來，結結巴巴地稟道：「老、老夫人，五、五公子來了……」

秦老夫人身子一僵，隨即不可抑制地顫抖起來。忽地，她猛地從榻上站起，就要邁步往門外去，哪想到才走出幾步，身子一軟，虧得明柳眼明手快連忙將她扶住。

「老夫人莫急，五公子……」安慰之語還未說完，秦澤苡已大步邁進屋。

明柳輕咬了咬唇瓣，望了望神色莫辨的秦澤苡，又看看滿臉激動不安卻又有幾分失望的秦老夫人，想了想，靜靜地退了出去，將屋子留給祖孫兩人。

秦澤苡定定地凝望著秦老夫人片刻，一撩袍子跪倒在地，恭恭敬敬地朝秦老夫人磕了幾個響頭。

秦老夫人含淚欲去扶，他卻避開她的手，堅持行完禮。

「孫兒不孝，多年不曾承歡膝下；阿蘘年幼，全賴祖母十數年如一日的精心呵護疼愛——」

「你不必說了，不必說了，祖母都明白……」秦老夫人哽咽著打斷他的話。「家門不幸，我對不起你娘，對不起你外祖母……只是太遲了，待我知道一切時，都已太遲了……」

終於，她再忍不住，淚流滿面。

並非她見死不救，只是當她知道兒子私下的謀算時，一切已經到了無可挽回的地步。是，她自私，她明知道外甥女死得冤枉，明知道她的親兒犯下了天理不容之罪孽，卻只能當作什麼也不知道，不敢追究。

看著白髮蒼蒼、老淚縱橫的祖母，秦澤苡卻是一句話也說不出來。他痛苦地合上眼，深深伏倒在地。

「帶阿蕖離開吧，離開這痛苦之地……」許久之後，秦老夫人微顫的沙啞嗓音響起。什麼光耀門楣，什麼秦府榮耀，統統都扔掉……

秦澤苡猛地抬頭，怔怔地望向已轉身，邁著蹣跚腳步離開的秦老夫人。

「祖母……」

鶯聲鳥語陣陣，遠處的樹上，幾隻叫不出名字的鳥兒正在放聲高歌，絲毫不被這座已經變了天的宅院所影響。

秦若蕖單手抱著石柱，怔怔地望著遠方出神。

這些天，她一直被兄長勒令留在屋裡養傷，秦澤苡更是下了禁令，不准任何人前來打擾她「靜養」。

她雖不知發生了什麼事，可家中姊妹對上她時的閃爍眼神、突然過世的大伯父、閉門不出的生父、不知所蹤的繼母……彷彿不過一夜之間，本是熟悉的親人全都變得陌生起來。

尤其最疼愛她的祖母，忽然遷往佛堂，再不見任何人。她只覺得心裡空落落得甚是難受，卻似有一隻無形的手箍住了她想去探個究竟、問個清楚的衝動。

「……祖母。」她喃喃地喚。

院裡的下人走了一批又一批，登高望向院外，只見來去匆匆的一道道身影。

她的攬芳院，彷彿與整個秦府隔絕開來，外頭的人進不來，她也出不去。

「哥哥，我想去祖母那兒，好些日子沒見，也不知她老人家身子可好。哥哥，你陪我去向她請安好嗎？」這日，她終於按捺不住輕扯著兄長的袖口，輕聲細語地懇求道。

秦澤苡眼神複雜地凝望著她，見她一臉忐忑不安，緊緊揪著自己袖口的纖指更是微微抖著，明明害怕，卻依然問出口。

此時此刻，他終於切切實實地體會到素嵐口中的「蘖小姐」與「四小姐」的不同，明明是他的妹妹，卻又不是他的妹妹。

到底是經歷過多深多痛的傷害，才能使一個人能同時擁有如此極端的兩種性情？

那夜，秦若蘖對老夫人的聲聲質問猶響在耳畔，眼前的這一位，眼中、心裡卻帶著對祖母掩飾不住的關懷。

良久，他合上眼眸深深地吸了口氣，而後輕撫著神色更顯不安的秦若蘖的長髮，摟著她的肩，不答反問：「待這裡之事了結後，與哥哥一起去岳梁可好？」

秦若蘖在他懷中抬眸，對上那雙幽深的眼眸，雙唇翕動，卻什麼也問不出來，最終只能咬了咬唇瓣，低低地回答道：「……好。」

秦澤苡心裡是滿滿的憐惜與酸澀。「至於祖母……」喉嚨一哽，未盡之語卻再也說不出口。

低頭對上秦若蘖充滿期待的眼眸，他暗暗苦笑，好一會兒才啞聲道：「過幾日，哥哥便帶妳去瞧她。」

縱是離開，總得向她辭行，不管如何，他唯一的親妹能平安長大，離不開祖母多年的悉心愛護。

秦若蘽張張嘴想要說什麼，卻又嚥了回去，只是乖巧地應道：「好。」

秦澤苡對著那雙茫然不解、似是迷路孩童般懵懂的眼眸，心中似是被針刺了一記。他移開視線不敢再看，少頃，強自輕笑一聲，手指一彎，在她額上輕輕一彈。

「小芋頭。」

「哎喲！」秦若蘽輕呼出聲，待那聲久違的「小芋頭」響在耳邊時，瞬間生氣地鼓起了腮幫子。「不許叫人家小芋頭，人家才不叫小芋頭！」

秦澤苡挑眉，笑容一如當年捉弄她時那般可惡無賴。「蘽，芋也。若蘽，似芋頭也。」

「才不是這樣，爹爹說了，蘽，芙蘽，若蘽，如夏之清荷，出淤泥而不染。」秦若蘽大聲反駁，堅決要為自己正名。

「既是若芙蘽，為何不叫若芙，分明——」餘下之話卻一下子哽在喉嚨，秦澤苡眼神微黯，皆因他想起了幼時一本正經地反駁父親的那一幕。

曾經那般疼愛他們兄妹的爹爹，每每被他的調皮搗蛋氣到七竅生煙卻捨不得動他分毫的爹爹……

好不容易為寶貝女兒起的名字，卻被兒子那般曲解，秦季勳也是氣到不行，只是看著小傢伙搖頭晃腦地反駁的模樣，著實讓他好笑又無奈，最終也只能故意板著臉訓斥幾句，轉頭又去安慰好不委屈的寶貝女兒，許了一大堆好處，方讓小姑娘止住眼淚。

秦若蘽也是想到了往事，心裡亦有些許難過。她依向哥哥的胸膛，悶悶地問：「爹爹會和我們一起去岳梁嗎？」

「小芋頭想爹爹一起去嗎？」

那個「想」字不知怎地硬是堵在喉嚨裡吐不出來，似是被東西堵住了一般，最終，她只能低低地回了句「我不知道」。

秦澤苡輕拍著她的背，一言不發。

他承認心裡對父親仍是有怨恨的，怨他在娘親屍骨未寒之時另娶，惱他不顧自己的哀求，硬是要將他送到岳梁書院，恨他這些年對妹妹的不聞不問。可這些，都及不上他與謀害母親的真凶同床共枕多年……

他不自禁地想到日前三伯父秦叔楷跟他說的那番話——

「澤苡，不要去恨你爹，他過得也不容易。當年你大伯父跪在他面前，懇求他同意與周家婚事，這一跪便是大半日，直到他舊傷復發，暈倒在你爹跟前。你或許是不知，你大伯父身上舊傷，是幼時為保護你爹被你祖父所傷。你祖父一心想要光復先祖時的榮耀，對我們兄弟幾個要求甚嚴，輕則喝斥，重則責打，你大伯身為長子，為了照顧弟弟們吃了不少苦頭，這一點，無論是你爹，還是我自己，都一直感念在心。

「你爹當年是益安第一才子，又生得丰神俊美，言行舉止進退有度，想將女兒許給他的人家何其多；而你娘親，雖亦是百裡挑一的好姑娘，只是孤女這一身分，便足以將她擋在秦門之外，是你大伯父頂著壓力，硬是讓他們得以結合。」

只是，最終，合也因他，離也因他……

秦叔楷深深地吸了口氣，繼續道：「周氏善妒，連你爹身邊伺候的婢女都不放過，尤其是她對有關你娘的一切更是耿耿於懷，她身後是整個周府，又有康太妃撐腰，還與長公主交好，在府裡無人敢招惹。你爹怕她終會傷害你們兄妹，唯有探訪岳老先生，請求他——」

「你說什麼？爹與岳老先生相識？」秦澤苡打斷他的話。

秦叔楷詫異。「自然，你爹與岳老先生可是忘年之交，當年他親往岳梁，懇求先生代為照顧你，否則以岳老先生的性子，既然承諾不再收徒，無論你才學如何過人，他也不可能將你收為關門弟子。這幾年，你爹雖不曾去看望你，卻一直透過岳老先生關注你的事。」

見秦澤苡低著頭不說話，他嘆道：「父子心結，外人自是愛莫能助，我只是想讓你知道，你爹爹並不似你以為的那般，對你們兄妹不聞不問。尤其是若蕖，長得與你娘親如同一個模子印出來一般，讓她待在周氏眼前，以周氏的性子，早晚有一日會對她出手。你爹爹當年跪著懇求你祖母，求她無論如何替他護著女兒，而他自己，再不敢對任何人、任何事表現出半分在意，否則只會勾起周氏的妒恨。這幾年你爹爹身邊的妾室死了一個又一個，哪個不是周氏的手筆？澤苡，你可以怨你爹爹無能，但不能否定他對你們兄妹的慈心。」

秦叔楷最後一句話不斷在腦中迴響，秦澤苡垂著頭，薄唇緊緊地抿作一道。

「五公子。」小廝忐忑的輕喚響起，他拍拍秦若蕖的肩，將她輕輕推開。

「何事？」

「端王爺著人送來了一盒膏藥。」

秦若蕖抬眸一望，也不待兄長回應，「噔噔噔」地將那盒小小的膏藥奪到手上。「是我的藥。」

正是當日在陸修琰莊園時所敷的綠玉膏。

秦澤苡皺著眉望向她，雖從青玉口中得知她與端王的相識始末，但那只限於另一個身懷武藝的她。

「小芋頭認識端王？」他試探著問。

「認識啊！」秦若蕖嗅著小小的盒子散發出的獨特藥香，回答得有幾分心不在焉。

秦澤苡眉間憂色更顯，思量片刻，終是沒有再問。

這一日是秦澤苡擇定離開的日子。

一大早，他便帶著秦若蕖往佛堂向秦老夫人辭行，孰料秦老夫人卻不肯見他們。

「明柳姊姊，會不會是妳聽錯了？祖母怎會不見我呢？妳再去通報一聲。」秦若蕖急了，拉著明柳的手懇求道。

明柳為難地回道：「四小姐，奴婢怎會聽錯，老夫人確實是任何人也不願見。」

「怎會如此，祖母她為何……」秦若蕖既委屈又失望，一雙明亮的眼眸早已泛起了水光。

祖母明明最是疼愛她的，怎會不願見她？

始終默不作聲地站立一旁的秦澤苡暗自嘆息一聲，牽著妹妹的手，兄妹兩人朝著佛堂大門跪下行禮。

「孫兒拜別祖母，千山萬水，望祖母善自珍重。」

他自然知道秦老夫人並非不肯見，而是無顏相見。

秦若蕖見狀，也知今日斷難相見，唯有學著兄長的模樣嗚咽著拜別，末了還不放心地拉著明柳千叮萬囑，讓她千萬好生照顧老夫人。

明柳眸中帶淚，一一應下，直到秦氏兄妹兩人離開，她才拭了拭眼中淚水，轉身正要進去，卻見秦老夫人不知何時竟走了出來，拄著枴杖倚著門，怔怔地目視前方。

她愣了愣，隨即暗嘆口氣。既然不捨，為何不肯相見？近日來府中種種，她或許不全然清楚，但是也知道這府已經變天，死的死，走的走，再不復往日……

郊外的風呼呼地吹著，捲動著沙塵。

「三哥，多謝你，還有，母親便拜託你了。」秦季勳頭髮花白，形容消瘦，一股深入骨髓的落寞與挫敗縈繞他周身。

秦叔楷嘆息一聲，低低地道：「你放心。」略頓，又道：「對不起，當年我應該早些提醒你的。」

「不，三哥，這都是命。你的示警信函一早便送到了，只是可惜……」秦季勳低著頭，難掩苦澀。

那段日子，他一直擔憂著病中的妻子，又哪有心思去拆看信函？直至一切到了無可挽回的地步，他才在收拾遺物時發現了那封來自兄長的示警信。

秦叔楷心中亦甚是難受，仍強打起精神，輕拍他的肩，道：「去吧，澤苡還等著你呢！」

十里長亭處，秦若蕖輕咬著唇瓣站在馬車旁，泛著淚光的雙眸一眨不眨地盯著不遠處的父兄。

秦季勳勉強勾起一絲笑，將小心翼翼地護在懷中的描金錦盒送到兒子跟前，啞聲道：「這裡面都是你娘留下來的，有她平日喜歡的首飾、頭面，有她專門為阿蕖攢下的嫁妝，亦有留給未來兒媳婦的見面禮。你……好生收著，也當是留個念想。」

秦澤苡沈默地接過。

秦季勳深深地看著他，似是要將他的容貌刻入心裡，末了再望向盈盈立於馬車旁的女兒，鼻子驀地一酸，忙轉過身去掩飾眼中淚意，哽聲道：「阿蕖，便交給你了……」

言畢，再不敢逗留，大步朝著相反方向走去，那一處，等候著他的是南下的馬車。

秦澤苡嘴唇動了動，右腿下意識邁出半步，最終仍是沒有追上去，亦沒有叫住他。

秦若蕖不知兄長是什麼時候回到自己身邊的，她怔怔地望著離自己越來越遠的父親身影，記憶中如山般挺拔高大的身形，現在瞧著有幾分佝僂，那便是抱著她亦不失沈穩的步伐，如今看來卻多了幾分蹣跚。

她只覺得心裡像是被巨石壓著一般，沈甸甸的，甚是難受。

「……阿蕖。」秦澤苡輕環著她的肩膀，輕聲喚。

她緩緩地伏在兄長懷中，嗚咽著道：「哥哥，我心裡難受……」

她不知道發生了什麼事，只是隱隱約約地知道娘親並非如大家告訴她的那般病逝，更不清楚為何心裡像是橫著一道牆，隔在她與祖母、爹爹之間。

她好像忘了許多重要的事，又好像沒有忘記。她想與爹爹、與兄長再不分開，可那些挽留的話卻怎麼也說不出來；她想要祖母一如既往地摟她在懷中，卻像是有隻手遏止著她往祖母走去的腳步。

彷彿有一層薄霧籠罩著她，讓她看不清、辨不明身邊的人與事，她想要衝破障礙，雙腿卻像是生了根，一動也不能動。

胸前是一片濕意，秦澤苡心裡亦不好受。再怎麼怨，再怎麼恨，那都是生他養他、牽著他的手教他學步、一筆一畫教他寫字，對他百般疼愛的父親……是他曾經萬分敬仰的父親。

「秦府分了家，秦老夫人避居家廟，秦仲桓辭官，秦季勳遣散奴僕，連僅存的那名妾室亦給了銀兩遣走了，自己帶著秦衛氏的靈位，坐上往鄺陽的馬車；秦澤苡兄妹則收拾了行李北上岳梁……」

聽著長英的回稟，陸修琰有幾分失神。

死的死、走的走，秦府這下真的是分崩離析，徹底散了。

「王爺，如今塵埃落定，也是時候啟程回京了。」長英輕聲提醒。

陸修琰垂眸。是的，也是時候離開了，京中還有一場硬仗在等著他。康太妃、周府、江府……尤其是周氏被休，相當於狠狠地打了周府一記耳光。

「周氏如今怎樣了？」他斂斂心神，淡淡問。

「還是老樣子，整日大哭大鬧著讓秦季勳來見她，又或是大聲詛咒著秦伯宗，以及秦衛氏。」

陸修琰一聲冷笑。「如此行為，倒像是旁人害了她一般。且讓人好生看著，還有她那幾名貼身伺候的，一律看管起來。」

長英應了一聲，遲疑一陣又道：「王爺，這周氏畢竟是太妃娘娘最疼愛的姪女，周家又是太妃娘家，周家女兒被休……」

「本王既敢應了秦季勳所求，所有一切便會替他擔著；還有那個呂洪，是人證之一，給本王看緊了。」

「是。」長英領命退下。

初夏的夜晚仍有幾分涼意，陸修琰背著手仰望星空，不知在想些什麼。

突然，一陣兵器相接聲從外頭傳來，他陡然一驚，正欲出聲詢問，便聽侍衛們叫。「刺客往西廂去了，快追！」

他心口一跳。西廂？周氏被困之處。

他猛地起身，也不理會身後長英的呼叫，提口氣飛也似地住西廂方向掠去。

入目的那名黑色身影，縱然臉上覆著黑布，他仍是一眼便能認出，正是秦若蕖。

「住手！」他大聲喝止侍衛，堪堪叫住了險些刺向她受傷左臂的長劍。

秦若蕖提著劍，微微喘氣，心中卻是惱極。今晚是最後的機會，若錯過了，今生今世她便再不能手刃仇人。

陸修琰定定地望著她，對她的來意早已洞悉。

他張張嘴，正欲說話，卻被「砰砰砰」的砸門聲打斷。「季勳，季勳！是季勳來了……」

他還未來得及說話，秦若蕖身手飛快地朝拍響的門奔去，藉著去勢用力一踢，房門「轟」的一聲倒塌，周氏的身影顯露了出來。

「季勳，是你來接我了！」周氏絲毫不顧身前的長劍，驚喜交加地便要向她撲去，眼看著就要撲上利劍，一個身影閃來，抓住她避過了溢滿殺氣的長劍。

周氏拚命掙扎，長義一個不察竟讓她掙脫開來。

「季勳，你心裡是有我的，你是放不下我的，我就知道……」周氏狀似癲狂，與平日雍容華貴的模樣大相徑庭，讓本欲再提劍刺去的秦若蕖也不禁一驚。

「放開我，季勳，救我，救我……」自有侍衛上前欲制止她，可周氏卻如魔障了一般，力氣大得驚人，年輕的侍衛竟一時抓她不住。

她瘋也似地朝秦若蕖撲去，手一劃，竟將她臉上的黑布扯了開來。

「你不是季勳，不是季勳……」見黑布下不是心中所念的那張容顏，周氏愣了片刻，臉上突然一片猙獰，如同惡鬼般直朝秦若蕖撲過去。

「衛清筠，是妳，又是妳，妳怎麼不去死?!季勳是我的，我的！」

秦若蕖足下一點，避開她的攻擊，剛站穩身子，對方又瘋狂地撲了過來。

「衛清筠，妳去死！」周氏早已陷入了瘋狂當中，根本分不清現實與幻境，只記得眼前這張臉是她一直痛恨，一直想徹底毀去的。

秦若蕖沒有料到她竟會變成如此這般模樣，好幾次險些被她抓住，一旁的侍衛欲上前相助，但周氏絲毫不顧自身，毫無章法地亂抓亂闖，一時竟讓人奈何不得。

秦若蕖定定神，輕咬著唇瓣，突然，一個念頭油然而生。

她掠至廊下支柱前，止住步子，大聲道：「妳睜大眼睛看看，那些被妳害了性命之人來找妳報仇了。」

周氏似是怔了怔，愣愣地朝她望過去，矇矓間，竟見幾個身影朝她飄過來，有衛清筠，有浣平，還有兩張既熟悉又陌生的面孔，無一例外，都是欲與她爭奪秦季勳的賤人。

她目露凶光，面容變得恐怖猙獰，十指彎曲作爪，猛地發力朝那幾人衝過去。「賤人，都去死！」

「砰」的一聲悶響，眾人來不及驚呼，便見周氏重重地撞向石柱，只是瞬間，身子便軟倒在地，額上鮮血噴湧而出……

「季勳，衛清筠……」周氏睜著不甘的雙眸，望向夜空，右手往半空抓了抓，似是要抓住什麼東西，最終，垂落至地上。

秦若蕖面無表情地望著。

看著仇人最終死在跟前，她心裡竟是十分平靜。

陸修琰眼神複雜地看著這一幕，直到侍衛探了周氏的鼻息脈搏後回稟。「王爺，她死了。」

他垂著眼眸，片刻後迎上秦若蕖的目光，輕聲問：「如今，妳的仇恨可徹底消了？」

秦若蕖避開他的視線，淡然道：「她死不足惜。」言畢，她轉身離開，帶著追上來的青玉縱身跳入夜幕當中，再不見蹤跡。

陸修琰望著她們消失的方向，久久不語。

「王爺，出事了，周氏身邊的那名梁嬤嬤及名喚浣春的侍女，還有刀疤男子呂洪，全部被殺。」一快步前來稟報的侍衛跪在他面前。

陸修琰大驚失色。「什麼?!」

話音剛落，他率先邁開大步，朝著關押梁嬤嬤等人的小院走去。

「王爺，這三人均是被人一刀割破喉嚨而亡。」長義仔細檢查三人死狀，回稟道。

陸修琰眸色幽深，能突破他手下守衛，神不知、鬼不覺地連殺三人，此人武功之高，已是出乎他的意料。

只是，對方到底是何來頭，又為何要殺他們？

「王爺，會不會是青玉姑娘殺的？」長英低聲提出疑問。

「以那姑娘的武功，你覺得她能避過這些侍衛殺人嗎？」陸修琰瞪了他一眼。

長英訕訕地摸摸鼻子，再不敢多話。

幾人的屍首陸續被人抬出，長義亦跟在陸修琰及長英身後，打算離開，想了想停下腳步，又回到房裡，仔仔細細地環顧一圈。

突然，床腳邊的一個東西引起了他的注意。他怔了怔，快步上前，彎下身子將它拾起。只是當他看清楚手上之物時，臉色突然大變……

此時的益安城西一座二進宅院內。

素卿靠著牆，一如每一日那般，用力地搥著門。「放我出去，小姐，求求妳，放我出去。」

突然，本是緊閉的門發出「吱呀」一聲，竟被她搥了開來。她先是一愣，隨即大喜，扶著牆壁起身，推開房門飛快地逃了出去。

她提著裙襬，也不敢回頭，一路飛奔不止。似是有神明相助一般，這一路上，居然沒有遇到任何人，便是連院裡的後門，竟然也沒有落鎖。

她根本來不及細想，推開門便跌跌撞撞地跑了出去，一直跑，跑離那個囚禁了她數月的囚籠。

不知跑了多久，她才累極地停了下來，扶著路邊的石頭大口大口地喘氣，直到覺得氣順了，方抬頭打量周圍。

原來是一方小樹林。

幽靜的樹林裡，只有不知名的蟲叫聲，突然響起一聲蛙叫，嚇得她心臟都快要跳了出來。

她回頭望望在月光的映照下，正發出粼粼波光的小河，又低頭望望滿身的污漬，思量片刻，遂舉步往小河走去。

走至河邊，她蹲下身子，正欲伸手去掬水淨臉，突然後頸被人死死掐住，她甚至來不及驚呼，即被一股力量壓著死死地往河裡按。

她只覺得呼吸越來越艱難，河水咕嚕咕嚕地直往她口裡灌，身體一點一點下沈。

「救、救命……」

呼救聲很快被河水聲蓋去。

良久之後，小河又恢復了平靜，潺潺的流水聲伴著蟲鳴蛙叫，交織出一首屬於夜幕下樹林的樂曲。

卻說秦若蕖得見仇人死在眼前，彷彿一夜之間，壓在心上的巨石被人搬開了一般。

她也不知道自己是怎樣回到留宿的客棧，只知一抬眸便見到素嵐與兄長擔憂的臉龐。

她雙腿一軟，整個人倒在飛快迎上來的兄長懷中。

「哥哥，莫擔心，明日一覺醒來，所有痛苦、不愉快之事，四娘都不會再記得……」

秦澤苡鼻子一酸，摟著她啞聲道：「傻丫頭，小芋頭並沒有妳以為的那般柔弱，她長大了，已經懂得怎樣保護自己，怎樣讓自己過得更好。」

所以，妳不必一次又一次地自己承受那些痛苦的記憶。

可是，他懷中的人已經昏迷過去，並沒有聽到他這番飽含心疼的話。

次日一早，素嵐看罷手中紙條，秀眉緊蹙。

「嵐姨，可是錢伯有消息來，出什麼事了？」正收拾行李的青玉行至她身邊低聲問。

素嵐將紙條伸至仍舊燃著的蠟燭前，火苗很快將那小小的紙條吞噬，化作了灰燼。

「素卿死了。」她拍拍衣裙，低低地回答。

素卿昨夜趁看守之人不備，逃了出去，結果失足掉到河裡，今日一早趕集的農夫發現了漂在河面上的屍首。

青玉有幾分愣怔。葉小姐還未來得及處置素卿呢，她倒是自己先淹死了。

「死便死了，也不用髒了小姐的手。」她冷冷地輕哼一聲，不在意地道。

對那個背主之人，她著實難有好感。

素嵐低著頭，疊著衣物的手有幾分停頓。

來來去去，當年夫人的身邊人，終是只剩下她一個。

「王爺，該啟程了。」久不見主子下令，長義忍不住進門提醒。

陸修琰倚窗而立，頎長的身子沐浴在陽光下，如同披著一層薄薄的金光，凜然不可侵犯。

「長義，你跟在本王身邊多少年了？」少頃，長義只聽到不辨喜怒的聲音。

他心口一跳，不動聲色地回道：「屬下跟在王爺身邊快有十五年了。」

陸修琰緩緩地轉過身來，面對著他，沈聲道：「十五年，確實是一段不短的時間，在本王身邊十五年，想來你清楚本王的行事及性子。」

長義低著頭，並沒有接這話。

陸修琰並不在意，只道：「長義，十五年，你知本王，正如本王知你。你來告訴本王，放眼整個大楚，有何人能在你青衣衛首領的眼皮底下連殺三人？」

長義臉色一白，震驚地抬眸，正對上他冷漠的視線。

他嗓子一啞。「王爺……」

「周氏之死，表面看來是意外，可本王卻清楚，是你從中做了手腳，否則好端端的一個人，事前毫無徵兆，怎會突然便瘋癲起來？」

「還有呂洪及那兩名周氏奴婢……」陸修琰頓了頓，深深地望著他，話鋒一轉，道：「你到底為了何事，竟容不下這些人？或者說，你知道了什麼？以致不惜殺人滅口？」

長義「撲通」一下跪在他跟前，低著頭。「屬下任憑王爺處置。」

「你知道本王要的並不是這句話。」

長義緊抿著唇，卻是一言不發。

陸修琰惱極，冷聲道：「本王身邊從不留自作主張之人，既如此，你從何處來，便回何處去，本王此處再容不得你！」

「王爺！」長義失聲叫了起來，片刻，閉著眼眸，深深地吸了口氣，啞聲道：「……是，王爺保重。」

言畢便要躬身退下。

「你能在本王眼皮底下動手腳，那是因為本王對你的信任，而你，卻辜負了本王這一份信任。」

冷冷的語調在他身後響起，讓他再忍不住紅了眼眶。

「屬下、屬下……」

他哽著喉嚨，卻見陸修琰朝他一揮衣袖。

「走吧，從今以後再不要出現在本王眼前！」

「王爺，大哥！」聞聲而來的長英大驚失色，看看這個，又看看那個，見兄長低著頭就要離開，連忙拉住他。

「日後，王爺便拜託你了。」長義艱難地從喉嚨裡擠出一句，而後推開他的手，頭也不回地離開了。

陸修琰始終背著手，不曾回頭看他一眼。

「王爺，大哥他、他絕不會殺那幾個人的。」長英咬著下唇，終是上前為兄長辯解道。

「本王知道。」不知過了多久，他才聽到陸修琰那有幾分飄忽的聲音。

第十一章

奉旨巡視地方官員的端王回朝，掀起了朝廷的一場風暴。

朝上，江貴妃之父痛哭失聲，只道自己教子無方，以致讓逆子犯下此等大罪；後宮中，江貴妃脫簪跪於龍乾宮前，為兄贖罪。

而這一切，不過是因為鐵證如山，推卸無能。

只是，嫡親姪女先是無端被休，繼而慘死路上，康太妃自是盛怒非常，定要將秦季勳定罪，便是周家幾位主子，亦叫囂著要讓秦家闔府給自家姑娘填命。

陸修琰身形挺拔，傲立殿中，對著周氏父子等人冷冷地笑了起來。

「本王手下素無冤案，不知幾位大人是否當真要本王將出嫁卻遭『枉死』的姑娘所犯之事一一道來？」

一時間，原來吵鬧不休的大殿頓時靜了下來，周氏父子幾人彼此對望一眼，心中卻猶豫起來。

當年周氏毀婚長樂侯，轉嫁秦季勳的內情，他們怎會不知？以端王的性子，可不會幫他們遮掩著，到時鬧大了，於自家是百害而無一利。

只是，自家的姑娘被休，無論如何都使家門蒙羞，若是不討個說法，豈不是讓人覺得周府可欺？

如此一來，周家父子便陷入了進退不得的境地。

「陸修琰，你大膽，在哀家面前竟也敢如此狂妄！」康太妃勃然大怒，用力一拍扶手，喝道。

「兒臣不敢。」

「你不敢，你還有什麼不敢的！沒有你的默許，哀家不信那秦季勳有那般大的膽子休妻。」康太妃恨道。

陸修琰點點頭。「不錯，秦季勳休妻確實是兒臣默許。本來兒臣依律是要將周氏下獄，徹查嚴審當年秦衛氏死亡真相的……」

「你！」康太妃被他堵得一口氣提不上來，還是一旁的皇后扶著為她順氣。

見場面開始有些失控，宣和帝佯咳一聲，威嚴地道：「既然彼此各有說法，當中又牽扯了人命，朕以為，不如將此案交由刑部重審，以還周氏一個清白。」

周氏生父周懋原心中一突，刑部是端王之人，自家女兒本身就不甚乾淨，交由刑部審，豈不是將當年之事查得清清楚楚？

一時心裡恨極那個不省心的女兒，死了都不讓家人安寧，當年被糊塗油蒙了心，放著好好的長樂侯夫人不當，死活要嫁那秦季勳。

「什麼周氏，你也是從周氏女肚子裡爬出來的！」康太妃見兒子分明偏幫端王，自又怒上幾分。

生母這明顯的胡攪蠻纏，宣和帝心知肚明，並不理會，只是望向周懋原問：「周大人意下如何？」

周懋原豈敢真的讓刑部接手，忙道：「端王爺處事公正嚴明，朝廷上下無人不知，臣教女無方，今日逆女下場亦是咎由自取，怨不得旁人。」

他低著頭，將眼中怨怒掩飾住。

宣和帝頷首，對他的識時務甚是滿意，只是周家終是生母娘家，也不欲讓周家太難看，遂道：「既然當事者均已亡故，此事便算了結。秦周氏回京途中染病不治，周大人自將遺體領回好生安葬，讓逝者早登極樂。」

「臣等領旨。」

「皇上……」康太妃臉色極為難看，咬著牙恨恨地瞪著宣和帝。

宣和帝有些頭疼地揉揉額角，周懋原父子容易打發，可眼前的生母卻難搪塞。

正頭疼間，聽內侍進來稟道：「皇上，怡昌長公主求見。」

宣和帝如蒙大赦，連聲道：「快請、快請！」

不到片刻，一名身著月白色百花曳地裙，腰束鵝黃宮絛，頭戴鳳冠的女子娴娴而來，一直行至殿中盈盈行禮，這才上前靠坐到康太妃身邊輕聲道：「可是皇兄又惹怒母妃？」

「除了他還會有哪個？」見是最疼愛的女兒，康太妃臉色好了幾分。

宣和帝無奈地笑笑，收到皇妹的眼神示意後起身，帶著皇后及陸修琰從另一邊離開了。

康太妃正欲阻止，卻被女兒輕按著手背道：「此事女兒已經知曉。母妃，皇兄如今的處置是最好不過，當年三表姊確實是用了些不好的手段，萬一張揚出去，對舅舅一家名聲可是大損。」

同樣的勸說，由素來只會幫陸修琰的兒子說出口，與從疼愛的女兒口中道來，效果於康太妃而言是大大的不同。

不提怡昌長公主如何勸下康太妃，只說宣和帝帶著皇后紀氏及陸修琰到了東殿。

「皇兄如此處置，修琰可還滿意？」彼此落坐，宣和帝含笑問道。

陸修琰挑挑眉，端著茶盞施施然呷了一口，道：「皇兄這分明是和稀泥。」

周氏已被休棄，他卻仍稱她為「秦周氏」，若是仍為秦門周氏，那遺體自應由秦府領回安葬，可他偏又讓周懋原帶走，這分明是承認了秦季勳的休妻之舉，又不欲聲張，以保存周府顏面。

至於「回京途中染病而亡」之說，和稀泥用意更是明顯。

宣和帝哈哈一笑，也不反駁。

陸修琰自然不會再爭，這樣的結果在他意料當中。

宣和帝不可能會真的讓周府名聲受損，畢竟周家女兒被人質疑，於他來說並非好事，因為他自己亦是周家女所生；可他也清楚自己一手帶大的弟弟的性子，既然查明了真相，無論如何都不可能讓逝者含冤。

紀皇后含笑坐在一旁，不時為他們添上茶水，並不答話。

「好了，此事既已揭過，說些要緊的。修琰，朕兩位皇兒都已經為人父了，尤其是二皇兒，兒子都生了兩個，你這做皇叔的連王妃都未娶，未免落後太多了吧？」

陸修琰端茶的動作一頓，若無其事地將茶盞放回桌上。

「不急、不急，兩位皇姪可以再多生幾個，終歸他們的兒子不管多大，都得叫我的兒子一聲皇叔。」

宣和帝笑罵。「你就貧嘴吧！」

紀皇后也掩嘴輕笑不止。

「貧歸貧，這親事可不能再拖了，過幾日讓你皇嫂辦個宮宴，邀請各府夫人、小姐進宮，到時你再細瞧瞧可有適合的，儘早把王妃人選給確定了。」笑鬧一陣，宣和帝板著臉，嚴肅地道。

陸修琰笑意稍凝，迎著他的視線，認真地道：「皇兄，修琰生而剋母，少而剋父，長而剋妻，本是不祥之人，又何苦再連累旁人。」

宣和帝沈下臉，冷哼一聲道：「淨胡說，旁的不提，單這剋妻從何說起？那沈家姑娘早逝是她福薄，與你何干？況且，賜婚聖旨未下，她也不算是你未過門妻子。」

見他不悅，陸修琰也不欲再說。

紀皇后察言觀色，輕聲轉了話題。「六皇弟此番南下，想必勞累耗神，我瞧著都消瘦了許多。」

陸修琰眼神柔和了幾分，望了她一眼，又看看仍舊不甚高興的皇兄，微微一笑，輕聲道：「為皇兄分憂解勞，是修琰本分，怎敢說勞累耗神。」

「得了得了，瞧你瘦成那個樣子，去去去，回府裡歇個十天半個月，把身子養養。」宣和帝朝他揮揮手，一臉嫌棄的模樣。

陸修琰失笑，起身恭恭敬敬地拱手行禮。「臣弟領旨。」

出了宮門，正要坐上回府的轎子，不經意間瞄到不遠處一名身形高壯，身著侯爵服飾的男子，那男子正小心翼翼地扶著一名華服婦人，將她送上了馬車。

「王爺，是長樂侯與他繼娶的夫人。」見他停步，長英順著他的視線望去，小聲稟道。

此時的長樂侯亦發現了他，拂了拂衣袖，整整髮冠，邁著沈穩的步伐上前行禮。「臣參見端王爺，王爺千歲。」

「侯爺免禮。」

察覺陸修琰淡淡地掃向身後的馬車，他忙道：「內子身子抱恙，恐失儀君前，未能上前見禮，請王爺恕罪。」

陸修琰收回視線，似笑非笑地道：「侯爺與夫人果真是鶼鰈情深，夫人得嫁侯爺，實乃三生有幸。」

「不敢。」長樂侯不卑不亢。

陸修琰意味深長地看了他一眼，這才坐上轎，長英忙放下轎簾，高聲道：「起轎回府。」

長樂侯自是避到一旁恭送。

直到那長長的親王車駕再看不到，他才緩緩地抬眸，眼神若有所思。

端王從益安而回，聽聞帶回了病逝路上、遠嫁益安秦府的那人……難道，他猜到了當年之事？想到此處，他心口一跳。

是了、是了，以端王的精明，猜到內情亦在情理之中；只不過，當年那事再怎麼追究也追不到自己頭上。

想到這裡，他彷彿吃了顆定心丸，拍拍衣袖，大步朝正等候著自己的妻子走去……

陸修琰坐在搖搖晃晃的轎子裡，眸色幽深，片刻，嘴角勾起一絲冷笑。

看來當年，不只是周氏不願嫁，長樂侯亦未必願意娶，只是如今看來，不管是周氏還是秦府，都沒有落得好下場，唯有這個長樂侯……

他揉揉額角，低低地嘆了口氣。還能怎樣呢？皇兄都已經蓋棺論定了，再追究，吃虧的只會是如今處於風雨飄搖中的秦氏一族。

這日，帶著絲絲涼意的山風徐徐迎面吹來，驅趕一路的炎熱，讓人覺得通體舒暢。

陸修琰帶著長英在烈日之下趕了大半日的路，饒是兩人體格健壯，也不禁有幾分疲累，尤其是如今正值盛夏，火球般的豔陽像是要將人烤乾一般，熱得難受。

「王……公子，那孤月大師好好地怎麼跑到這裡來了，既是與公子有約在先，自是應該尋個好地方等著。」長英以袖作扇，咧著嘴抱怨道。

陸修琰拭拭額上汗水，睨他一眼，道：「孤月大師乃得道高僧，我一晚輩，親自前來拜見自是應當，何來如此多怨言。」

長英喘了幾口氣，不敢再說。

「走吧！」休息夠了，陸修琰起身拍拍身上塵土，率先前行。

長英哪敢有二話，自是趕緊跟上。

「王……公子，前面不是岳梁書院嗎？就是那位秦四姑娘兄長任教的書院。」走了半個時辰，長英驚奇地指向前方不遠處。

陸修琰呼吸一頓，順著他的指向望過去，果見前方一座雄偉山門，門上刻著四個蒼勁有力的大字——岳梁書院。

「秦四姑娘不是跟著兄長離開了嗎，說不定此時就在書院裡頭。」

陸修琰垂眸，片刻，似是沒有聽到他的話一般，逕自前行。

長英撓撓頭，快步跟了上去。

又走了約莫一刻鐘，忽見前方樹下，一名穿著素色衣裙的年輕女子正靠著樹幹坐在地上，她的身旁，則是坐著一名約五、六歲的小和尚。

陸修琰的腳步一下子停了下來——那女子正是將近一年未見的秦若蕖。

秦若蕖與那小和尚間放著一只竹籃子，籃子裡裝著幾串紅得喜人的野果。

眼看著野果越來越少，小和尚眼珠子滴溜溜轉動幾下，手指朝半空一指，驚叫道：「芋頭姊姊，妳瞧那裡，有隻小鳥長得真好看。」

秦若蕖下意識地朝他指向望去，一邊望還一邊問：「哪兒呢、哪兒呢？我怎麼沒看見？」

小傢伙飛快地將僅剩的果子一股腦兒地全往嘴裡塞，含含糊糊地道：「妳再看清楚些，有的有的。」

「騙人，根本沒有。」秦若蕖認真地打量了片刻，仍不見他口中的鳥兒，不禁回過頭來，噘著嘴不高興地道。

只是當她看見空空如也的籃子，當即明白自己被耍了，伸出手去就要掐小傢伙的臉。「酒肉小和尚，你不只是騙人還偷吃。」

小傢伙哇哇叫著避開她的手，動作靈活地跑出幾步，忽然停下來一本正經地雙手合十，回過身朝她恭恭敬敬地道：「貧僧謝過女施主，貧僧告辭了。」

秦若蕖還未回答，便見對方身後一名二十來歲的僧人快步朝這邊走來，一直走到小傢伙身邊，雙手合十躬身道：「師叔祖，大師伯正在尋您呢！」

小傢伙偷偷朝秦若蕖扮了個鬼臉，然後一臉理所當然地朝對方張開雙手。「抱，抱抱。」

年輕的僧人聽話地抱起他，又朝著秦若蕖頷首致意，這才抱著小傢伙快步往山上去了。

秦若蕖望了望他們離去的背影，然後拍拍身上沾染的塵土，噘著嘴撿起空籃子，嘀咕道：「壞傢伙，酒肉小和尚，早晚我要向住持大師告狀。」

陸修琰再忍不住笑出聲來，這傻姑娘也真夠傻的，居然被個小孩子作弄。

只是，看著她如今這模樣，再想起她這些年的經歷，他不禁有幾分唏噓；若是沒有仇恨，這姑娘在父母膝下平安長大，想來便會是如今這般單純的性子吧？

秦若蘽聽到笑聲，回身一望，登時眼睛一亮，提著那只空籃子「噔噔噔」地朝他走了過來。

「端王爺。」異常清脆響亮的一聲。

陸修琰笑意更濃，朝她點點頭。「四姑娘。」再望望她的左手，關切地問：「姑娘手上的傷可全好了？」

「全好了，多謝你給的膏藥，大夫說虧得有那藥，否則就算傷好了，也會留下難看的疤。端王爺怎地來了？是要到寺裡上香，還是要到書院求學？我跟你說啊，這寺裡的菩薩可靈了，上回我向菩薩許願，保佑哥哥快快給我找個嫂嫂，結果一個月後哥哥還真的給我找了嫂嫂，再過陣子，嫂嫂便要進門了……」得遇舊識，秦若蘽心裡萬分高興，這一高興，話就說不停了。

陸修琰含笑聽著她的話，並不出聲阻止，直到對方停下來，方道：「原來五公子快要成親了，恭喜、恭喜。」

秦若蘽笑得眉眼彎彎。

「我家就在前邊，端王爺要去坐會兒喝碗茶嗎？哥哥今日不用上課，在家裡休息呢！他若見了你一定很高興。」

陸修琰清清嗓子，低聲道：「四姑娘，我此次出來並非為了公事，故而這王爺身分，還請姑娘代為保密。」

秦若蘽不解地眨眨眼睛，想了想不甚明白，乾脆笑咪咪道：「好，那我便不喚你端王爺，不過，你叫什麼名字？」
陸修琰被嗆了一口，背過身去劇烈地咳了起來。
活至這般年紀，還是頭一回有人當著他的面問他姓名。
「怎麼了？你嗓子不舒服嗎？」秦若蕖關切地問。
「多謝姑娘關心，我很好。」陸修琰謝過她的關心，頓了頓，認真地自我介紹道：「在下姓陸，名修琰。」
「陸修琰。」秦若蕖異常順溜地接了話。
陸修琰被她叫得有幾分失神，回過神時見對方已走出好一段距離，正朝他招著手。
「這邊、這邊，我家在這邊呢！」
他搖頭笑笑，望望天色尚早，加上的確有些口渴，故而向長英扔下一句「走吧」便朝著秦若蕖走過去。
「我家就在書院旁，是山長特意給哥哥安排的小院子，平日家裡就哥哥、我、嵐姨、青玉、福伯和良安。」一邊走，秦若蕖還一邊為他介紹家裡的人。
「這邊，到了。」秦若蕖引著他們到了一間小院落門前，輕輕推開院裡的木柵欄，衝著裡面高聲道：「哥哥，陸修琰來了。」
陸修琰腳步一頓，不過瞬間便又若無其事地跟著她進門。
正在屋裡拿著棋譜研究的秦澤苡聞聲疑惑抬頭，陸修琰？誰？
只是當他看到跟在妹妹身後的兩個身影時，心中一突，手上的棋譜「啪」的一聲掉了下去，瞬間打亂了棋盤上的局勢。

「王爺。」他忙起身迎接。

「秦公子無須多禮。」

「王爺名諱豈能宣之於口，妳這丫頭當真是沒規沒矩了。」彼此見了禮，秦澤苡臉色一沈，責怪的眼神掃向一旁的妹妹。

秦若蕖有些委屈，小小聲地道：「他又不讓人家叫他王爺……」

陸修琰笑著解釋。「秦公子有所不知，本王此次是微服出行，不欲驚動旁人。」

秦澤苡不過是作作樣子，哪真捨得罵妹妹，只是心裡到底對陸修琰與自家妹妹的熟絡存著疑問。

「王爺，請用茶。」素嵐奉上香茶，而秦若蕖不知想到了什麼，輕輕地拉拉她的袖口，滿臉期待地小聲問：「嵐姨，說不定王爺會留在咱們家用飯，不如讓我來幫妳準備晚膳吧？」

素嵐哪會不知她心思，眼帶笑意地望了她一眼，望著那雙亮晶晶的眼眸，伸出手指去，在她額上輕輕一點，相當乾脆地道：「不必！」

秦若蕖的臉一下子便垮了下來，一面跟在她身後往門外去，一面嘟嘟囔囔地發洩著不滿。

見她離開了，秦澤苡斟酌片刻，方迎著陸修琰的視線一臉真誠地道謝。「前陣子多虧王爺，王爺大恩，草民永不敢忘。」

「秦公子客氣了，查清真相，還冤者公道，也是本王分內之事。」
「草民要謝的並非那事，而是王爺封鎖了周氏侍女被殺一事。」
陸修琰笑容一凝，雙眸微微瞇了起來。
「王爺想必懷疑草民是從何處得知，其實這只是草民推測。從嵐姨與青玉口中，草民已經知道了不少事；王爺啟程回京不久，當年參與了毒害先母的婢女無故喪命，官府雖查明屬失足落水而亡，但此事著實太過於巧合。
「那名侍女與呂洪當年便有些苟且之事，她突然死亡，想必呂洪亦難逃一死；而呂洪是在王爺手上，又因為先母一事，自然與周氏主僕脫不了關係，故而草民推測，周氏主僕與呂洪想必亦已身故。」
陸修琰定定地望著他片刻，不動聲色地呷了口茶，道：「原來你這是詐本王。」
「王爺恕罪。」頓了頓，秦澤苡又誠懇地道：「草民只有這麼一個親妹妹，兇手既然已死，一段公案便算是了結了，至於當中還牽扯了什麼隱情，草民不想追究，亦不願舍妹再深陷此事。與報仇雪恨相比，草民更在意的是舍妹的一生安穩無憂。」
他真正要謝的亦是這個。端王封鎖那幾人的死訊，何嘗不是希望妹妹不要再去追究。
陸修琰垂著眼眸，不知在想些什麼，片刻，他抬眸望向秦澤苡。
「你能想到這些，難道蕖姑娘會想不到嗎？」
秦澤苡呼吸一頓，臉色霎時有些許發白。
「不會的，她、她已經許久沒有出現了……」

準確來說，自那一晚她追殺周氏歸來，然後暈倒在他懷中後，便一直沒有再出現過。

沒有再出現，應該就是代表著她已經放下了仇恨。嵐姨不是說了嗎，她的出現一是為了追查娘親死因，二是保護小芋頭。

如今兇手已亡，妹妹身邊又有自己，她還能有什麼放不下的？

陸修琰與遊歷至此的孤月大師有約，故而只是坐了小半個時辰便告辭了，秦澤苡親自送他出門，直到再看不見對方身影才折返家中。

秦若蕖捧著茶點出來時，不見陸修琰主僕，頓時失望地「啊」了一聲。

行經她身邊的秦澤苡腳步一頓，試探地問：「就這麼捨不得他們？」

秦若蕖噘著嘴。「也不等等人家，人家好不容易才讓嵐姨答應了可以進廚房幫忙的，東西都做好了，他也不嚐嚐……」

秦澤苡怔了怔，下一刻便對上她的眼睛認真地喚。「小芋頭。」

「嗯。」秦若蕖往嘴裡塞著點心，含糊不清地應道。

「端王爺沒有得罪過妳吧？」

「沒有啊！」用力嚼了兩口。

「那妳為什麼要讓他嚐妳親手做的東西？」

「啊？」秦若蕖嚥下點心，傻傻地望著他，眼睛眨巴眨巴幾下，直到見秦澤苡又露出平日捉弄自己時的笑容，頓時反應過來。

「壞哥哥，又欺負人。」她放下手中的食盤，掄起小拳頭就要往兄長身上打。

秦澤苡哈哈笑著避過她的攻擊，見她不依不撓地追著過來，唯有停下腳步受了幾下小拳頭。

「哼，總有一日我會做出許多好吃的。」秦若蕖傲嬌地撂下話。

秦澤苡笑看著她，往她額上輕輕一彈。「傻丫頭，也就哥哥捨身敢吃妳做的東西，端王何等尊貴，平日吃的是山珍海味，怎敢吃妳做的試驗品。」

「才不是，他上回在莊子裡就吃過，還把剩下的收了起來，說要回去再嚐。」秦若蕖捂著額頭反駁。

秦澤苡一怔，看著氣呼呼地轉身離開去尋素嵐的妹妹，眉頭不由自主地皺了起來。

難道與端王接觸較多的不是一心想要報仇的「她」嗎？小芋頭怎與他也這般熟絡？固然端王幫了他們兄妹不少忙，但恩情歸恩情，他可不希望未來和皇家人有太多接觸；畢竟周氏主僕及呂洪那幾人的死，牽扯的人絕不簡單，敢在端王眼皮底下動手腳的，又豈會是簡單人？

他只希望未來他們兄妹可以過著平靜日子，其他都不想去理會。

但不自覺地憶及前幾日收到的信函，眉間憂色更濃。

秦伯宗自盡，秦仲桓辭官，秦季勳遠走，如今秦府唯有秦叔楷支撐。只是，秦府的災難並不因為他們死的死、走的走而完結，短短不到一年的時間，秦府便已遭到各方勢力的沈重打擊。

不提仍在官場上的秦叔楷，便是小一輩的秦澤耀等人，無論在學業上還是生意上，均遭受一連串的打擊，厄運甚至波及了待嫁的秦二娘——一個月前，原本準備出嫁的秦二娘，突然被男方上門退親。

仍未訂下親事的秦三娘、秦五娘亦好不到哪裡去，尤其是秦三娘，因父親秦伯宗的死，須守孝三年不說，便是大夫人想提前相好人家，只是益安一帶人家，稍有幾分家世的，皆已視秦家女為洪水猛獸。

更有甚者，連出嫁了的秦元娘，夫家亦莫名其妙地栽了幾回跟斗。

秦澤苡按按太陽穴，長長地嘆了口氣。

他並非蠢人，自是知道秦府這一連串的禍事由何而起，想來不是當初被秦伯宗告發的官員親友報復，便是京城的周府、江府出手教訓。

以那兩府的權勢，想整垮如今的秦府，簡直如摁死一隻螞蟻般容易。

他暫且能獨善其身，不過是因為他從未涉及府中事，更是名滿天下的大儒岳老先生的弟子。誠然，他對那個府邸確實是再無好感，對秦伯宗、秦仲桓兩位更是恨之入骨，可那些堂兄弟、堂姊妹們卻是無辜的，禍尚且不及妻兒，更何況他們終究是這個世界上除了小芋頭外，與他最親的兄弟姊妹。

「哥哥，快來看啊，嵐姨做了許多你最喜歡吃的菜。」秦若蕖從拐角探出腦袋，衝他招招手道。

「哦，來了、來了。」他斂起心緒，邁步朝她走去。

陸修琰抵達萬華寺時，第一眼便看見捋著白鬍子笑望著自己的孤月大師。

「勞大師久候，著實過意不去。」他快步上前，頗為抱歉地道。

孤月大師朗聲一笑。「哈哈哈，公子尚且千里迢迢赴約而來，貧僧只是候這片刻又算得了什麼。」

陸修琰漾著笑容，正欲說話，忽見一個小腦袋從孤月大師身後探出來。

他愣了愣，還未出聲詢問，一個長得胖實可愛的小和尚已走了出來，雙手合十，奶聲奶氣地向他行禮。「貧僧無色，見過施主。」

軟軟的童音，襯著他一本正經的模樣，是說不出的逗趣可愛。

陸修琰笑容更盛，這小傢伙分明就是方才捉弄秦若蕖的那位。

他強忍著笑意，亦正正經經地還禮。「陸修琰見過無色小師父。」

「我不是小師父，我可是當師叔祖的人。」小傢伙不樂意了，板著小臉強調道。

孤月大師哈哈大笑，摸摸他的小光頭，對陸修琰介紹道：「這位是空相住持的關門弟子。」

所以，年紀雖小，輩分卻忒高。

陸修琰恍然大悟，笑睇了一眼搖頭晃腦、好不得意的小傢伙，清咳一聲道：「原來是無色大師。」

無色大師的小臉瞬間笑成一朵花。

陸修琰好笑地搖搖頭，難怪與那傻姑娘能湊到一起。

又客氣了一陣，兩人便在僧人引領下進寺，小無色背著手繃著小臉，一副嚴肅的模樣，只可惜當他看到迎出來的空相住持時，一下子便破了功，歡呼一聲直往空相撲過去，抱著他的腿直撒嬌。「師父、師父，您終於出關了，弟子好想您啊！」

空相一時不察被他撲個正著，無奈地打了個法號，慈聲道：「無色，休得無禮。」

「哦……」小傢伙拖著軟軟的尾音應道，老老實實地站於一旁。

「小徒無狀，讓施主見笑了。」

「大師言重了，無色師父天真可愛，活潑伶俐，著實令人心喜。」陸修琰含笑回道。

彼此見過，陸修琰與孤月大師面對面在棋盤前坐下。

「這一回，無論如何得決出個勝負。」手執白子，陸修琰笑道。

「這是自然，貧僧這三年一直盼著這一日，勢必分出個高下。」孤月大師執著黑子，自信滿滿。

兩人自三年前屢戰屢平手後，便相約三年後再戰，如今自是毫不相讓。

天色一點一點暗下去，棋盤上廝殺得正起勁的兩人仍未分出勝負，僧人送來的飯菜都已經涼透了，見兩人仍未有用膳的意思，長英清咳一聲，無奈地提醒道：「公子、大師，三年前都未能分出勝負，如今一日、兩日想必亦無法得出結果，兩位先用膳，明日再戰如何？」

還是孤月大師率先停了下來，他呷了口茶，笑道：「公子棋藝可是遠勝三年前，貧僧不得不服。」

「大師亦不遑多讓。」陸修琰噙笑回道。

「今日分不出高下，只怕要三日後才能得空，不知公子可否再待貧僧三日？」

「無妨，此處風景正好，我原打算抽空遊覽一番，大師若有事儘管去忙，我不急。」陸修琰不甚在意。

「二姊姊要來住些日子嗎？只有她一人，還是三姊姊、五妹妹、六妹妹、七妹妹她們都來？」秦若蕖披著猶散發一陣皂角清香的長髮，坐在床上晃著雙腿，一雙明亮若星的眼眸望向正摺著衣裳的素嵐問。

「就只有二小姐一人來。」素嵐頓了頓，又叮囑道：「二小姐若來了，妳可千萬莫在她面前提起親事一事。」

「知道了，我又不是小孩子，哪會哪壺不開提哪壺。」秦若蕖嘀咕，忍了忍，仍忍不住問：「二姊姊溫柔又能幹，長得還漂亮，前二姊夫有什麼不滿意，偏要在這節骨眼的時候退親，這不是存心作踐人嗎？」

「小姐果真長大懂事了，連人家是否作踐都看得出來。」素嵐不答反笑道。

秦若蕖有幾分得意地仰著腦袋。「有許多事，我不說可不代表我不知道。」

「哦，小姐還知道什麼？」素嵐存心逗她。

「我還知道哥哥有事瞞我，而且，他不樂意再見到端王爺。」秦若蕖絞著長髮，漫不經心地回答。

素嵐笑意一凝，試探著問：「那小姐可知公子瞞了妳何事？又為何不樂意再見到端王？」

「哥哥能瞞我的，無非是家裡之事；至於不樂意再見到端王，想來也是因為家裡之事。嵐姨，我睏了……」秦若蕖翻身躺到床上，打著呵欠道。

素嵐不敢去想她口中的「家裡之事」到底是指何事，上前為她放下床幔，又示意走進來的青玉跟著她出去。

「蕖小姐這段日子果真沒有出現過？」兩人行至屋簷下，素嵐忍不住壓低聲音問。

青玉搖搖頭。「不曾。」

素嵐沈默，眼中顯現幾分憂色。

深夜，床上原本安眠的女子忽然眼皮顫了顫，下一刻，眼睛便緩緩睜了開來。

端王來得可真是時候，也不枉她潛心等候多時……

秦若蕖嘴角漾著興奮的笑容，眸光更是大盛。

第十二章

次日閒來無事，又見長英正興致勃勃地與寺內僧人比武，陸修琰不欲掃他的興，乾脆獨自一人出寺，一路往山下走去。

剛出了寺門，不經意看見一個小小的身影躡手躡腳地貼著牆壁往門外挪，趁著沒人留意，如一陣旋風般直往外奔去。

陸修琰啞然失笑。這小傢伙正是空相住持的小弟子無色，心裡有些好奇，他乾脆邁步跟在小傢伙身後。

「芋頭姊姊，芋頭姊姊……」一路跟著無色來到一處清幽的小溪旁，聽著小傢伙大聲叫著。

「酒肉小和尚，我在這兒呢！」下一刻，秦若蕖那熟悉嗓音便從岩石後傳了出來。

芋頭姊姊，酒肉小和尚？陸修琰好笑地挑挑眉。

「芋頭姊姊，妳在做什麼呢？妳瞧我拿了什麼來，是鹽，我趁他們不注意拿了些鹽來。」小無色將緊緊護在懷中的小布包遞到秦若蕖跟前，一臉獻寶地說。

「可魚還沒捉到啊，光有鹽有什麼用。」秦若蕖將目光從溪水裡收了回來，苦惱地道。

「還沒捉到嗎？我上回見有位施主用根削得尖尖的叉子，一下子便從溪裡叉出來好多好多魚。」小傢伙張著短短肉肉的手臂以示「好多好多」。

「可我就是叉不中啊！」秦若蕖洩氣地一屁股坐到溪旁的圓石上。

無色學著她的樣子，雙手托腮蹲在她身邊，滿是遺憾地道：「那今日咱們便做不成烤魚了哦？」

原來如此，難怪這丫頭喚他酒肉小和尚。

聽到此處，陸修琰恍然大悟，有些好笑地望著那一高一低的兩道身影。

「四姑娘，無色師父。」

兩個腦袋齊齊轉過來，一看是他，兩人先是一愣，而後對望一眼，突然同時朝他快步走過來，兩雙同樣明亮烏黑的眼眸眨也不眨地盯著他。

饒是沈穩如陸修琰，也不禁被那兩雙眼睛裡散發出的興奮之光盯得心裡發毛，下意識便退後一步。

「陸修琰，你會武功對不對？」秦若蕖撲閃撲閃睫毛，滿臉期盼地問。

「這……略懂一二。」

「那你肯定能叉好多好多魚。」無色接上話，小身子直往他身邊湊。

陸修琰被他逼得又是連退幾步，這才穩住身子，攏嘴佯咳一聲道：「這我倒不曾試過。」

「肯定能，我說能就能。」小傢伙擲地有聲，小手緊緊地抓著他的大手，直把他往溪邊拖，拖至那塊大石旁，再把那削成叉子模樣的木棍塞到他手中，連連催促道：「快叉、快叉，啊，我要那條，那條夠大，快快快，陸施主，你倒是快啊！」

無奈地望了一眼絲毫不懂客氣為何物的小傢伙，再看看一旁同樣雙眼亮晶晶的秦若蕖，陸修琰只能搖搖頭，認命地舉起木叉，用力往溪裡那條正游得歡暢的魚兒扔過去。

「啊啊啊！中了、中了！芋頭姊姊，他叉中了！」無色高興得手舞足蹈起來，捧著活蹦亂跳的魚，笑得眼睛都瞇成了一道縫。

「陸修琰，那條、那條，我要那條！」秦若蕖不理會他，扯著陸修琰的袖口，指著另一條急道。

陸修琰自然不會厚此薄彼。

在一片歡呼聲中，很快地，岸上便已堆了大約十來條魚。

「芋頭姊姊，接著要怎麼做？」無色睜著一雙滴溜溜的大眼睛，急切地盯著秦若蕖問。

「等等我瞧瞧。」秦若蕖掏出一張寫滿了字跡的紙，唸道：「把魚清理妥當……」

「我懂、我懂，就是要把魚殺掉洗乾淨，我見師姪弄過，先一刀往魚腦袋一拍，再開膛破肚。」小無色立即接嘴，賣弄起來。

秦若蕖為難地皺皺鼻子，下一刻，求救的眼神便望向正拂著手上水珠的陸修琰。

陸修琰微笑。「四姑娘，我也不會。」

他生來便是身分尊貴無比的天之驕子，此等粗活豈須自己做，況且，君子遠庖廚的道理他還是知道的……

兩刻鐘後，小無色快活的稚嫩童音響徹林間。「都弄好了，陸施主好厲害！」

陸修琰皺著眉將最後一條魚的內臟挖掉，再清洗乾淨，放到鋪著荷葉的石塊上。

「陸修琰，你真的好厲害，單這般聽酒肉小和尚一說就會殺魚了。」秦若蕖一臉崇拜，望著他的眼神似是會發光。

陸修琰心裡的憋悶竟一下子便煙消雲散了。

他無奈地搖頭笑笑，有一種被眼前兩人吃得死死的詭異之感。

「芋頭姊姊，再接著呢？」

「接著，接著要把調料抹到魚的兩面，然後……」

陸修琰好笑，這丫頭分明是現學現賣。他也不出聲，頗為悠閒地坐於一旁，任由那兩人你一言、我一語地烤起魚來。

清風似是帶著溪水的涼意迎面撲來，耳邊是女子與孩童的清脆嗓音，夾雜著潺潺流水聲、蟲鳴鳥叫聲，竟是難得的和諧。

他閉著眼睛感受這平和與愜意的一刻，此時此刻，京中的勾心鬥角、政事的沈重繁忙，統統隨著溪水而去。

「芋頭姊姊，這黑乎乎的像塊炭般，真的能吃嗎？」無色皺著小眉頭，盯著剛剛從火架子拿下來的「烤魚」，語氣滿是懷疑。

「這，應該可以吧？我可是全部按照方子做的。」秦若蕖有幾分不確定。

「呸，好苦！」小傢伙試著捏了一小塊送到嘴裡，瞬間便吐了出來。

「那怎麼辦，都烤了三條了。」秦若蕖的信心一下子被打擊殆盡。

「要不咱換個人試試？」

感覺衣袖被人揪著，陸修琰睜眼，頓時對上四隻閃亮的眼睛。

他心裡升起不祥的預感，還未來得及說話，便被無色拉著到了火堆旁。

「陸施主，你這般厲害，肯定也會烤魚。」

「對對對，你什麼都懂，烤魚當然也不例外。」

你一言、我一語的恭維，直說得陸修琰頭皮發麻，想要拒絕的話在對上那兩雙亮得可比明星的眼眸時，不知為何硬是說不出口。

半個時辰不到，秦若蕖與小無色兩人各抓著一條烤得香脆可口的魚，一邊吃著一邊讚不絕口。

陸修琰將最後一條魚從火架子上取出，回頭望望吃得一臉滿足的兩人，嘴角不禁揚起小小的弧度，心裡竟有幾分奇異的滿足。

摸摸圓滾滾的小肚子，無色滿足地嘆了口氣，繼而眸光閃閃地盯著他道：「陸施主，要不你也到我們萬華寺剃度出家吧，我收你做徒弟，這樣你一進來便可以當師叔了。」

陸修琰嗆了一口，忙背過身掩飾，少頃，微笑著道：「多謝無色大師好意，只是在下並無遁入空門之打算。」

無色遺憾地「哦」了一聲，撓撓腦袋瓜子，說道：「原來你以後是要娶媳婦、生娃娃的……」

陸修琰再次咳了起來，不等他緩過來，又聽小傢伙興高采烈地道：「那你娶芋頭姊姊吧，芋頭姊姊長得好看，也容易欺負。娶了她，你可以住到她家裡，這樣以後我想吃魚，你就可以幫我抓、幫我烤。」

陸修琰咳得更大聲了。

小傢伙可不管，扯著猶在發呆的秦若蕖直往他懷裡送。「陸施主，娶芋頭姊姊吧，娶芋頭姊姊吧……」

秦若蕖一個不察被他扯得險些跌倒，陸修琰便伸手去扶，結果卻將她抱了滿懷。

一陣女子特有的馨香撲鼻而來，他先是一怔，隨即便將她推開。「對不起、對不起。」

秦若蕖懵懵懂懂的也不知發生了何事，先是被小傢伙亂扯一通，接著又被他一推，整個人「啪」的一聲便被推倒在地上，瞬間委屈地噘起了嘴。

陸修琰一見自己闖禍了，忙伸手去將她扶起來，連連道歉。「對不住、對不住，我不、不是有意的。」

秦若蕖撥開他的手，低著頭整理衣裳。小傢伙似懂非懂地摸摸光溜溜的腦袋，看看這個，又望望那個。

陸修琰以為她惱了，一時也不知該如何反應，唯有尷尬萬分地望著她。

「我長得不好看？」半晌，秦若蕖抬眸，對上他的視線蹙眉問。

陸修琰怔住了，想不到她會問出這樣的話，一時間不知該如何作答。

「我真的長得不好看嗎？可哥哥說我是家裡最好看的姑娘。」秦若蕖往他身邊湊近一步，有種不達目的不甘休之勢。

陸修琰雙唇動了動，不知該如何回答。

說不好看吧，憑心而論，眼前的姑娘雖不及他接觸過的女子那般出身高貴，但容貌卻不遜於任何一人；可讓他說好看吧，卻又略顯輕佻。

向來行事果決的端王爺，當下卻被一個最簡單不過的問題給難住了。

「不好看嗎？你再細瞧瞧，細瞧瞧。」秦若蕖仰著臉直往他跟前湊，慌得他連連後退，一張俊臉盡是窘迫。

正不知如何是好，卻見原本步步緊逼的姑娘突然停下腳步，眼睫毛撲閃撲閃幾下，驀地朝他伸出手來，軟軟的小手往他臉上一摸，而後發出一陣喟嘆般的聲音。「你臉紅紅的模樣真好看。」

陸修琰當即窘迫萬分地僵住了，俊臉浮現起可疑的紅。

他這是被調戲了嗎？

見他果真臉紅了，秦若蕖陡然發出一陣清脆的笑聲……

銀鈴般的笑聲久久不絕，陸修琰原本窘迫的臉不知不覺間也平復了下來，他定定地望著笑彎了腰的秦若蕖，見那張瑩潤如玉的臉蛋已染上朵朵紅雲，一雙原就明亮的眼眸，如今被水光點綴，更顯得奪目至極。

良久，他的唇邊也不自禁地漾起無奈的淺淺笑意。

秦若蕖笑了一陣子，掏出帕子拭拭眼角笑出來的淚水，抬眸望了望背著手、又是一副端正模樣的陸修琰，雙唇抿了抿，忽然回過身朝不遠處的大石走去，再走出來時，手上已經捧著兩顆拳頭般大的梨子。

「芋頭姊姊，我要梨子、我要梨子！」無色緊緊盯著那兩顆梨子，口水都快要流出來了。

秦若蕖順手遞了一個給他，另一個則送到陸修琰跟前。「這個給你。」

陸修琰下意識接過，再看看她空空如也的手，又遞還給她。「還是姑娘吃吧！」

秦若蕖搖搖頭。「你吃，我家裡還有。」

見她堅持，陸修琰想了想，取出隨身攜帶的匕首就要將梨子一分為二，卻被秦若蕖一把拉住了。「不能分，梨子是不能分的。」

陸修琰不解。「為何？」

「因為不能分離啊！」秦若蕖將那顆梨子擦了擦，直接往他嘴裡送。「這樣，咱們就不用分離啦！」

不用分離？陸修琰一怔，心跳如擂，是自己的錯覺嗎？

只是當他看著蹲著身子笑咪咪地去擰無色耳朵的秦若蕖，陽光透過樹上枝葉零零散散地灑到她身上，越發顯得她的膚色晶瑩剔透，那燦若豔陽的笑容，明媚卻又不失純真。

他搖搖頭，看來是他想多了，這姑娘就是如此一根筋的性子，哪會有那等彎彎曲曲的心思。

他輕輕咬了一口梨子，香甜的味道霎時縈滿口腔。

「我回去了。陸修琰，麻煩你把酒肉小和尚送回寺裡。」起身拍拍衣裙，再衝著陸修琰揮揮手，也不待他回答，秦若蕖轉身便往家的方向走去，走出幾步，忽地回身，衝他嫣然一笑，下一瞬間，身影便被層層疊疊的小樹、野草徹底遮住。

陸修琰呼吸一頓，少頃，伸手揉了揉額角。

他想自己今日似是有些魔怔了，竟覺得方才秦若蕖的笑容極盡嫵媚，煞是動人，那姑娘分明心思單純，性子嬌憨，如同白紙一張。

「陸施主，抱抱。」小傢伙不知他的心思，張著藕節般的雙臂要他抱。

陸修琰低下頭去看著他，身子卻是一動也不動。

見他不像自己的徒子徒孫那般聽話地抱起自己，無色大師不樂意了，小嘴噘得老高，用力地跺了跺腳，耍賴道：「我腿又酸又累，走不動了。」

陸修琰濃眉皺得更緊，看著扒拉著自己雙腿不放的小傢伙，最終也只能無奈地伸手將他抱了起來。

無色當即牢牢地環著他的脖頸。

「陸施主，你當真不娶芋頭姊姊嗎？芋頭姊姊長得多好看啊，還會陪我一塊兒玩，還會做吃的，雖然做得一點都不好吃……」回寺的路上，小傢伙在他耳邊念叨個沒完沒了。

陸修琰也不理會他，童言無忌，可他卻不能當真，女子的清譽何等重要，況且婚姻大事亦非他一個小小孩童想的那般簡單。

先不提秦澤苡是否樂意將唯一的妹妹嫁給他，便是他自己，想與秦家結親亦非易事。經過秦季勳與周氏一事，宮中的康太妃對秦家人可謂惱得厲害，皇兄雖一向疼他，但或多或少亦會顧及生母的想法，況且他一心想為他擇一名門淑女，秦氏門第卻是低了些。

最重要的是，他已經答應了宣和帝，此番回京後便要訂下王妃人選。雖沒有明示，但亦相當於默許了會從皇后為他挑選的三名高門女子中選擇其一作為正妃。

很明顯，秦若蕖並不在這些人選當中。

「……你若不娶芋頭姊姊，將來她嫁了別人，可就沒有人再陪我一起捉魚了。」小傢伙著實發起愁來。

陸修琰腳步一頓，很快便又若無其事地邁開步子。

「……芋頭姊姊又笨又傻，若是被人欺負了可怎麼好？」小傢伙那個愁啊！

那姑娘會被人欺負？也不看看她另一面是何等厲害！陸修琰不以為然。

只是，另一面的她……當真還存在嗎？若是仍在，以她的性子行事，定會不依不撓地追蹤到底，畢竟連秦澤苡都懷疑起周氏主僕的死另有隱情，以她的聰慧，又豈會想不到？

陸修琰一路抱著無色回了萬華寺。長英見他居然抱著小和尚回來，驚得眼睛瞪得老大。王爺連皇長孫都不曾抱過，如今竟然抱著這肉墩似的小和尚，瞧瞧那姿勢、那動作，竟也有模有樣。

「收回你的眼珠子。」陸修琰淡淡地瞥他一眼。

無色掙扎著要落地，他便順著他的意將他放了下來。

「陸施主，你真的不娶芋頭姊姊嗎？」小傢伙邁著小短腿就要去尋空相住持，想了想又不放心，折回來揪著他的褲腿，巴巴地問。

陸修琰有些無奈，這小傢伙著實執著得很，這一路上問了他不下三回。

他清清嗓子，蹲下身子正對上他那滴溜溜的大眼睛，認真地道：「無色大師，婚姻非兒戲，須有父母之命，媒妁之言……」

「那有了父母之命、媒妁之言，你便會娶嗎？」無色咬著小手指，飛快地接上了話。

陸修琰被他一噎，竟一時不知該如何回答。

無色可不管他，如唸經般搖著他的手直問：「是不是、是不是、是不是……」

陸修琰的頭都大了。所以說，小孩子這類生物還是儘量少接觸得好。

「是不是嘛、是不是嘛，陸施主，你倒是給句話啊！我以後吃素還是吃肉可全看你了……」

聽到此處，長英再忍不住噴笑出聲，得了主子一記警告的目光後只能強忍下笑意，憋得甚是辛苦。

「無色！」渾厚低沈的聲音乍然響起，無色嚇得一個激靈，瞬間鬆開了扯著陸修琰手臂的小手，規規矩矩地雙手合十行禮。

「大師兄。」

「今日可又逃了早課？」無嗔面無表情，語調聽來亦無甚起伏，卻讓小傢伙老老實實地再不敢作怪。

「對不住。」

「自個兒領罰去。」

「是。」

看著原來跳脫纏人的小傢伙耷拉著腦袋一聲也不敢吭地去領罰，陸修琰覺得有些好笑。果然是一物降一物啊！

秦若蕖在家門口遇上了剛授課歸來的兄長，跟在兄長身後的，還有一名書院學子打扮的年輕男子。

「哥哥。」她笑盈盈地喚。

秦澤苡無奈搖頭。「妳這丫頭倒比我還要忙。」

那男子乍一見她，眼神陡然一亮，早聽聞秦先生胞妹姿色出眾，如今瞧來果然如此。

「秦、秦姑娘，我、我叫程、程淮生，是、是秦先生的學生。」

秦澤苡詫異地望了他一眼，不解一向口齒伶俐的愛徒為何突然說話結巴了，只是當他順著程淮生的眼神望過去，頓時了然。

有幾分不悅地掃了程淮生一眼，他冷哼一聲，沈著臉對秦若蕖道：「嵐姨與青玉想必在尋妳，還不快去！」

「好。」秦若蕖乖巧地點頭，提著裙子率先進了門，行至廊下，忽地回頭，見程淮生愣愣地望著自己，不禁微微一笑，當即便見程淮生歡喜得險些雙腿打架。

「淮生！」見弟子如此失態，秦澤苡不悅地喝了一聲。

「啊、啊，先、先生。」程淮生依依不捨地收回視線，對上秦澤苡陰沈的臉，頓時一驚。

秦若蕖並不理會這兩人，邁著輕快的腳步進屋，就著一旁的清水淨了手，這才緩步進了裡間，坐到了梳妝檯前。

她取過一旁的桃木梳子，無比輕柔地順著長髮，目光投到銅鏡裡，見鏡中女子杏臉桃腮，膚如凝脂，一雙明眸似是含著兩汪春水，如花瓣般的櫻唇微微勾起時，眸中竟似流淌著說不出的嬌媚。

她伸出如蔥纖指輕輕描繪著鏡中女子容顏，片刻，櫻唇微啟，聲音清冷。「端王，陸修琰……」

從未有哪一刻似如今這般，她無比慶幸自己生就一張可純可媚的臉。

「我早說過，我這輩子最不缺的就是耐性。」眼眸中閃著志在必得的光芒，她一字一頓地道。

「小姐，昨日嵐姨買回來的那包棉線，妳可記得放哪了？我怎麼也找不著。」青玉的聲音忽然從外間傳來，下一瞬間，原本縈繞她周遭的冷意頓時煙消雲散。

「我沒看到啊，妳再細找找。」一如既往帶著絲絲嬌憨的軟糯語調。

青玉無奈地將手中繡了一半的帕子放到桌上，頭疼地揉揉太陽穴，抱怨道：「這刺繡可比持刀弄棒難多了，嵐姨也真是的，明知我不是那塊料子，非要讓我學這個。」

秦若蕖捂嘴輕笑，臉上卻是一副看好戲的表情。

「既是關係到無色大師日後吃素還是吃肉，公子不如當是日行一善，收了他那位芋頭姊姊吧！」難得見主子好心情地作起畫，又想起白日無色的那番話，長英也不由得開起玩笑來。

陸修琰提筆的動作一頓，片刻，皺眉不悅地道：「你倒是越發沒規矩了，小孩子說說倒也罷，童言無忌，你此番說出來，若是讓旁人聽去，豈不是要損了人家姑娘清譽？」

長英話一出口也發現不妥，見主子臉帶惱意，忙認起錯來。

陸修琰瞪了他一眼，將手中毫筆放下，端過案上的茶水呷了一口。

「況且，世間並非所有女子都願意嫁為富人妾，亦非人人樂意與皇室權貴打交道。」

長英知道自己失言，哪還敢反駁，只是連連稱是，心裡卻是不以為然，王爺又非別的不知所謂的皇室權貴，天下女子未必人人願意為富人妾，卻無女子會拒絕進端王府，只看數月前那場宮宴便清楚了，往日那些自恃身分的世家貴冑之女，哪個不是使勁地想在王爺跟前露個臉，圖謀的是什麼？還不是端王府至今猶空著的一正兩側的妃位？

陸修琰只看一眼便知他心中所想，也不欲再與他說，只是無奈地搖搖頭。

一刻鐘後，長英忍不住問：「此番回京之後聖上便要降旨賜婚了，王爺可選定了？」

宣和帝的賜婚聖旨早已擬好，差的也不過是未來端王妃的名字罷了，只待陸修琰回京，正式確定了王妃人選，賜婚聖旨便會立即頒下去。

王妃人選？陸修琰腦子裡一下子便浮現一張純真又嫵媚的笑顏，他愣了愣，隨即無奈地勾了勾嘴角。

都怪無色大師在他耳邊念叨個沒完沒了。

正被迫跟著師兄們做晚課的無色大師忽地打了個噴嚏，他睜開一隻眼睛偷偷望了望上首閉目唸經的無嗔，隨即揉揉小鼻子，暗地嘀咕道：「一定是芋頭姊姊想我了。」

這一日，秦若蕖一早便起身穿戴妥當，跟著兄長秦澤苡上了萬華寺。今日是衛清筠冥壽，也是到了岳梁，她方知原來兄長幾年前便在萬華寺為亡母設了靈位。

「小芋頭可還記得娘親嗎？」從安置靈位的殿裡出來，秦澤苡望了望低著頭不知在想什麼的妹妹，試探著問。

秦若蕖點點頭。「記得，先前在娘出嫁前的屋子裡見過爹爹給她畫的畫像。」

聽她提及父親，秦澤苡有片刻的失神。

「哥哥，爹爹會來看我們嗎？我已經許久沒見他了。」秦若蕖低低地道。

秦澤苡不出聲。

兩人沈默地走著路，走出數步，不見妹妹跟上，他停下腳步回頭一望，見秦若蕖定定地站在石階上，視線投向前方不遠處。

他順著她的視線望過去，認出是陸修琰與一名錦衣中年男子，站在男子身側的則是一名貌美的年輕姑娘，那姑娘正朝著陸修琰盈盈行禮。

他收回視線，正欲開口說話，卻一下子愣住了。

「哥哥，走吧！」還是秦若蕖輕聲提醒他。

「哦，好、好。」他回過神來，望著仰著小臉，一臉純真的妹妹，片刻，微微低著頭掩飾眼中複雜。

方才是他看錯了吧，小芋頭怎會有那般冰冷的表情？

兄妹倆各懷心事地回到了家中。

「芋頭姊姊，這些日子妳怎麼也不出來陪我玩？陸施主也是，整日找不到人，我想找人給我摘果子都找不到。」無色趴在窗檽上，往屋裡探著腦袋，小嘴噘得老高。

秦若蕖順手捏了塊點心往他嘴裡塞，頓時讓無色笑眯了眼睛。

伸出手將小傢伙拉進屋，她溫柔地餵著他點心，狀似不經意地問：「陸修琰這些日子都在做什麼啊，竟連你也找不著他。」

「我告訴妳哦，昨天我偷聽到長英施主與陸施主的話，原來陸施主快要娶媳婦了，那位長得很好看的女施主就是他未過門的媳婦。」無色兩三下嚥下口中的點心，神神秘秘地道。

秦若蕖手上動作一頓，垂下眼簾不作聲。

原來他已經訂了親，難道那日看到的那名姑娘就是他未過門的妻子？若是端王妃之位已有人，那自己的一番打算便是徹底落空。

如此看來得另想法子，又或者得換個人；只是，還有何人比端王身分更高、更合適？

「陸施主若是娶了別人，那就不好玩了。」小傢伙嚼著點心，一臉苦惱。

而此時的陸修琰亦是心中煩悶。他想不到常德文那老傢伙竟帶著女兒找來這裡，若早知他與岳梁書院那山長有舊，當日無論如何他都不會與孤月大師約在萬華寺。是的，之所以會到岳梁來，是他主動對孤月大師提出；便是他自己也不明白為何下意識選了這個地方，只是當他回過神時，「岳梁萬華寺」五個字已經寫在給孤月大師的信上。

翰林院大學士常德文之女常嫣，正是宣和帝與紀皇后為他擇的正妃人選之一。雖然紀皇后選定了三人，但不論是她，還是宣和帝，言談之中都比較屬意這位常嫣；只不過，對他來說，不論是另兩位，還是這位常嫣，他均無甚印象。

故而，他根本連想都不用想，常德文父女的到來必是他的皇兄授意。當然，這其中亦有皇后的意思，想來是打算讓他與常嫣多些接觸。

「王爺棋高一著，臣甘拜下風。」常德文捋了捋花白的鬍鬚，道。

陸修琰淡淡一笑。「是常大人承讓了。」

「小女嫣兒，自幼得家父悉心教導，一早聽聞王爺棋藝高超，不知今日可有榮幸與王爺對弈一番。」

聽到此處，一直站在旁邊觀戰的常嫣微紅著臉朝著陸修琰福了福，嗓音溫柔卻不失堅定。「懇請王爺賜教。」

陸修琰有些意外地瞄了她一眼，常德文既然敢主動提出，看來這姑娘確實是有幾分才情。

得到允許後，常嫣告了聲罪，這才在他對面落坐。

常德文捋鬚含笑，望著兩人的眼神甚是欣慰。

他的這個女兒，是自己最大的籌碼，溫柔賢淑，才貌雙全，足以堪配端王。

一個時辰後，常嫣語帶羞澀地道：「嫣兒輸了。」

陸修琰合上茶蓋，眼神有幾分欣賞。「常姑娘棋藝確實是不凡，常老大人教導有方。」

常德文自然沒有錯過他眼中的欣賞，心中得意，佯咳一聲，故作責怪地對女兒道：「往日妳總以為自己了不起，今日方知人外有人，山外有山吧！」

「爹爹教訓得是，是女兒自視過高了。」

陸修琰嘴角雖帶著淡淡的笑意，笑意卻是不達眼底。

待要離開時，他望望桌上那碟精緻的糕點，想到兩個特愛研究吃食的人，不禁止步問：「這糕點可還有？」

常德文不明所以，望向候著的下人，那人忙道：「回王爺，廚房裡還有剛出鍋的。」

「給本王裝好帶走，常大人不介意吧？」

「不、不介意。」

望了望跟在陸修琰身後，提著食盒的長英，常嫣心中疑惑。

她從皇后娘娘處得來的消息，端王不是從來不好甜食的嗎？難道……口味變了？

不經意間想起離京前，「那人」對她說的那番話，她臉色一凝，想了想，低聲吩咐了身側的侍女幾句。

侍女應了聲「是」便走了出去。

「王爺，這幾碟點心可是要留到晚膳過後才用？」回到了萬華寺，長英遲疑地問。
「無色可在寺中？」陸修琰不答反問。
「方才聽僧人回稟無嗔大師，好像又偷溜出去了。」
陸修琰失笑。這小傢伙真不是當和尚的料，難怪那姑娘喚他酒肉小和尚，長此以往，不是酒肉和尚是什麼？
只是偷溜出去嘛……想必又是去尋他的芋頭姊姊了。
「都包起來吧！」與常氏父女耗了大半日，他也覺得有些悶，想了想，遂吩咐長英。
提著那包順手得來的糕點，撇下長英，他逕自往那日烤魚的小溪尋去，果不其然在溪邊見到了秦若蕖與無色。
那兩人挨坐在一起，無色大師的嘴巴更是脹得鼓鼓的。
秦若蕖與無色也發現了他，不待他上前招呼，均起身拍拍衣裳就要離開，無色甚至衝他重重地哼了一聲。
他心中不解，只是覺得好笑，忍不住笑問：「這是怎麼了？可是我得罪了兩位？」
秦若蕖不理他，細心地替無色擦了擦小手，又為他拂去衣裳上沾著的野草。小傢伙則是衝他扮了個鬼臉，又再哼了一聲。
陸修琰啞然失笑，望向秦若蕖。
「四姑娘。」
秦若蕖別過臉去，裝作沒聽到，卻偷偷地指了指無色，朝他作了個「生氣」的口形。

陸修琰頓時了悟，更覺好笑，正欲再說，無色卻用那雙小短臂直推他。「你都要娶媳婦了，還來找我做什麼？去陪你的小媳婦去。」完全是一副被負心漢辜負的怨婦口吻。

第十三章

陸修琰皺著眉，有幾分不悅地道：「此等不實之言，你是從何聽來的？」

「我都聽到了，那日你與長英施主說的話。」無色雙手扠腰，氣呼呼地道。

陸修琰微怔，一時沈默下來。

若按兄嫂的意思，常嫣即便不是他的正妃，亦會是側妃之一。

在此之前，他亦覺得並無不可，甚至想過回京後便聽從兄嫂之意；只是如今……他卻有些不願意了，可到底是什麼原因，他並沒有多想。

見他不說話，秦若蕖眼中閃過一絲失望。不說話便是默認了嗎？

她望了望氣鼓鼓的小傢伙，又看看他，這才解釋道：「酒肉小和尚尋了你好多回，可每一回你都不在，故而他心裡不痛快了。」

有著一同烤魚的情分，小傢伙自然而然地當他是自己人，哪料到幾次三番興沖沖地去找他，卻屢屢撲了空，這不，脾氣就上來了。

陸修琰好笑地捏捏他氣鼓鼓的臉蛋，卻是一臉認真地對他道：「那位姑娘不是那種身分。」

無色不解，小眉頭皺了皺，問：「不是哪種身分？不是你未過門的小媳婦嗎？」

陸修琰頷首。「對，不是。」

小傢伙想了想，終於高興起來，這一高興，再度舊話重提。「陸施主，其實還是芋頭姊姊更好看，你若是想娶媳婦，還是娶芋頭姊姊吧！」

「酒肉小和尚！」陸修琰還未說話，倒是秦若蕖生氣地鼓起了腮幫子，更用力捏了捏他肉肉的小臉。「不許說這種話！」

陸修琰含笑看著，並不插手，只是眼角餘光掃到不遠處樹後的一方衣角時，眼神一下子變冷了。

「王爺拿著那包糕點，也不讓侍衛跟著，獨自一人出了寺門，到山腰一處溪旁，見到了寺裡的小和尚跟那位秦姑娘。」

聽著侍琴的稟報，常嫣秀眉輕蹙，臉色凝重。

「王爺近日與那無色小和尚相處得甚好，屢屢與他同出同歸……」

常嫣雙眉蹙得更緊了。

「原以為張庶妃不過是想借我之手，給那秦若蕖幾分顏色看看，以報她兄弟當年被拒婚之仇，如今看來，她的話未必不可信，王爺待那秦若蕖確實是有些不同。」

「王爺身分尊貴，又豈是小門小戶出身的秦氏女可般配的？想來不過是因為當年她藉死了的周氏在王爺跟前露了個臉。」侍琴不屑地道。

常嫣不出聲，雙唇緊緊地抿成一道。

半晌，她忽地道：「其實，若王爺當真對那姑娘有那個意思，將她納入府中亦無不可，至少，她或許能幫我牽制另兩位。」

紀皇后挑選的三名高門女子，彼此身分、容貌、才情不相上下，無論最終哪一個為正妃，另兩個亦會同入端王府，只不過是以側妃名義入府罷了。

「小姐的意思……」侍琴眼神一亮，當即便明白她的用意。

小姐早已是帝后默許的正妃人選，從來妻與妾的爭鬥免不了，與其讓另兩人聯合起來對付自己，倒不如先找個得力幫手。況且，秦氏女出身低微，要拿捏她何等容易；再一層，那秦若蕖想要在端王府立足，必然要有所倚靠，內宅當中，還有誰是比王妃更有力的靠山？

常嫣低著頭，不停地絞動著手中帕子。若是可以，她一點也不願意讓那秦若蕖接近端王，自己心儀多年的男子，又怎會願意與別的女子分享？只是，三女同入端王府的形勢已定，讓一個橫插進來的秦若蕖與那兩人鬥，不是比她們聯手針對自己得好？再者，秦若蕖若進端王府，勢必更容易招那兩人的怨恨。

可若默許秦若蕖與端王私下接觸，她又心中忐忑，只因她猜不透端王的心思；畢竟一個得了夫君真心的侍妾，遠遠比空有身分卻不得寵的人威脅要大。

而秦若蕖，日後會成為她的威脅嗎？

岳梁書院人才輩出，自太祖立國以來，單從書院出身的狀元郎便至少有十人，如今朝廷當中，出身岳梁書院的官員亦不在少數，這也使得聞名而來的學生數不勝數。

這一日，是岳梁書院一年一度的蹴鞠大賽。

身為書院先生的妹妹，秦若蕖自是不會放過湊熱鬧的機會，一大早便磨著兄長硬要跟著去。

秦澤苡無法，唯有應允，只是不放心地千叮嚀、萬交代。

「我保證會好好地跟著未來嫂嫂，絕對不會隨意亂走。」秦若蕖豎起手指，一本正經地道。

聽她提及未過門的妻子，秦澤苡俊臉微紅，佯咳一聲，沒好氣地在她額上彈了一記。

「貧嘴丫頭。」

秦若蕖笑嘻嘻的，也不惱。

兄妹兩人正要出門，行經廊下拐角，忽然一道黑影衝出，嚇得走在前頭的秦若蕖下意識一退，整個人便撞向牆壁，直撞得她暈頭轉向，險些站不穩，還是一旁的秦澤苡及時扶住了她。

「可有事？」望著低下頭揉著額角的妹妹，秦澤苡難掩擔心。

「不要緊。」少頃，秦若蕖抬頭衝他微微一笑以示安慰。

見她確實不像有事，秦澤苡方放下心來，轉身衝聞聲而來的福伯道：「最近野貓又多了起來，找人驅一驅。」

方才突然衝出來的正是一隻野貓。

秦若蕖低著頭緊跟在兄長身後，片刻，嘴角閃過一絲意味深長的笑容。

在黑夜裡過得太久，她險些忘了走在陽光下的感覺……

秦澤苡的未過門妻子，正是他的恩師岳老先生的嫡孫女，兩人數月前便已訂下了親事，約莫半年後，秦澤苡便會迎娶她過門。

岳玲瓏是位溫柔嫻靜的女子，舉手投足間自帶一股書香世家女子的書卷氣。

原來這就是未來嫂嫂。

「玲瓏姊姊。」她輕喚。

岳玲瓏有些意外她不似往日那般親熱地挽著自己，只當有外人在之故，疼愛地摸摸她的額角，牽著她朝一旁的華服女子道：「常小姐，這位是秦姑娘。阿蕖，這是翰林大學士常大人府上千金。」後兩句，卻是對秦若蕖道。

她望過去，正正對上常嫣探究的眼神。

原來是翰林大學士之女……

「常小姐。」

「秦姑娘。」

常嫣垂眸掩飾眼中複雜，須臾便大大方方地向她打招呼。

「比賽快要開始了，常小姐請隨我來；阿蕖，這邊。」身為半個主人，岳玲瓏自是負起招呼她們的責任。

一路上，常嫣狀似認真地聽著岳玲瓏向她介紹蹴鞠比賽的基本情況，實則卻不動聲色地打量著秦若蕖。

她自以為不著痕跡，卻不曾想秦若蕖是心知肚明，只是懶得理會，故作不知罷了。

「聽秦姑娘口音，似是益安人氏，我這一路來，途經益安，聽聞城中有一秦府，近來頗多災多難，府上一名小姐臨近成親，卻忽被男方退親，幾位老爺、公子亦不遑多讓，厄運纏身……」常嫣突然出聲，語帶深意。「不知秦姑娘與這益安秦府可是一家？」

秦若蕖正要回答，卻被岳玲瓏輕撓掌心，她奇怪地望過去，見她迎上常嫣的視線，不卑不亢地道：「常小姐遠居京城，只是偶爾路過，便對益安秦府之事瞭若指掌，這份心思，玲瓏遠不及也。」

常嫣臉色一僵，有幾分不自在地移開視線，少頃，淡淡地道：「我不過閒來無事一提，倒讓岳姑娘多心了。果然不是一家人，不進一家門，秦姑娘有岳姑娘這樣的嫂嫂，確乃上蒼恩賜。」言畢也不再看兩人，邁著步子逕自離開。

岳玲瓏望了一眼她的背影，勾起一個嘲諷的笑容。

但凡懂事知禮之人均知道，不可當面揭人之短，常嫣身為大學士之女，據聞頗得皇后誇讚，自不會不知禮、不懂事，卻偏偏說了這麼一番相當失禮之話，分明是醉翁之意，不安好心。

秦若蕖訝異地望向岳玲瓏，想不到這個看起來嬌嬌柔柔的未來嫂嫂竟是個絲毫不肯吃虧的性子。

她若有所思地望了望常嫣離去的方向。她為何會對自己的事如此感興趣？論理在此之前，她們應該不曾接觸過，甚至彼此不知對方的存在才是。

不過對方如此反應，難道是覺得自己會成為她的威脅？若是果真如此，那只會有一個原因……

在臺上落坐，秦若蘗自是與岳玲瓏坐在一起，而離她一人距離遠的地方，則坐著臉色已回復平常的常嫣。

秦若蘗不著痕跡地注意著她，見她不斷地四處張望，似是在尋找什麼人，片刻，突然眼神一亮。

順著她的視線望過去，便見混在一群學子之間的陸修琰，雖只是穿著最平凡不過的青布衣，可那與生俱來的不俗氣質，輕易便能吸引旁人的視線。

果然如此，這位常大小姐的來意相當明顯，卻不知陸修琰待她是何等心思？那日他既然對酒肉小和尚說了她不是那種身分，想來待她不過爾爾。

「阿蘗，妳猜哪一隊會贏？我覺得藍隊贏面更大。」身旁的岳玲瓏難掩興奮地扯扯她的衣袖問。

她回過神來，這才發現不知何時比賽已經開始了，再看看賽場上的比分牌，暫且是藍隊領先。

「我還不大懂，不過照目前看來，想必……」她側過頭笑著回答，孰料話未說完，忽聽周圍響起一聲聲驚叫。

她詫異回頭，卻見那本應在場上的球正朝著自己面門飛來，眼看就要擊中她，她正要提氣凌躍閃避，卻在瞥見一道朝自己疾奔而來的身影時止住動作……

只聽「啪」的一聲，離她面門不過一拳距離的球竟被人生生截住了。

場內、場外鴉雀無聲，少頃，一陣此起彼伏的響亮喝彩聲乍響。

救她之人，赫然是本應在看臺另一邊的陸修琰。

「好功夫！好身手！」

「可有事？」陸修琰緊張地盯著緊閉眼睛、嚇得小臉煞白的秦若蕖，擔心地問。

「眼睛，眼睛被砂子迷了……」秦若蕖眨了眨眼，就要伸手去揉。

陸修琰忙制住她的動作。「不可揉。」

「來，我扶妳回屋洗洗。」此時亦反應過來的岳玲瓏忙拉住她的手，小心地為她拭去眼角揉出來的淚水，扶起她道。

「麻煩姑娘了。」陸修琰道。

岳玲瓏奇怪地望了他一眼，正欲說話，卻被快步走過來的常嫣打斷了。「可有傷到？王爺乃千金之軀，怎可以身犯險。」

常嫣緊張兮兮地就要伸手去拉他，卻被他避了開來。

原來是端王……

岳玲瓏心中明瞭，暗地冷笑一聲，一言不發地扶著秦若蕖離開。

「常姑娘自重。」陸修琰不悅地沈聲道。

常嫣臉色一白，難堪地低下頭，只是當她看到不放心地跟著岳玲瓏與秦若蕖離開的陸修琰，咬了咬牙，提著裙子跟了上去。

雖出了點意外，所幸只是虛驚一場，很快地，比賽又繼續進行。

陸修琰只走出數尺距離，便遇上了聞聲而來的秦澤苡。

秦澤苡望望他，又看看緊隨他身後的常嫣，眉頭輕皺，片刻，朝他拱手道：「多謝王爺出手相救，如今舍妹有下人照顧，不敢煩勞王爺，王爺請回吧！」

陸修琰嘴唇動了動，事到如今也發現了自己的失態，唯有頷首，看著秦若蕖的身影漸漸消失在眼前。

「王爺心善，又是一番義舉，秦公子與秦姑娘必是感激無限；只是終究男女有別，又是人多口雜之處，若傳出閒言碎語，於秦姑娘卻是無益。王爺若是不放心，不如讓嫣兒前去看看情況？」常嫣壓下心中嫉恨，輕聲道。

陸修琰沈默不語，片刻，轉過身來對上她的眼睛，嗓音不辨喜怒。「本王與秦姑娘男女有別，難道常姑娘與本王便沒有男女之別？」

略頓，又正色道：「本王不知皇兄、皇嫂對妳，或者對妳常府有何暗示，只是有句話本王卻不得不提醒姑娘，姑娘別太過自以為是，手亦別伸得太長。」

真以為他不知道那日跟蹤自己的是常府之人嗎？

況且，他雖敬重兄嫂，卻不至於被牽著鼻子走。在此之前，他確實是會默許兄嫂的決定，如今則不得不慎重考慮，畢竟這關乎他後宅安寧，亦關乎他的後半生。

常嫣臉上血色刷地全褪了，整個人微微顫慄起來，她強忍著委屈與難受，哽聲道：「常嫣不知何處惹惱了王爺，常嫣不過一番好意，既然王爺不喜，常嫣自不會再多事。」

一言既了，她朝他福身行禮，輕咬著唇瓣，按下眼中淚意，低下頭邁著碎步直往另一方向而去。

「小姐。」氣喘吁吁地趕來的侍琴詫異地輕喚，抬眸看見陸修琰的身影，不及多想，遙遙地朝對方行了禮，這才快步朝主子追過去。

「侍琴，秦若蕖此人絕不能留。」常嫣停下腳步，語氣冰冷地道。

此女在王爺心中分量遠遠超出她的想像，她的威脅，遠勝於另外兩人。

侍琴一愣，隨即道：「奴婢明白了。」

秦澤苡走進屋內時，便見妹妹呆呆地坐著，未過門的妻子岳玲瓏則輕聲安慰著她，心裡因端王而起的那點不悅頓時便煙消雲散了，他定定神，喚：「阿蕖。」

見未婚夫婿到來，岳玲瓏有些許羞澀，盈盈地朝他福了福，而後靜靜地避進了裡屋。

「哥哥……」秦若蕖的神情仍有些許呆滯，見他進來也只是吶吶地喚了一聲。

秦澤苡嘆了口氣，驀地出手在她額上拍了一記。「嚇傻了？」

秦若蕖「哎喲」一聲，捂著額頭委屈地直瞪他。

「好了，莫再裝了，哥哥根本沒有用力。」秦澤苡好笑。

「哥哥手勁那般大，只是輕輕一彈便讓人疼死了。」

秦澤苡無奈搖頭，本想問問她與端王是怎麼回事，如今卻再問不下去。

兄妹兩人回到家中，青玉見兩人提前回來，心裡奇怪，尤其是看到耷拉著腦袋的自家小姐，更加疑惑了，只是如今正忙活著，一時半刻也無法多問。

「小姐讓一讓。」動作索利地擦著桌子，擦到一角，見秦若蘪托腮撐在桌面上，擋住了去路，青玉頭也不抬便道。

「哦。」秦若蘪聽話地起身避到一邊。

擦完了桌子，又仔仔細細地把屋內的擺設擦得一塵不染，便聽身後響起秦若蘪幽幽的聲音。

「青玉，我覺得我最近有些怪……」

青玉手中動作一頓，片刻又若無其事地將手中花瓶放回原位，道：「嗯，小姐如今是有些怪。」

「這陣子我總覺得有聲音在腦子裡不停地響，讓我親近陸修琰；方才更奇怪，我明明記得自己是跟哥哥出門，在屋外被野貓嚇到撞了一下，雖有些昏沈，但也只是片刻，可不知為何就是回不來……是回不來吧？好像又不是。」

秦若蘪的聲音帶著顯而易見的納悶。

「迷迷糊糊間，我好像看著自己和哥哥到了書院，見到了玲瓏姊姊，還有一位大學士的千金常姑娘，再後來便去看比賽。

「……那球突然飛來，我看見了，看見那個自己明明可以自己避開的，可她偏偏坐著一動也不動，硬是等著陸修琰把球截住……再後來，不知怎地我好像又清楚過來了，彷彿方才那一切都是在作夢一般，可是，作夢會有這般清晰的嗎？青玉，妳說我是不是得病了？以前患的夜遊症已經許久不犯，說不定已經好了，這會兒又得了這個毛病。」說到這裡，秦若蘪話中難掩沮喪。

此時的青玉早已渾身僵硬，腦子裡只有一個念頭——是蘘小姐，蘘小姐又出現了！

「青玉、青玉，妳怎地不說話？」

青玉頓時回神，她強壓下心中震驚，理了理方才秦若蘘的話，呼吸猛地一窒。

「小姐方才說腦子裡那個聲音讓妳親近端王？」

「是啊，每回我和陸修琰在一起時，那聲音便會出現，只是若不與他在一塊兒，它便不會出現。」秦若蘘點點頭，好不苦惱。

青玉心跳加劇，她嚥了嚥口水，艱難地問：「那、那小姐妳呢？妳可願意與端王親近？」

秦若蘘皺著眉，片刻，頷首道：「願意的，陸修琰很好。」略頓，又加了幾句。「無論我和酒肉小和尚讓他做什麼，雖然他一開始總是不怎麼樂意，可最後還是會答應我們。」簡直叫做有求必應。

青玉這才鬆了口氣。

事到如今，她又豈會不明白蘘小姐的目的，讓四小姐親近端王，打的不就是藉端王之勢上京的主意嗎？她會有這樣的念頭，可見當初素卿、呂洪及周氏主僕之死並沒有瞞過她，終究還是讓她察覺到一切。

深夜，林間夏蟲鳴叫，山間流水潺潺，月光透過窗櫺投到屋內，如同鋪灑了一屋的銀光。

床上，女子緩緩地睜開眼睛，雙眉一點一點地皺了起來。

今日她好像做錯了一件事，也許不該趁著秦四娘暈頭轉向之際現身的，她本就更適應夜間，白日現身本就不易，尤其選在秦四娘意識並未完全消失時現身，於她來說是頭一回。

她輕揉額角。看來日後還得小心些，這些年能一直不讓秦四娘察覺自己的存在，有一個很重要的原因是她總是選在適當的時機現身，那便是於秦四娘身陷危險或者完全喪失意識時；似今日這般，秦四娘不過是頭昏了一陣子，她便匆匆忙忙地現身，終究還是有失妥當，否則也不至於很快又被秦四娘奪回了身子。

一陣細細的腳步聲緊隨著開關門的聲音在屋內響起，她連忙閉上眼睛裝睡，卻敏感地察覺來人走到床邊便停下腳步，久久沒有動作。

是青玉，只是，她怎麼了？

正不解間，忽聽青玉低低地喚。「藻小姐……」

她心口一緊。

「藻小姐，我知道是妳。」

青玉的話再度響起，她知道已經瞞不過去了，翻身掀開紗帳。

「不錯，是我。」五指作梳順了順長髮，她問：「妳是何時發現我的？我自問在妳跟前一直掩飾得很好。」

青玉眼神複雜，輕聲道：「是四小姐。」

「什麼？四娘？她、她知道我的存在了？」秦若蕖大驚失色，身子一下便繃得緊緊。

青玉輕搖了搖頭。「不，四小姐那等大而化之的性子，從來不會多加糾結，她是有些不解，我勸了幾句，她也就不深究了。」

聽她這般一說，秦若蕖才長長地鬆了口氣。

「蕖小姐，妳怎能利用四小姐去親近端王？若是嵐姨知道，她……」

「妳都知道了？既然如此，我也就不必瞞妳了。不錯，我的目的便是藉端王權勢進京徹查當年之事。」秦若蕖毫不掩飾。「妳知道也好，只是這一點，萬不能讓第二人得知，尤其是嵐姨。青玉，這是妳欠我的！」秦若蕖站於床踏之上，居高臨下地望著她，冷冷地道。

青玉整個人一震，陡然抬頭難以置信地望向她。

「當年妳借著報恩之名到我身邊來，只是，那時候我不過是個小小孩童，更是機緣巧合救下妳，先不提妳是否真的需要我來救，一個身懷武藝的年輕女子，自甘為奴，數年如一日無怨無悔地任我驅使，若說這當中僅僅因那本就打了折扣的『救命之恩』，無論如何我都是不相信的。

「所以，青玉，妳對我，並非報恩，而是贖罪。這愧疚壓在妳心上，使得妳甘於拋棄一切，一心一意地在我身邊伺候。我不追究妳，或者與妳有某種關係之人到底犯下什麼錯，只希望妳牢牢記住，什麼話該說、什麼話不該說。」秦若蕖聲音平緩，聽不出有任何的情緒起伏，卻讓青玉驚出一身冷汗。

良久，她才啞聲道：「……好，我答應，絕不將此事告知任何人。只是，蕖小姐，莫要再、再干涉四小姐與端王之事，端王又豈是會輕易被迷惑之人……」

「這妳就不必擔心，秦四娘稟性良善，性子單純，對自幼生活在權勢之中，見慣爾虞我詐，與人相處須時時提防、處處小心的端王來說，未必沒有吸引力。」秦若蕖絲毫不在意。「只是，他留在此處的時間想來不會太多，若是他離開，那一切便白費心思了，故而我才不得不暗示秦四娘要親近他。」

青玉緊咬著唇瓣，片刻，「撲通」一下跪在她跟前。「青玉懇求蕖小姐，莫要再對四小姐作那樣的暗示，這畢竟關係到她的終身，並非兒戲；便是最終如妳所願，四小姐成功進了端王府，可假若將來端王發現，妳、妳讓她如何是好?!」

「不是端王，亦會是旁人，若是旁人，不如端王。至少，他待秦四娘還算好的，至少四娘並不排斥他，不是嗎？」秦若蕖面無表情。

青玉張張嘴，卻說不出反駁的話。好一會兒，她才啞著嗓子道：「青玉明白了，只是，青玉願意助蕖小姐一臂之力，讓四小姐繼續親近端王，只求蕖小姐莫要再對四小姐……」

「好，我答應妳。」這段日子操控秦四娘，她也耗費了不少精力，早已經有些不堪負荷了，若是青玉能助她，自是最好不過，她也能好好地歇息一陣。

翌日清早，秦若蕖一面梳著頭，一面偷偷地去瞧魂不守舍的青玉，終於忍不住喚。「青玉。」

「啊，四、四小姐。」青玉回神。

秦若蘂皺了皺鼻子，有些委屈地道：「妳把盆子放錯位置了。」

「對不住，我、我馬上換回去。」

「青玉……」更委屈的語調。

「四小姐？」

「妳還是放錯了位置，往左多移了三寸……」

「一大早的，這是怎麼了？誰惹咱們的芋頭姑娘了？」走進來的素嵐語帶揶揄。

「是青玉，她把東西位置都記錯了，明明以前都好好的，而且，這屋裡的東西還沒以前在家裡的多呢！」秦若蘂乘機告狀。

素嵐好笑地點了點她的鼻子，詢問的目光投向青玉。

「我在想，二小姐若來了，該安排她住哪裡？是與四小姐住一起呢，還是單獨讓她住一屋？」青玉尋了個理由應對。

素嵐並沒有懷疑，略思忖片刻，道：「還是單獨讓她住一屋吧，就安排到西廂處，也不急，公子還得過幾日才啟程去接她呢！」

用過早膳後，秦若蘂坐於窗下穿針引線，青玉則坐在她的旁邊為她整理著各色棉線。

「小姐，妳昨日說願意親近端王，那妳、妳可、可喜歡他？」不知過了多久，青玉突然問道。

「喜歡啊！」秦若蘂頭也不抬，回答得相當順暢。

青玉胸口一緊，又聽對方補了一句。「和喜歡酒肉小和尚一樣喜歡。」

原來如此……她也說不清是鬆了口氣還是有些失望。

「那、那小姐可曾想過，有朝一日妳嫁人了，他也娶妻了，到時你們便再不能如現在這般見面，他也不能再待妳好了。」她想了想，又試探著問。

秦若蕖終於停下手中動作，秀氣的眉略微蹙著，聲音疑惑。「我嫁人？要嫁給誰？」

「公子到時必會為妳挑選一位人品上佳的夫婿，到了那時，小姐便一輩子與夫婿一處，又怎能再見別的男子？」

「一輩子一處？」秦若蕖喃喃。

「小姐不願意嗎？」

「我、我又不認識他……」秦若蕖吞吞吐吐地回道。她突然發現，自己真的不怎麼願意與一名素未謀面的男子共度餘生。

若是真的要嫁人，她寧願嫁陸修琰，起碼她認識他，他待她也很好。

而且，只要一想到如今對她有求必應的陸修琰，將來再不會見她，更不會再待她好，不知怎地，她就覺得心裡有些難過。

「真要嫁人，我、我寧願嫁陸修琰……」良久，她自言自語地道。

青玉耳尖地聽到她的話，當即僵了僵，片刻，低著頭暗暗地嘆了口氣。

四小姐有此想法也好，起碼，她在幫蕖小姐時也不會覺得對不起四小姐。

「芋頭姊姊，妳怎還不出來？」清脆響亮的童音突然在屋內響起，嚇得兩人同時一個激靈，回頭一望，便見無色攀著窗櫺，從窗外探出半邊光溜溜的腦袋。

「是你啊！」秦若蘋拍拍胸口。

「芋頭姊姊，我和陸施主都等妳好久了，妳怎地不出來？」無色撲閃撲閃睫毛，有幾分不高興地問。

陸修琰在等她？秦若蘋的心撲通撲通地跳個不停，不知怎地竟生出幾分羞意。

青玉察言觀色，垂眸，起身道：「我去幫嵐姨的忙。」

見秦若蘋不理自己，無色不樂意了，提高音量又叫了一聲。「芋頭姊姊！」

「欸、欸，我、我就這去。」秦若蘋頓時回神就要出門，走出幾步又折返回來，將方才剛做好的一個包子形狀的小提包直接掛到無色脖子上，笑嘻嘻地問：「我做給你的，可喜歡？」

無色一下子便鬆開攀窗的手，緊接著，窗外響起他的歡呼聲。「包子、包子，我喜歡！」

秦若蘋的笑容更燦爛了，還有什麼比對方喜歡自己用心做的禮物更高興的？

她又包了些素嵐做的果脯塞進小提包裡，再用手輕按了按。「好了，這下子，包子裡頭有餡了。」

「謝謝芋頭姊姊！」小傢伙清脆響亮地道謝。

背著手立於溪旁的陸修琰聽到身後熟悉的腳步聲，略顯急迫地回過身來，果然見到那兩人手拉著手朝自己走來。

「四姑娘，昨日可曾嚇著了？除了被砂子迷了眼睛，可有磕著、碰著？」當時他衝得急，也不知有沒有碰撞到她，故而一直放心不下，這日特意與無色一同出來，本以為會見到她，哪想到左等右等都不見她出現，是以便暗示小傢伙去找。

「不曾、不曾，多謝關心。」秦若蕖笑咪咪地道謝。

見她的笑容一如既往的燦爛，陸修琰總算是鬆了口氣，臉上自然而然帶了笑。「如此便好。」

「只是，日後若再遇到危險，可千萬不能乾坐著，總得想法子避過去，也好爭取時間營救……」想到這丫頭那日傻傻地坐著也不懂避開，陸修琰皺眉，不放心地叮囑又叮囑。

「陸修琰，你待我真好。」秦若蕖喟嘆般道。

陸修琰微怔，他待她好嗎？好像是，又好像不是，到底是與不是，他也有些分不清了。

一旁的無色早就不樂意了，扯著他的袖口直嗅。「陸施主、陸施主，你瞧瞧我的包包，是芋頭姊姊做給我的，像包子一般模樣的哦，好看嗎？」

陸修琰低頭一看，又望了望抿著嘴好不得意的秦若蕖，好笑地道：「好看，當真好看。」

身側的兩人同時笑出一臉花來。

「陸施主，芋頭姊姊，我昨日學了拳法，我打給你們看。」小傢伙坐不住，又忍不住賣弄起來。

「好啊！」秦若蕖饒有興致。

句。

陸修琰自然也不會拒絕，含笑看著無色居然有模有樣地打著拳，不時還會指點誇讚幾句。

秦若蕖原本落到小傢伙身上的目光，不知不覺便投在那個身形挺拔的人身上，她愣愣地望著他，只覺得沐浴在陽光下的這人，面容俊朗又不失堅毅，滿身風華又不失親和，尤其是臉上的笑容，暖暖的，甚至連眼睛都像帶著笑。

她的目光著實太灼人，陸修琰終於有些撐不住了，望向她無奈地問：「四姑娘，可是我身上有何不妥？」

「沒有。」秦若蕖夢囈般回了句。

「那姑娘為何……」

「陸修琰，你長得真好看……」也不待他說完，秦若蕖忽地感嘆道。

長得這般好看，還待她這般好，可不能被別人先搶了去！

陸修琰被嗆了一口，背過身去連連咳嗽起來，秦若蕖跑過去，在他背上拍了幾下，關切地問：「怎麼咳起來了？」

「多謝關心，我很好，四姑娘……」陸修琰俊臉微紅，窘迫地避開她的手。

「若蕖，我叫若蕖。」

他當然知道她叫若蕖，陸修琰一時不解。

秦若蕖絞著袖口，有幾分委屈地道：「人家都叫你名字了，你怎地也不叫我的？四姑娘一點都不好聽。」

第十四章

陸修琰一愣，叫她名字嗎？

「你也可以叫她小芋頭，我聽她哥哥都這般叫她的。」無色突然插嘴。

「酒肉小和尚！」秦若蕖生氣地就要去擰他的嘴，小傢伙格格笑著逃開。

小芋頭……在心裡默唸了幾遍，腦子忽地靈光一閃，陸修琰頓時明白過來，啞然失笑。

沒想到那個一本正經的秦公子，原來也是個淘氣性子，想來當日給這姑娘起了這名字之人沒少被氣。

只是當他回轉過來，對上那雙明亮得彷彿會發光的眼眸，下意識便退了一步。「四、四姑娘。」

「若蕖！」秦若蕖重重地糾正。

「若……若……」他張張嘴，餘下的一字不知為何就是叫不出來。姑娘的芳名，他確實是難以叫出口。

「若、蕖！」秦若蕖步步緊逼，大有不叫就不甘休之勢。

「陸施主，你也會打拳嗎？也給我打一套可好？」無色跑了一圈又溜了回來，扯扯他的衣裳道。

陸修琰如蒙大赦，連連應了幾聲好，頭也不敢回地帶著小傢伙走出數步距離，一直到離那險些將他灼傷的視線遠了，這才停下來。

秦若蕖撓撓耳根，嘀咕幾句，自然而然地跟了上去，尋了處乾淨的石頭坐下來，手肘撐在膝上，雙手托腮，眼睛眨也不眨，盯著不遠處動作如行雲流水般的男子。

耳邊響著無色的歡呼聲，她漸漸地看得出神，眼神更有幾分迷濛。

「陸施主，你真厲害，和我大師兄一般厲害。」還是無色的清脆誇獎聲讓她回過神來，她抿抿嘴，起身拍拍衣裳，邁著輕盈的腳步走了過去。

早就注意著她一舉一動的陸修琰見狀，頭皮不禁有幾分發麻。

秦若蕖不知他所想，歡歡喜喜地來到他的身邊，自來熟在他身上這裡摸摸、那裡拍拍，然後喟嘆般道：「陸修琰，你長得可真壯實，比我哥哥壯多了。」

陸修琰只覺得被那軟綿綿的小手摸得渾身發軟，像是有根羽毛輕拂心尖，又似有一股電流流過身體。他強忍著想將那調皮的小手拉開的衝動，努力壓下心頭騷動，啞聲喚。「若蕖。」

「幹麼？」秦若蕖好奇地在他臂上戳了戳，真硬！

「日後萬不可對別的男子如此。」陸修琰循循善誘。

「別的男子又不是你。」

陸修琰一愣，心臟狂跳不已，似是有道驚雷在他腦中劈響。這丫頭知道她在說什麼、在做什麼嗎？是他多心了，還是在這丫頭心中，他確實是不一樣的？

「芋頭姊姊，我呢？我呢？我長得也夠壯實不？」沒眼色的小傢伙扯著她的裙襬直叫喚。

秦若蕖轉過身去捏捏他肉肉的小胳膊，又拍拍他鼓鼓的小肚子，嫌棄地道：「軟綿綿的像麵條，一點都不壯。」

無色不高興了，重重地哼了一聲，大聲道：「我還是小孩子呢，等我長大了就會很壯很壯。」

「你都已經是當師叔祖的人了，還小孩子呢！」秦若蕖用他的話頂他，毫不相讓。

小傢伙被她駁得小臉都脹紅了，憋了半天才吐出一句。「芋頭姊姊真討厭，我不跟妳玩了！」

「不跟就不跟，我才不稀罕呢！」

「哼。」

「哼。」

兩人同時從鼻子裡哼出一聲，以示自己的不屑。

陸修琰好不容易才平復急促亂跳的心臟，乍一聽兩人對話，頓時哭笑不得。

這都能吵起來？

「陸施主，咱們走，不跟她玩。」無色拉住他的手，使勁地就要拉他走。

秦若蕖毫不相讓，隔著衣袖緊緊地抓住他另一邊手腕。「不許！」

兩人像拔河一般各不讓步，你拉我扯。

陸修琰本是無奈得直想笑，可當手背突然碰到軟軟的觸感時，先是一怔，繼而一股熱浪直往腦門上衝，整張俊臉紅得如同塗了胭脂。

「咦，你又臉紅了！」秦若蕖像發現新大陸般驚奇地叫起來。「怎麼像個姑娘家一樣愛臉紅。」

「陸施主臉紅了，陸施主臉紅了……」原本還瞪著大眼睛各不相讓的兩人，一同地指著他哈哈大笑起來。

嘻嘻哈哈的悅耳笑聲縈繞周遭，讓陸修琰又是窘迫、又是無奈，實在忍不過，三步併成兩步上前，一把將捧著肚子大笑的無色攔腰抱起，揚高大掌，控制著力度地在那肉屁股上拍了幾下，打得小傢伙哇哇直叫。

秦若蕖一聲尖叫，在他走過來前撒腿便跑。

陸修琰看著那落荒而逃的身影，不禁好笑。敢情還真以為他會打她呢！

只是……想到方才秦若蕖的言行舉動，他不禁愣怔，平復下來的心跳又漸漸有些失序。那傻丫頭是不把他當作外人，所以才那般親近他的吧？她心思單純得能讓人一眼便看穿，想來一言一行俱是出於一片稚子之心，他若是想到別處去，倒真是褻瀆了她。

他低低地嘆了口氣，努力忽略心中那絲說不清、道不明的失落。

秦若蕖並不知自己早已擾亂了一池春水，她一路奔跑，直覺身後無人追趕，方氣喘吁吁地停下腳步，掏出帕子拭了拭額上汗水。

秦氏兄妹居住的小院位於書院的西南面，環境清幽，風景優美，加上又有天然屏障擋住上山之路，是以往來之人甚少，亦因為此，對妹妹總時不時地跟著無色四處跑，秦澤苡並沒有多加阻止。

「秦姑娘。」忽地聽身後有人叫喚，秦若蕖回頭一望，認出是那位大學士的千金常姑娘。

「常姑娘。」她也客氣地回了禮。

「姑娘這是從何處來？」常嫣望著她明顯是運動過的紅潤臉蛋，不動聲色地問。

「哦，從那裡來的。」秦若蕖指指身後方向。

常嫣垂眸，果然，一大早便見王爺與那無色小和尚往山腰那處去，原來竟是與她見面了。

「昨日沒有機會與姑娘多聊幾句，說起來我與姑娘也算是親戚，家姊夫有位表親，正是令堂遠房兄長。」

秦若蕖被她繞得如墜雲裡霧裡。娘親什麼時候有遠房兄長了？怎地她從未曾聽說過？

常嫣根本不等她反應，繼續又道：「只可惜妳不在京城長大，否則妳我也能早些相識，將來便是一同服侍王爺也能彼此照應。」

哦，原來她指的不是娘親，而是那一位母親。

秦若蕖終於明白，又聽她這話，更覺得奇怪了。

「什麼王爺？」

「自然是端王，姑娘雖出身門第略低了些，但若王爺喜歡，以皇上對王爺的寵愛，一個庶妃名分想來也是有的。」常嫣拉著她的手，無比溫柔地道。

秦若蕖抽回手，皺著鼻子道：「誰要當什麼庶妃。」

「按制，我朝親王有一正妃、兩側妃、三庶妃，正妃與側妃多從名門世家當中擇品貌上佳女子，姑娘若要進端王府，最好的莫過於庶妃了。雖有些委屈姑娘，但有王爺的寵愛，名分什麼的倒也沒什麼重要。」常嫣得體地微笑著，好心為她解釋。

秦若蕖雙眉蹙得更緊了。一個王爺，居然能有這麼多妻妾，陸修琰也會那般做嗎？

常嫣自是沒有錯過她表情變化，心中冷笑。

若是她能知難而退，自然省事；若是她不知好歹，便不要怪她手段狠戾，絆腳石什麼的，還是早早移除為好。

牽著無色來尋她的陸修琰，遠遠便見一個熟悉的身影呆呆地站在山路上，心中狐疑，快步過去，伸出手在她眼前晃了晃。「四姑娘，若蕖……」

秦若蕖一副迷迷糊糊的模樣朝他望過來，片刻，忽地問：「陸修琰，你也會如待我這般待別的姑娘嗎？」

陸修琰沒想到她會突然問出這沒頭沒腦之話，無奈問：「好端端地怎麼問這些？」

「我問你話呢，你倒是說啊！」秦姑娘不樂意了，用力扯他的衣袖。

「好好好，我說、我說。」陸修琰頭疼，大的也好，小的也罷，怎麼都愛扯他的衣袖。

「你說！」

陸修琰望向她，見眼前的姑娘眸光閃閃，白淨的臉在陽光的映照下，越發顯得晶瑩剔透、細緻無瑕，那嬌豔的唇輕輕地咬著，神情帶著幾絲期待與不安。

他胸口一緊，腦子裡突然變得一片空白，下意識地衝她搖搖頭。「不會……」

話音剛落，霎時便見那張臉綻放出足以與豔陽鬥燦爛的笑容。

他怔怔地望了她片刻，忽地眼前一暗，雙眼已被帶著馨香的柔軟小手遮住了。

「不許這樣看人家！」耳邊是姑娘的嬌嗔。

他輕笑出聲，鬆開牽著無色的手，任由小傢伙歡呼著朝不遠處的蝴蝶撲去。

「為什麼不許這樣看妳，嗯？」他緊盯著她的雙眼，輕聲問。

「因為你這樣看我的話，我的心會跳得很奇怪。」

陸修琰呼吸一窒，眼神頓時變得甚為複雜。

這傻姑娘知道她這話是什麼意思嗎？

秦若蕖眨了眨雙眸，表情相當的無辜。

陸修琰垂眸，心緒卻甚是凌亂，只因他忽地發現，眼前這姑娘總能輕易地撩撥自己的心弦，偶爾間不經意的一個回眸淺笑，亦能讓他心跳加速幾分。他雖不曾經歷過人事，但是卻知道這姑娘於他來說是有點不一樣，這種不一樣有些危險，感覺卻相當不賴。

下一刻，他抬眸對上她，認真地道：「在我跟前，心跳得奇怪些也沒關係，只是對著旁人，萬不可如此。」

「啊？」秦若蕖一下子便愣住了，呆呆地微張著嘴，腦子如同塞滿了漿糊。

陸修琰長指一曲，學秦澤苡的動作在她額上輕輕一彈。「回神了。」

「哦。」秦若蘘撓撓耳根，眼睛偷偷地望向他，待他要望過來時又連忙移開，下一刻再偷偷望過去。

陸修琰好笑，卻也不拆穿她。

終於，秦若蘘忍不住了。

「陸修琰，你怎麼怪怪的？」她吶吶地問。

怪嗎？陸修琰嘴角勾起弧度，望向她的眼神溫柔得似乎能滴出水來。

一點也不怪，他只是想通了某些事而已。

見他不回答，秦若蘘也不好追問，繼續偷偷地望他。

陸修琰只當不知，一拂袍子席地而坐，背靠大樹，閉著眼眸養起神來，表情相當地輕鬆愜意。

秦若蘘抓不準他的心思，眉頭都快要皺到一處去了。

不到一刻鐘，她又喚。「陸修琰。」

「嗯。」

「你不能像哥哥那樣動不動就敲我額頭，那樣真的會把我敲笨的。」好不苦惱的細語。

陸修琰側頭望她，強忍著笑意，一本正經地道：「笨些也沒關係，我不嫌棄。」

「哦。」秦若蘘撓撓耳根，一時無話。

這話是何意？什麼叫笨些也沒關係？他當然沒關係了，被敲笨的又不是他！

陸修琰並沒有錯過她好不苦惱的模樣，失笑搖頭，只是片刻後又撫著下巴沈思。

這傻丫頭不開竅，倒有些難辦，不過無妨，由他親自調教亦是極好的。

兩人靜靜地坐了一陣子，見時候不早了，陸修琰帶著無色，親自護送她到家門口，直到看著她進屋，被青玉迎了進去，這才放心地離開。

大手緊緊地抓著無色的小手，防止小傢伙又四處亂跑，陸修琰心情甚好地邁步往萬華寺去。

「無色，今日可是又逃了早課？」行走間，他閒閒地問。

無色不樂意了，腮幫子都鼓了起來。「人家今天很乖、很聽話，做完了早課，大師兄才允許我出來玩一陣子的。」

「不錯，大師離得道高僧又近了一步。」陸修琰隨口誇讚。

小傢伙屁顛屁顛跟上他，清脆稚嫩的嗓音灑了一路。

「待我以後成了得道高僧，你也拜入我佛門可好？我讓你做首席大弟子，到時候，整個寺裡除了我便是你最大。」

陸修琰突然停下腳步，蹲下身子望入他燦若星辰的眼眸，相當認真地問：「我若入了你佛門，那日後誰來娶你芋頭姊姊？」

無色愣了愣，傻乎乎地點點頭。「也、也對哦！」

陸修琰微微一笑，輕拍拍他肉肉的小臉蛋，背著手往自己暫住的廂房走去。

青玉捧著盆子走進來時，便見秦若蕖苦惱地皺著臉，口中喃喃不止。她搖搖頭，打濕棉巾上前，伺候她仔仔細細地淨手。

「青玉，妳可有辦法尋些話本給我？」秦若蕖忽地問。

青玉愣了愣。「什麼話本？」

秦若蕖有幾分扭捏。「就是那些話本，上回在街上聽酒坊裡的說書人講的那些。」

青玉恍然大悟，原來是民間野史傳說的那些風花雪月故事。她皺著眉，不贊成地道：「好人家的姑娘不應該看那些書，會教壞人的。」

「我又不是小孩子，哪這般容易被教壞。好青玉，妳就幫幫我吧！」秦若蕖拉著她的手不停地搖，輕聲地求。

青玉被她搖得腦袋發脹，無奈地問：「小姐要那些做什麼？」

秦若蕖臉一紅，好半天才輕聲道：「就、就是好奇啊！」頓了頓，又軟軟懇求。「好青玉，妳就答應我吧！」

青玉定定地望了她片刻，本想拒絕之話在憶及那晚應下之事後又嚥了回去，好一會兒，方輕聲道：「好。」

「妳真好。」秦若蕖高興極了，摟著她又笑又跳，卻沒注意到對方臉上的笑容是那樣的勉強，以及帶有絲絲苦澀。

端王是皇室中人，從來皇室規矩多，秦氏滿門又無高品階官員，還與京城周府結下了梁子，即便四小姐最終能入端王之眼，成功進了端王府，日子又豈會真的好過？出身低、娘家無人扶持，僅憑著與端王的那點情分又能支撐多久？更何況，端王後宅當中不會僅得四小姐一人，只怕到時隨便抬出一位，出身門第都比四小姐要高。

可是，這些她雖明白，但……無能為力，尤其是自己以為隱藏得好好之事被蕖小姐察覺後，她更沒有底氣去勸她。

不提青玉到底用何法子取得了十餘冊話本，只說秦若蕖這日趁著兄長與素嵐均不在家中，自己關在屋裡偷偷翻看那堆話本。

「咦，這本倒有趣。風流郡主百計出，英武王爺束手來。」她取出當中一本翻看，頓時便來了興致。

她趴在床上，雙手枕著枕頭，小腿蹺得高高的，不時還擺動幾下，看得津津有味。

「小姐，怎地把門鎖上了？」突然傳來的敲門聲嚇了她一大跳，待聽出是青玉的聲音，頓時又鬆了口氣。

她隨手拉過薄被將那些書蓋住，趿鞋下地開門。

「我在看書呢！」她壓低聲音朝青玉道。

青玉當即明瞭，想了想，彷彿不在意地問：「看的是哪本，講的是什麼故事？」

「說的是前朝有位姓崔的姑娘，因緣巧合被錯認成了郡主，後來看上了名義上的王爺兄長，使出百般招數終於從假郡主變成了真王妃的故事。青玉，我跟妳說啊，可有意思了，這位崔姑娘當真了不得，那昌毅王爺對她一點轍也沒有……」秦若蕖說得興致勃勃，青玉卻越聽眉頭皺得越緊。

這都是些什麼亂七八糟的，還能因緣巧合搖身一變成了郡主？哦，成了郡主不夠，還勾搭上了名義上的「王爺兄長」？

忍了又忍，她終是忍不住勸道：「四小姐，這些書還是少看些好，都是騙人的，不可信……」

「知道了、知道了，都說了是故事嘛，自然不是真的。出去的時候記得關門，嵐姨若回來了記得提醒我。」秦若蕖滿不在乎地揮揮手，又滾回床上，再次翻閱起來。

青玉嘆氣，知道勸亦無用，一時有些後悔，她應該仔細篩選出一些稍稍合理、不那麼離譜的。

「你芋頭姊姊又沒空理你？」見無色一臉不高興地走進來，陸修琰便明白他今日必又是落了個空。

「哼，芋頭姊姊真討厭，我再不理她了！」三番五次去尋人，都被對方隨意打發掉，小傢伙也生氣得很。

陸修琰瞥了他一眼，嘴裡說不理，過不了幾個時辰又會唸個沒完沒了，然後又屁顛顛地去找，這小傢伙當真不記仇。

只是……那丫頭到底在做什麼？難道是那日被他的話嚇到了？很快地，他又否定了這個可能，若是真的能被他那句有所暗示的話嚇到就好了，這說明傻姑娘也終於開竅了。

其實，好些天沒有見到那張笑臉，他也是想念得緊，只是礙於身分，不能親自去找罷了。每回無色外出，他便在心裡默默數著小傢伙離開的時間，若是一個時辰內不歸來，說明他已經和他的芋頭姊姊一起玩了，而他，亦可以尋個理由去找他們。

可惜，每回他都失望了。

秦若蕖如今正入迷於那些話本，每日想方設法躲避素嵐與兄長都要花費不少心思，又哪還記得萬華寺中的那兩人。

好不容易將那十餘冊話本全部看完，她意猶未盡地長長吁了口氣，整個人癱在榻上，摸著下巴回憶書中所寫的內容。

「月下獨舞，一見傾心？不行、不行，大晚上的不睡覺去跳舞，哥哥和嵐姨還不罵死？再說，穿那麼一身白花花的衣裳在夜裡走那麼長的一段路，就算到了萬華寺，累也累死了，哪還跳得了舞？再萬一，要是陸修琰早早睡下了，那我豈不是白跑一趟？不行、不行，這條不行。

「琴音寄思，心生戀慕？嗯……也不行，難道我出去還得抱個那般重的琴？況且，他都見過我不知多少回了，還需要從琴音中聯想我的模樣再心生戀慕？」她用力搖了搖頭，再次否定。

「溫柔體貼，日久生情、英雄救美，芳心暗許……」她喃喃地將從話本中學來的招數，再細細聯想書中細節，腦袋越來越有些糊塗，一時覺得樣樣不可行，一時又覺得招招皆妙。

「妳嘴裡嘀嘀咕咕地在唸些什麼呢？無色又來找妳了。」推門而入的素嵐見她嘀咕不止，無奈地道。

「酒肉小和尚？」秦若蕖一愣，眼珠子轉了轉。紙上談兵是沒用的，好歹也得出真招才知管不管用。

打定了主意，她一骨碌起身，動作麻利地整理衣裳，又理了理長髮，便出門去找無色。

正坐在廳裡拿著一碟糕點吃得不亦樂乎的無色聽到腳步聲回頭，見是她，眼睛一亮，隨即又重重地哼了一聲，飛快地將僅剩的幾塊糕點塞進嘴裡，再用力跺了跺腳，邁著小短腿便往門外走。

走出幾步又停下來，偷偷地回頭，見她跟了上來，又從鼻子裡哼出一聲，重新抬腳就走。秦若蕖豈會不知他在鬧彆扭，笑咪咪的也不惱，只是也不上前哄，不緊不慢地跟在他身後。

久不見她上來哄自己，無色終於惱了，停步回身衝她大聲地哼一下，隨即頭也不回地直往前跑。

秦若蕖撓撓耳根，連忙快步追了上去。

「喂，酒肉小和尚，還惱呢？」見無色坐在溪旁不理自己，秦若蕖挪到他身邊，戳了戳他肉肉的手臂道。

小傢伙又是一聲「哼」，挪離她幾寸，別過臉去背對著她，渾身上下散發出一股「我非常不爽」的氣息。

秦若蕖沒轍了，她向來便不會哄人，尤其還是哄這麼一個小孩子，那就更不行了，只能好脾氣地去拉他。

無色用力拂開她的手，一副不願被她觸碰的模樣。

秦若蕖無法，唯有老老實實地坐著一動也不動。

見她居然不理不睬自己，小傢伙更惱了，大聲指責道：「妳這人怎麼一點耐心都沒有，會不會哄人啊?!」

「不會。」秦若蕖相當老實地承認了。

「妳……妳怎麼就那麼笨啊！哄人就是要許許多、許多好處，妳都不許好處，怎麼能哄？」無色恨恨地跺了跺腳，頗有恨鐵不成鋼的感覺。

「哦。」秦若蕖點點頭，一副虛心受教的模樣。「那我明日讓嵐姨給你做許多、許多好吃的點心？」

不錯，還挺上道的。小傢伙臉色稍緩，只是仍傲嬌地仰著頭。

「再把哥哥拿回來的果子全給你？」

很好、很好，繼續、繼續。

「要不，還給你做個好看的荷包？」

小傢伙終於滿意了，小手一揮，大發慈悲地道：「好吧，看妳這般有誠意，我就原諒妳這一回，只是萬不能有下一次了。」

「哦，好。」秦若蕖點點頭，片刻，又四處張望，不見那個挺拔的身影，問：「陸修琰呢？怎不見他？」

「他在和那位常施主說話呢，也不讓長英施主在一旁，神神秘秘的。」無色爬到了樹杈上，一晃一晃的，聽見她問，隨口便回答。

不在啊？那她準備了這些日就無用武之地了。秦若薹有幾分洩氣。

「酒肉小和尚，別亂跑，小心被狼叼了去。」見無色又去追著不知從何處冒出來的野兔子，她高聲叮囑。

「知道了……」遠遠傳來小傢伙的回應。

天空澄澈，萬里無雲，溪水流動，鳥兒歡歌，便是空氣當中，也帶著清草野花的芬芳，細細一嗅，還能聞到不知名野果的甜香。

秦若薹手中抓著根野草不停地絞來絞去，頗有些心不在焉。

「若薹。」忽聽身後有人喚自己，她回頭一望，竟見陸修琰站於一尺之外，正背著手含笑地看著自己。

「陸修琰。」她頓時回過神來，忙不迭地扔掉手中野草，高高興興地朝他走過去。離他只餘幾步距離時，突然想起自己的目的，眼珠子轉動幾下，腳一拐，身子隨即朝陸修琰所在方向倒去……

「哎喲！」

「小心！」陸修琰動作飛快地抱住她。

「腳扭到了……」秦若薹靠在他胸膛上，癟著嘴一副要哭不哭的模樣。

陸修琰只覺一陣沁人心脾的芬芳撲鼻而來，只是也顧不得許多，道聲「得罪了」便將她打橫抱起，一直到將她放到大樹旁的圓石上。

秦若薹拚命回憶話本裡提及的相似畫面，下一刻，撅著屁股直往他懷中鑽，想了想又覺得不對，本是環著他脖頸的手似是不經意地下滑，轉念一想又覺得不妥，加了力度直按，一直按到他胸口處才收了回來。

陸修琰本覺胸膛一陣酥酥麻麻的觸感，還未來得及體會這是何反應，忽覺對方用力地直往他胸口按，按得他險些岔了氣。

「妳……」他連忙順氣，不解地望向她。

咦？騙人的吧？她都按照話本上面寫的那般做了，為什麼他的反應卻不像書上所描寫的那般，面紅耳赤、小鹿亂撞，欲語還休、情根深種？難道她方才按的力度不夠？所以他體會不到那種渾身酥麻，如遭雷擊的感覺？

一定是了！看著陸修琰面不改色的模樣，她心裡更加肯定了。

陸修琰被她看得心慌慌，掩嘴佯咳一聲，問：「妳的腳可還疼？」

疼什麼？她的腳為什麼要疼？秦若蕖一時反應不過來，待見到他臉上的關切，頓時回神，結結巴巴地道：「疼，不、不疼，不，有、有一點點疼……」

越說越懊惱，她將身上的錦帕朝他扔去。「我要擦擦臉，你去幫我打濕帕子。」

陸修琰皺眉，雖覺得她有些奇怪，但不欲拂她的意，接過那錦帕，深深地望了她一眼，這才邁步朝溪邊走去。

蹲下身子將錦帕放入溪水中，正欲取出擰乾水，忽聽身後傳來一聲尖叫，他臉色一變，連帕子也來不及拿，飛也似地直往秦若蕖處奔去。

「不許過來，你不許過來！」哪想還未走到秦若蕖身旁，便被她尖叫聲止住腳步。

秦若蕖坐在樹後，後背貼著樹幹，他瞧不清她的模樣，更不知道她為何驚叫，唯有依言站住不敢再動，努力壓下心中擔憂，放輕聲音道：「好，我不過去，不過妳要告訴我，到底出什麼事了？」

「我、我的臉被、被馬蜂螫了一下。」帶著哭腔的聲音從樹後傳了出來。

陸修琰鬆了口氣。被馬蜂螫了一下算什麼？白白嚇了他一大跳。

哪想到剛追完兔子跑回來的無色聽到她這話，當即哈哈大笑起來，一面笑還一面拍著手掌直叫：「芋頭姊姊被馬蜂螫了臉，臉會變成大肉包，大肉包，好大、好大的肉包……」

「嗚嗚……」這一下，再不是哭腔，而是名副其實的哭聲。

陸修琰強忍著笑意，故意板著臉瞪了一眼無色，又輕聲安慰哭得好不傷心的姑娘。「他騙妳呢，被螫了一下不要緊，也不會變成大肉包。」

「才不是騙人，上回三師兄也被馬蜂螫了，臉都腫成大豬頭。」小傢伙不樂意了，堅決要為自己正名。

「嗚哇……」哭聲頓時更響亮了。

陸修琰哭笑不得，姑娘家愛美，聽到自己的臉會腫成豬頭又怎會不害怕？

他沒好氣地往小傢伙臉上擰了擰，教訓道：「你芋頭姊姊都害怕死了，你還嚇唬她！」

無色撓撓光溜溜的腦袋，難得好心地安慰道：「不怕、不怕，就算妳腫得像豬頭，我也不會取笑妳的，我——」

陸修琰再聽不下去，打斷他的話，衝著秦若蕖道：「莫怕，才剛螫了一下，肯定不會腫，回頭用藥搽搽便沒事了。」

「真、真的嗎？」抽抽噎噎的聲音。

「真的，我從不騙人。」陸修琰語氣相當肯定。

「可、可是我的腳扭到了……」這下是真的扭到了，不是方才裝的，而是切切實實地扭到了。

秦若蕖越想越委屈，話本裡的那些姑娘都是順順利利的，一樣的法子，怎偏到了她這裡，腳扭了、臉也蟄了，怎麼就這般倒楣。

英雄救美、英雄救美……她這般狼狽，還美什麼美！

陸修琰再忍不住，顧不得許多，大步朝她走過去，半蹲在她的跟前，一手托著她受傷的腳，一手輕輕在明顯腫了不少的傷處按了按。

「疼疼疼，疼死了……」秦若蕖疼得直冒汗，一雙淚眼汪汪的大眼睛控訴般瞪向他。

陸修琰不敢再碰，望望她的花貓臉，嘴角不由自主地勾起一絲弧度，卻被敏感的秦若蕖捕捉到，當即生氣地隨手撿起身側的落葉往他身上丟。「不許笑，你不許笑！」

「好好好，不笑，不笑。」陸修琰連忙斂起笑容。

「你還在笑，你的眼睛在笑，壞透了！」秦若蕖恨恨地抓起一把落葉朝他丟去，直灑了他滿身。

陸修琰也不惱，好脾氣地拂了拂肩上的落葉。「那我扶妳回去搽些藥，再請個大夫給妳瞧瞧？」

腳上的痛一抽一抽的，確實難受得很，秦若蕖雖然生氣，但也不會拿自己的身子開玩笑，朝他哼了一聲後，便要找帕子淨臉。遍尋不著，才想起帕子方才已經給他了，小手遞到他面前一攤。「我的帕子呢？」

陸修琰如夢初醒，快步往溪邊衝去，可哪還有帕子的蹤跡？

他懊惱地一拍額頭，想了想，隨即從懷中掏出一塊摺得整整齊齊，顏色瞧著卻有些年頭的帕子，遲疑片刻，終是緩緩地將它放入水中，任由溪水將它浸濕，才拿起擰乾。

秦若蕖接過他遞來的濕帕子，發覺不是自己的那塊，不解地望向他，卻聽他道：「妳那方帕子被水沖走了，這是我母、我的……」

秦若蕖「哦」了一聲，細細地用它擦了擦臉，正要再用來擦手，卻被帕中所繡的圖案吸引住目光，她想了想，小心翼翼地將它摺好，也不在意是否還帶有濕意，直接便塞進了懷中，笑咪咪地道：「不如用這塊賠我可好？」

陸修琰張張嘴，定定地望了她許久，方輕聲道：「妳若不嫌棄它陳舊，便送給妳。」

「不嫌、不嫌，當然不嫌。」

開玩笑，上頭用的可是舉世聞名的雙面繡法，她怎麼會嫌棄。

陸修琰意味深長地望著她。

他珍藏多年的東西是那麼容易拿的嗎？早晚得連人帶物還回來。

第十五章

秦若蕖扭了腳，自是不好走路，陸修琰可以扶著她，但這一路走回去，勢必會耗費更多時間；此處雖然少人往來，卻非全然無人，萬一運氣不好遇到了外人，他倒無妨，只是對姑娘家卻是不好。

他思忖片刻，朝秦若蕖跨出一步……

秦若蕖只覺眼前一花，整個人便被他打橫抱了起來，她下意識地環住他的脖頸，被馬蜂螫了一記仍有些痛的臉更是埋入他的懷中，不敢讓他看到。

陸修琰微微一笑，哪會不明白她的小心思。他衝咬著手指頭好奇地望著兩人的無色道：「你在此稍等，我送你芋頭姊姊回去，切記萬不可亂跑，回頭我若尋不著你，必定請無嗔大師好生管教管教。」

小傢伙哪敢有二話，連連清脆保證一定好好待著絕不亂跑。

陸修琰點點頭，抱著懷中姑娘正要運氣疾奔，忽地又停下來，將秦若蕖小心翼翼地放在大石上坐好，自己則是環顧一周，足尖猛然一點，整個人便已躍到不遠處的樹下，緊接著一陣「咯吱」的樹葉磨擦聲，以及東西落地的「啪啪」響聲，不過眨眼間，他已經折下好大一枝綴滿紫紅色野果的樹杈扔到無色腳邊。

無色歡呼一聲，快快樂樂地摘著果子，一面摘一面直往嘴裡塞。

陸修琰這才放下心來，轉身又抱起秦若蕖，運氣凌空一躍，頃刻，兩人的身影便已消失在眼前。

秦若蕖只覺耳邊一陣呼呼風聲，可身子卻緊緊地貼著那厚實的胸膛，聽著裡頭一下又一下的心跳聲，不知不覺間，臉上已飛起了一片紅雲。

這人怎麼就待她這般好呢？

心裡的歡喜很快便沖走了出師不利帶來的沮喪，便是隱隱作痛的臉與腳，好像也疼得不那麼厲害了。

一刻鐘時間不到，陸修琰已抱著她穩穩地落到秦宅的院子裡頭，驚得正在晾衣的青玉險些打翻盆子。

秦若蕖被他扶著落地，抿嘴想了想，又不死心順手在他胸口上用力按了一下，力度之大，讓一時毫無防備的陸修琰上身往後仰了仰，同時亦退了半步，虧得他仍牢牢地扶著她，否則連她自己也站立不穩。

「若蕖。」他皺起了眉，不解地望向她。

這丫頭是怎麼回事，怎老喜歡用力按他的胸口？

見他仍舊是面不改色，秦若蕖垂頭喪氣，身子倒向走過來扶她的青玉，有氣無力地朝他揮了揮手。「再見，不送。」

陸修琰無奈地搖頭笑笑，對青玉道：「她腳扭傷了，得請個大夫仔細瞧瞧，臉上被馬蜂螫了一下，也得搽些藥。」

青玉頷首。「青玉明白，多謝王爺。」

陸修琰點點頭，深深地望了耷拉著腦袋的秦若蕖一眼，這才大步流星地離開了。

秦澤苡歸來後發現妹妹受了傷，自是好一頓責罵，勒令她在傷好之前再不許四處亂走。秦若蕖哪敢有二話，低著頭老老實實地認錯，並再三保證會好好養傷。

次日一早，青玉還未來得及進門叫小姐起床，便聽屋內傳出一聲尖叫，驚得她三步併成兩步地衝進去，卻見秦若蕖用薄被捂著臉，整個人趴在床上，帶著哭腔直罵。「騙人，大騙子，還說搽了藥便不會腫了，嗚嗚，大騙子，騙人……」

「這是怎麼了？誰是大騙子？快出來，大熱天捂著，小心捂出病來。」她不解上前，動手去拉她的被子，卻被秦若蕖死死地按住，半點也拉不動。

「不出來，都腫成豬頭了，讓我以後怎麼見人！」

青玉一怔，略一想，當即明白，不禁有些好笑，只是聽她的嗚咽，知道她確實是又慌又怕，忙勸道：「不妨事的，這是毒氣散出來才引起的腫脹，明日便好了，還是咱們家裡最好看的姑娘。」

「……真的？不騙我？」哭聲頓止，少頃，秦若蕖從被子裡露出一雙淚汪汪的眼睛，既期待又不安地問。

「自然是真的。」青玉用力朝她點點頭。

「怎麼啦？出什麼事了？」聞聲匆匆忙忙趕來的素嵐，一面喘著氣一面問。

待聽了青玉的解釋，她頓時哭笑不得，上前摟著仍窩在薄被裡不肯出來的秦若蕖，笑罵道：「就這麼點事，也值得妳大呼小叫的？」

「人家、人家害怕嘛……」悶悶的聲音從裡頭傳出來。

雖知道了只是虛驚一場，但腫著半張臉確實不好看，姑娘家愛漂亮，哪會讓人看到自己這般難看的模樣，秦若蕖乾脆用白巾蒙著臉，倒讓毫無友愛之心的兄長取笑了半日，又得了個「蒙面女俠」的名頭，氣得她眼淚汪汪地拉著素嵐直告狀。

素嵐忍著笑意，板著臉教訓了秦澤苡幾句，秦澤苡裝模作樣地給她作了幾個揖，才哄得她消了氣。

所幸翌日一早醒來，臉上的腫脹確實消去，她才徹底鬆了口氣。

腳受了傷，自是不好走動，只是一直待在屋裡也悶得慌，偏巧今日秦澤苡到書院去了，素嵐帶著良安到鎮上採購，家中就剩下她、青玉及福伯三人。

恰好此時青玉前來稟道：「小姐，端王親自送膏藥來，說是對扭傷頗有奇效。」

秦若蕖眼睛一亮，腦子裡一下便冒出幾個字——「以才相會，情絲湧動」。

「請福伯好生招待，青玉，把棋盤擺到廳裡，我要與陸修琰對弈一番。」

說到棋藝，她自問還是有幾分信心的，青玉、嵐姨、良安等人根本不是她的對手，便是兄長對上她，也只有認輸的分，到最後根本不敢與她再戰。

故而，琴棋書畫當中，以棋藝相會，把握必是最大的。

她信心滿滿地由青玉將她扶到廳裡坐好，果然見到陸修琰已耐心地等著自己，不禁有幾分得意地抿嘴一笑。

陸修琰挑眉，目光投向她受傷的腳，關切地問：「傷可好些？可還疼？我這裡有盒藥，是從孤月大師處得來的，對扭傷頗有療效。」

「好多了、好多了，多謝關心。」秦若蕖笑咪咪地回道。

見她氣色甚好，陸修琰提著快兩日的心終於落回原處，他鬆了口氣，端過茶盞呷了口茶，望了望擺好的棋盤，笑問：「可是要與我對弈一場？」

「對對對，你是客人，我讓你三子。」

「哦……」陸修琰端茶的動作一頓，有些意外地望著她，居然要讓他三子？這丫頭的棋藝莫非相當了得？

他清咳一聲，道：「多謝，不過，我從不習慣別人相讓。」

「這樣啊，也好。」秦若蕖撓撓耳根，也不堅持。

在棋盤前落坐，秦若蕖執白子，陸修琰執黑子，在她的一再堅持下，最終仍是由陸修琰先下。

話本裡就是這樣寫的，年輕的公子被美麗姑娘的才氣吸引，先是欣賞，進而情根深種，非卿不娶、生死相許。

兩刻鐘後……

「等等，我不下在那裡，我要換個地方。」眼看著黑子落下，瞬間白子便被吃了一大片，秦若蕖急了，伸手擋住陸修琰的手，動作麻利地搶回「慘死的」白子。

陸修琰目瞪口呆，簡直不敢相信自己所見。落子無悔不懂嗎？不是棋藝極佳的嗎？當真不是逗他玩的？

他再望望侍立一旁靜靜觀戰的青玉，見她神色如常，好像方才這一幕再平常不過。

「好了，我就下在這兒。」秦若蕖那清脆又帶著得意的聲音響起，他重新將視線投到棋盤上，拾起一粒黑子，問：「可確定了？」

「……確、確定了。」秦若蕖有些猶豫，尤其是看到他臉上笑意時，心裡就更沒底了。

陸修琰微微一笑，正要落子，卻被她伸手攔住。「等、等等，我再想想，再想想……」

他順從地止住動作，頗為隨意地給自己續了茶水，小口小口地嚐著，任由她皺著小臉冥思苦想。

終於，秦若蕖一咬牙。「就下在這兒，我決定了。」

陸修琰好笑，落個子而已，需要這般視死如歸嗎？

他乾脆地將手中黑子對準某處落了下去，瞬間又聽到對方驚叫。「不不不，我想了想，還是不下在這兒了。」

陸修琰簡直嘆為觀止，抱著手臂好整以暇地看著她手忙腳亂地拯救己方棋子，不疾不徐地道：「原來，妳還是個臭棋簍子。」

臭棋簍子、臭棋簍子……

如同被雷劈中一般，秦若蕖整個人僵住了，良久，她動作僵硬地轉過頭來望著他，眨眨水汪汪的大眼睛，弱弱地辯解。「我、我不是、不是臭棋簍子……」

她是要當讓人驚豔的才女的，才不是臭棋簍子……

陸修琰似笑非笑，望得她瞬間低下頭，羞得雙手捂臉，一副沒臉見人的模樣。

陸修琰再忍不住笑出聲來，低沈醇厚的笑聲縈繞耳邊，讓秦若蕖更是羞赧難當。

她一頭撲向站在身側的青玉，雙手緊緊地環住青玉的腰，整張臉埋在她的腹部。「青玉，我要回屋……」

青玉忍著笑地摟緊她，將她扶了起來，側眸對笑容滿面的陸修琰道：「王爺請隨意，青——」

「回屋……」懷中傳來女子羞惱的聲音，青玉「噗哧」一下笑了出來，忙道：「好好好，回屋、回屋。」

回到屋裡，秦若蕖一把將自己摔進床裡，用力搥了幾下床。

羞死了，明明不是這樣的，她跟哥哥下了那麼多回，哥哥都沒說什麼，青玉、嵐姨和良安更不用說，根本沒兩下子便輸給她了。

她才不是臭棋簍子！

「好了，沒事的，王爺在跟小姐說笑呢，小姐又怎會是臭棋簍子。」青玉憋著笑容，一本正經地安慰。

「真的嗎？」秦若蕖忐忑不安地望向她。

其實，她這輩子也就只和四個人對過弈，不，如今又多了一個陸修琰，是五個了。當初在府中，她閒來無事便拿著棋譜自個兒研究，也是這般慢慢學會的，可惜除了身邊的素嵐和青玉外，一直找不到別人跟她下，直到跟隨兄長到了此處，才又多了兄長與良安兩個對手。

「自然是真的。」

她蹙著眉想了想，也覺得肯定是陸修琰跟自己開玩笑呢！哥哥都誇她有天賦，是棵好苗子呢！

「喲，擺的這陣式，是哪個想不開和小芋頭那個臭棋簍子下棋呢？」秦澤苡驚訝的聲音從外頭傳來，瞬間又讓秦若蕖羞紅了臉，氣紅了眼。

丟死人了！

「方才有位陸公子送藥來，小姐便與他對弈了一場。」聽到秦澤苡的聲音，福伯連忙走出來笑著回道。

陸公子？端王？

秦澤苡怔了怔，不過瞬間眉頭便皺了起來。

端王對小芋頭是不是太過關心了？況且，憑他的身分，送藥什麼的還須他親自來嗎？他確實是對端王心存感激，可不代表樂意與他多加接觸，更不會願意看到唯一的妹妹與他往來過密。小丫頭雖然性子迷糊，但誰也不敢保證哪天會不會突然便開了竅，將一縷情絲繫到不該繫之人身上，到時候吃虧的只會是她自己。

想了想，終是放心不下，足下方向一拐，哪想到正行至秦若蕖屋門口，居然聽到寶貝妹妹罵人的聲音。

他訝異地瞪大了眼。

喲，天要下紅雨了，小綿羊竟然也會發飆了？

他豎起耳朵一聽，隱隱約約聽到對方在罵自己，什麼「壞哥哥騙人」、「壞透了」、「人家才不是臭棋簍子」諸如此類的。

他再忍不住哈哈大笑，順手推門而入。「小臭棋簍子終於醒悟了？」

這丫頭自學下棋，算是小有所成，但因甚少實戰，加上對手又長期是素嵐、青玉這種半吊子，越發讓她走上彎路，他曾想好生教導，沒奈何這臭棋簍子早已養成。況且，閒來逗弄小丫頭是他的樂趣所在，故而放之任之，總歸小丫頭除了自家人也沒對手，丟臉也丟不到外頭去。

一見他進來，秦若蕖惱啊，手指指著他不停地抖，臉蛋氣得紅彤彤，漆黑的雙眸被淚花洗得越發明亮。

「你、你出去，壞死了，總騙人！」

「我騙妳什麼了？」秦澤苡笑嘻嘻的甚是氣人。

「反正、反正都怪你，都是你壞！」要不是他總誇她棋藝好，少有對手，她會沒自知之明嗎？要是他認真教導、仔細糾正，她會是臭棋簍子嗎？

越想越氣，她順手拿起帕子捲成一團朝他丟去。

秦澤苡笑咪咪地接住，存心氣她。「蒙面女俠，繼續扔啊！」

秦若蕖更惱了，用力拍著床大聲道：「不許這樣叫，人家早就好了！」

見兄妹鬧成一團，青玉好笑地搖搖頭，並不勸阻，而是轉身出了門，打算去做些好吃的哄一哄氣鼓鼓的姑娘。

「又鬧起來了？這對冤家，打小就愛鬧，讓人一點法子都沒有。」迎面而來的素嵐聽著那對兄妹的吵鬧聲，哪有什麼不明白的。

「鬧歸鬧，公子可有分寸呢，保管沒兩下就能哄好四小姐了。」青玉笑道。

素嵐亦笑了起來。「這倒也是，氣人的是他，哄人的也是他。」

青玉含笑點頭表示贊同，這對兄妹感情其實好得很。

兄妹……她神色黯然地低下頭。

曾經，她也有一個很疼自己、很護自己的哥哥，如今，卻只能孑然一身，獨自償還那筆罪孽。

沒能以才動人不算，反倒落了個臭棋簍子的名聲，秦若蕖心中的沮喪自不必說了，一連幾日都如霜打過的茄子，垂頭喪氣的提不起一點精神。

秦澤苡本是想問她與端王之事，但見她這副模樣，只當是被自己打擊太過之故，心中難得生出幾分愧疚，哪還記得去問別的。

一而再地受挫，秦若蕖確實是相當洩氣，只是轉念一想，從來好事多磨，話本裡那些好結局，哪個不是經歷了七災八難，最終才苦盡甘來的？

這樣一想，她又覺得沒什麼大不了的，她總共也才失敗兩回呢！當前最重要的還是盡快養好傷，否則總待在屋裡寸步難行，黃花菜都要涼了。

心裡有了主意，她便重新展露笑顏，更是相當配合養傷。

她的傷勢本就不算嚴重，休息了約莫半個來月便痊癒了，其間陸修琰雖礙於身分不便前來探望，但隔三差五總慫恿著無色來，故而對她的傷癒情況亦算了解。

這日，見外頭陽光明媚，綠意盎然，加上困了這般久亦覺得悶得慌，她便朝著正蹲在福伯跟前、睜著滴溜溜的眼睛看著對方修補舊桌椅的無色招招手，示意他過來。

小傢伙蹦蹦跳跳地來到她跟前。「芋頭姊姊，妳叫我做什麼？」

「你回去叫上陸修琰，咱們三個一起到南面山那頭摘果子吃，我知道那裡的果子已經熟了。」秦若蕖靠到他耳邊小小聲地道。

「好啊！」無色嚥了嚥口水，眼眸亮晶晶。

常去的幾處，野果都快被摘完了，便是餘下的，不是酸不溜丟就是被蟲子咬過，如今聽說有個新去處，他哪會不答應。

「你去叫他來，我在往日那溪旁等你們。」秦若蕖叮囑。

「好——」話音未落，小傢伙便如脫弦的箭般，一下子跑個沒影。

秦若蕖抿抿嘴，邁著輕盈的腳步回屋，打開櫃子將裡頭的衣裳全拿了出來，一件一件在身上比劃著。

「嗯……這件不好看。」

「這件倒是勉強。」

「料子重了些，不好。」

不過眨眼間，床上已被她扔了好些衣裙。

「這件好。」終於，她滿意地點了點頭。

鏡中的女子，上著丁香色繡梅無袖上襦，裡襯白色交領中衣，下穿白底繡花百褶裙，腰間繫長宮條，用通透的玉珮綴著，行走間，衣袂飄飄，煞是動人。

秦若蕖想了想，又將長髮打散，細細地在髮頂上挽了個簡單的髻，兩綹髮絲從鬢邊垂落，隨風柔柔擺動。

大功告成。

她得意地抿了抿嘴，動作相當索利地將床上衣裙一件件摺好放回櫃子裡，這才推門走了出去。

「月下仙子翩翩來，花前脈脈語相思」是不能了，大晚上的，哥哥和嵐姨必不讓她出門，沒有月下，日下倒也將就；至於花嘛，滿山遍野哪兒都有。

腳步輕快地到了平日與那兩人常去的小溪旁，環顧一周不見熟悉的身影，她猜測著兩人或許還在路上。

她有些無聊地絞著手中帕子，不知多久，忽聽身後隱隱傳來熟悉的腳步聲，她精神一振，四處望了望，口中不住地喃喃——

「花前、日下，哪有花又有日光映照？」

眼睛陡然一亮，她提著裙襬急急往溪邊走去。

有花、有日光，還多了流水……

溪邊不遠，有一株株迎風舞動的不知名鮮花，陽光照著溪面，泛起粼粼波光。

乍從樹蔭處走到陽光直射處，耀眼的金光照來，讓她不適地眯上眼睛，同時伸手擋住強光，恰好此時身後傳來陸修琰那醇厚的嗓音。

「若蕖……」

「欸。」

嘩啦！

姑娘的嬌聲與落水聲同時響起，原來是秦若蕖一個不小心踩中溪邊小石，腳底一滑，甚至還來不及驚呼，整個人便已掉進了水裡。

陸修琰大驚，急奔而來，迅速將倒在溪裡的姑娘拉了起來。

秦若蕖從頭到腳全濕透了，身上的水珠一滴滴掉落，那身輕薄的衣裙緊緊貼在身上，將她曼妙的身形清清楚楚地勾勒出來。

陸修琰呼吸一窒，轉過頭去脫下外衣披到她身上。

秦若蕖的眼淚在眼眶裡打了幾個圈，終於如斷了線的珠子一般滾落下來。

她怎麼就這般倒楣啊！

見她抹起眼淚，陸修琰一時心疼到不行，當下環顧，思忖一會兒，忽地將她打橫抱起，一直將她抱到一個隱蔽的山洞才將她放下來。

他認真地打量洞內，確定洞內無人，亦無蛇蟲等有害之物，這才輕聲衝哭得好不傷心的姑娘道：「莫哭，裡頭還有個洞，日光能照進去，妳把衣裳換了晾曬一陣子……」

可惜無色方才被無嗔抓去不能來，否則讓他到秦宅取套乾淨衣裳來豈不更好？

秦若葉抽抽噎噎，他說什麼自己便做什麼，一邊抹著淚，一邊拿著陸修琰剛換下來的中衣進了裡洞，脫下能擰得出水的衣裳，穿上那件偌大的中衣，又將換下來的濕衣連同陸修琰那件外裳一併鋪在日光下晾曬。

裡頭窸窸窣窣的聲音停下後，久久無聲，陸修琰不知所以，有些擔心地喚：「若葉？」半晌，久到他耐性險些告罄，方聽到那聲悶悶的「嗯」。

他鬆了口氣，想到方才她哭得好不傷心的模樣，心中一軟，語氣越發溫柔。

「可摔疼了？可傷到？」

「不疼，沒有。」身子再疼也沒心疼。

越想越難過，越想越傷心，她忍不住又再度掉下淚來。

裡頭傳出的抽泣聲如同綿綿密密的針直往他心上扎，陸修琰又急又慌，生怕她真的傷到了。

「是不是疼得厲害？我……」一時懊惱自己身上沒有帶藥，卻又不放心扔下她一個人去取藥。

「……沒、沒傷著，丟死人了……倒楣……」斷斷續續的泣語傳出，他細聽，總算放下了心，只是又覺得好笑。

他清咳一聲，掩住唇邊笑意，無比溫柔地安慰道：「沒傷著就好，誰都有個不慎之時，又怎算丟人……」

裡面的姑娘咕噥了一句，他聽不甚清，只是聽哭聲止住，這才略放心。

雖隔著一道石牆，可因知道擾亂他心神的姑娘在裡頭，陸修琰覺得這簡陋的山洞竟不遜於天底下任一處豪苑雅居。有那麼一瞬間，他甚至覺得就這般下去也是挺好的，只要身邊陪著自己的一直是這個人。

他靠著石牆，唇邊漾著溫柔的笑意，片刻，啞聲喚：「若蕖。」

秦若蕖正是沮喪至極之時，哪有心思理會他輾轉柔腸，聞言也只是哼哼了兩聲，手指撓著石牆，羞窘得只想挖個坑把自己埋進去。

人家打扮得漂漂亮亮的是個仙子，只要一出面，便能迷倒多情公子，到她這裡，仙子沒有，落湯雞倒有一個，這下臉都丟大了，面子、裡子全沒了。

話本就是話本，果然當不得真，純屬騙人的。

「後日是廟會，鎮上有許多好吃、好玩之處，妳、妳可願意與我一同前往？」男子低啞的嗓音在洞內響著，帶著絲絲期待，縷縷不安。

岳梁的廟會不同別處，這一日，姑娘也好，婦人也罷，都可隨意上街，久而久之，便成了岳梁年輕男女名正言順相約之日、訂情之日。

他雖非岳梁人氏，卻願意入鄉隨俗。

「不要……」哪還有什麼心情逛廟會，臉全丟盡了。

陸修琰眼神一黯，失望地喃喃。

「這樣啊……」

「我要吃百味齋的千層糕、杏仁酪、桂花糖藕，萬福樓的如意糕、梅花香餅，飄香居的松子百合酥、蓮子糕、青糰子，你給我買回來，各式都要兩份，酒肉小和尚肯定也要的。」

正失望間，忽聽裡頭又傳出秦若蕖的聲音，他一細聽，頓時哭笑不得。

這丫頭真把他當成跑腿的了，難為她事事不忘與無色分享，還一式兩份呢！

「還有，西街李婆婆的三鮮包子我也要一屜，王大叔家脆脆的餛飩要一碗，蔥記得多放些——」

他攏手掩嘴輕咳，打斷她滔滔不絕的點菜聲，問：「妳知道逛廟會意味著什麼嗎？」

「我又不笨，怎地不知道，自然是去湊熱鬧的。」秦若蕖咕噥。

呃……這般說倒也沒錯，只是……他並非為了湊熱鬧，而是……

想了想又不死心，他的嗓音帶著明顯的誘哄。「不如妳與我一同前去，有些好吃的得趁熱吃方能品嚐出最好的滋味，給妳帶回來不是不可以，只是終究隔了一層，妳難道不介意？」

當然介意！

秦若蕖皺皺鼻子，牆也不撓了，心裡雖有些蠢蠢欲動地想跟著去，只是一想到自己三番五次在這人跟前丟臉出醜，又一下洩氣了。

陸修琰不死心，繼續誘惑。「那日除了好吃的，還有各種好看的、好玩的，水秋千、木偶戲、耍雜技、舞獅子、唱戲曲，處處都熱鬧極了。」頓了頓，又是一副遺憾的語氣。「不過，妳既然不想去，那便罷了，回頭我與無色大師一起去，等我們回來了，再讓無色跟妳講講那熱鬧，讓妳也能過過乾癮。」

像是有根羽毛一直在心裡頭撓著，癢癢的，秦若蕖一狠心，大聲道：「我去、我去！」反正臉已經丟了，悶在家裡也挽不回來，與其到時只能聽酒肉小和尚在她面前得意洋洋地說這個好玩、那個好吃，倒不如自己親身體會一番。

陸修琰瞬間揚起得逞的笑容。

換上晾乾的衣裳，或許是已經想明白了，秦若蕖雖仍有些不自在，但已不似初時那般羞窘得不敢見人。

重新穿上自己的衣裳，那溫暖的觸感彷彿還帶著女子的芬芳，陸修琰有些失神，片刻，低低地笑了起來，神情是說不出的溫柔。

秦若蕖敏感地捕捉到他的笑，認定他是在取笑自己，眼眶一紅，下一刻便轉過頭去哼了一聲。「反正我是落湯雞嘛！」

陸修琰先是一愣，瞬間笑出聲來，伸出手去在她額上輕敲一記。「傻丫頭！」

一言既了，也不等她反應，背著手悠哉悠哉地走了出去。

秦若蕖撇撇嘴，邁步跟了上去。

秦澤苡從書院歸來，剛拐過一道彎，便見陸修琰的身影從家門口離開。

他皺眉，薄唇不悅地抿成一道。只是當他進門後得知妹妹也是剛剛回來，一想便明白方才陸修琰是送妹妹回來的，心裡就更加不悅了。

「小芋頭。」腳步一拐，他逕自到了秦若蕖屋裡。

秦若蕖換上乾淨衣裳，正小口小口地抿著茶水，見兄長進來，抬眸喚了聲「哥哥」，又眯著雙眼品嚐茶水。

「妳方才去哪了？姑娘家整日撒歡似地往外跑，成何體統！」他板著臉在她對面坐下，嚴肅地教訓道。

秦若蕖呆了呆，緩緩將茶盞放下，低著頭細聲細氣地道：「人家不想像以前那般，整日困在家裡，只能眼巴巴地看著大伯母、二伯母、三伯母她們帶著姊姊、妹妹們赴這個會、那個宴什麼的。她們都去過許多地方，就我沒有。每回到家裡作客的小姐、姑娘們，都沒一個是來尋我的，全是她們的客人，一到生辰，她們都高高興興地下帖子邀請走得近、處得來的小姊妹，可每回我過生辰，想下帖子都不知該給誰送。」

秦澤苡呼吸一窒，心裡有些酸澀。

只因沒有生母扶持，他的寶貝妹妹便如同被隔絕開來，唯一待她好的祖母，年老體衰、精力有限，自然有許多事無法顧及，便是待她的好也並非全然出自真心。

「……酒肉小和尚雖然淘氣，還總會搶我的東西吃，可他不會跟我說些奇奇怪怪的話，也不會用奇奇怪怪的眼神看我。」那些年在家中，姊姊、妹妹雖然好，但有時卻會對她說些奇奇怪怪的話，亦免不了用奇奇怪怪的眼神看她，她雖然不聰明，但總是有感覺的，只因想不明白，這才拋在腦後不作理會，可這並不代表著她心裡不會難過。

秦澤苡只覺得心裡堵得更難受了，他深深地吸了口氣，啞聲問：「那端王呢？妳又怎麼與他接觸了？」

秦若蕖飛快抬眸望了他一眼，低下頭去，輕聲道：「酒肉小和尚每回讓我幫他摘野果，可樹太高了，許多我都搆不著，他便去找陸修琰……」

原來如此，是那個小和尚會做的事。

他張張嘴欲再教訓，卻在對上那雙似是閃著淚光的眼眸時洩了氣。

「罷了、罷了……」他長長地嘆了一聲，頓了頓，又道：「妳二姊姊快到岳梁了，我已經向書院請幾天假，明日便啟程去接她，妳在家裡要聽話，莫到處亂走。」

原本按照計劃，秦二娘應該半月前便抵達岳梁的，哪想到她中途生了一場病，耽擱不少時間，直到今日一早，秦澤苡方得到消息，決定明日啟程去接。

秦若蕖軟軟地應了聲。「好。」

秦澤苡摸摸她的額頭，輕聲叮囑。「若是有什麼事……」

「去找玲瓏姊姊。」秦若蕖索利地接了話。

秦澤苡清俊的臉龐上浮現幾絲可疑的紅，他忙清咳一聲掩飾住，匆匆扔下一句「便這樣吧」便落荒而逃了。

秦若蕖抿嘴樂個不停。

就知道每回提玲瓏姊姊都能把哥哥羞走。

次日用過早膳，秦澤苡再三叮囑了她幾句，又吩咐了福伯、素嵐、青玉等人好生照顧，這才帶著良安離開了。

秦若蘽老老實實地在家中待了一整天，其間如同小尾巴一般地跟在素嵐身後，摩拳擦掌般要幫素嵐準備茶點吃食，卻被素嵐嫌棄她礙事，直接將她趕出廚房。

第二日是岳梁城的廟會，放眼望去，山上山下、城裡城外均熱鬧非常。

秦若蘽因與陸修琰有約，加上又被素嵐嫌棄，是以偷偷讓青玉給自己掩護，自己則提著裙襬從後門溜了出去。

青玉張張嘴，看著她離去的身影，片刻，低低地嘆了口氣。

事到如今，她也分不清自己做的是對還是錯了……

一路行至相約的樹旁，見陸修琰仍是一襲簡單的藍衣，背著手微仰著頭也不知在看什麼，一陣風吹來，樹葉沙沙作響，灑落紅得喜人的花兒紛紛揚揚，落到他的髮上、肩上。

或許是聽到她的腳步聲，那人回身，見是她，原本冷淡的臉龐瞬間綻開了溫柔的笑容，如同初春消融的冰雪，又似冬日昇起的一縷陽光。

秦若蘽只覺自己的心跳又變得很奇怪了，眼裡只有那個款款朝自己走來的俊朗男子。

「陸修琰，你怎麼就長得這般好看呢？」陸修琰行至她跟前，恰好聽到她這一聲感嘆，一時有些哭笑不得。

也就是她，總把他的容貌掛在嘴上。他並不覺得男子容貌出色是什麼好事，但是若能將眼前姑娘的視線吸引到身上，他覺得，有這麼一副皮相倒是相當不錯。

「咦，怎麼不見酒肉小和尚？」秦若蘽依依不捨地收回視線，四下望望不見熟悉的小身影，奇怪地問。

「他啊，被無嗔大師罰抄經，來不了。」陸修琰眼神真摯，語氣誠懇。

「哦，這樣啊，那咱們走吧！」秦若蕖有些遺憾，但也不糾結於此，興致勃勃地拉著他的袖口，歡歡喜喜地道。

陸修琰笑意更濃，任由她扯著自己，一路嘰嘰喳喳地往山下走去。

城中，處處人山人海，商販叫賣聲此起彼伏，各式商品琳琅滿目；舞獅子、耍雜技，歡笑聲、喝彩聲交織一處，奏的是歡樂的樂章。

陸修琰所有注意力都放在身邊的姑娘身上，雙臂微微環著，將她牢牢地護在當中，以防人群碰撞到她，不時還會回答她提出的各種各樣的問題。

「陸修琰，那裡演的是齣什麼戲？」秦若蕖指了指正在演著的木偶戲，好奇地問。

陸修琰抬眸望了一眼，輕聲回道：「英雄救美。」

秦若蕖神情一滯，輕哼一聲，別過臉去，嘀咕道：「知道了，英雄救美嘛，反正我是扭了腳、又蜇了臉的。」

陸修琰一時不解，還來不及細想，她已經又擠進人群了。

他連忙邁步緊緊跟上去。

「陸修琰、陸修琰，他們在做什麼呢？」秦若蕖拉著他的袖口，興奮地指著酒樓上盛裝的女子，以及圍在她身側的幾名年輕男子。

陸修琰掃了一眼，眉頭不由自主地皺了皺，遲疑須臾，仍是沈聲回道：「這是萬花樓的花魁在以才會友。」

以才會友……秦若蕖笑容一凝，又是一聲輕哼，裝出一副滿不在乎的模樣道：「知道了、知道了，我是臭棋簍子嘛！」

陸修琰輕笑，望向她的眼神帶著揶揄。

秦若蕖只當沒看到，下一刻，又拉著他往另一邊捏麵人的攤子走去。

「姑娘，可要來一個『仙女下凡』？」捏麵人的老漢笑著兜客。

秦若蕖腳步一頓，輕咬著唇瓣，望了望身側眼角眉梢都似帶著笑的男子，乾脆破罐子破摔地道：「不要仙女下凡，要落湯雞。」

「噗哧……」陸修琰一下子便笑出聲來。

事到如今，他總算明白她在彆扭什麼了。

——未完，待續，請看文創風536《傲王馴嬌》2

24 Hr
OPEN

錦繡燦爛好時光　攜手同行／衛紅綾

＋ 7/11出版 ＋

文創風 538-540《藥堂千金》全套三冊

曾經的小小實習醫，如今的藥堂千金女，
在這拿泥鰍治黃疸、拿汞當仙丹的古代，
且看她大顯身手，走南闖北，一藥解千愁！

她原本是個實習醫生，卻逃不過過勞死的命運，穿越來到大慶國，
如今身分是藥堂之家的千金魏相思，只是有個「小問題」——
都怪她爹娘苦無子嗣，這小千金打從娘胎就被當成「嫡孫」來養，
要是她的性別被拆穿了，他們一家三口怕是要被逐出家門喝西北風！
既然同在一條船上，她只好勉為其難當個小同謀，
左應付一心盼望「嫡孫」成材的祖父；右對抗滿屋難纏的叔嬸，
各位長輩啊，可別看她外表弱不禁風，就掉以輕心了，
她雖然看似好欺負的黃口小兒，骨子裡卻是活了兩世的幹練女子，
根本懶得理會雞毛蒜皮的宅門小事，活出精采的第二人生才是正理，
而她的首要任務就是，努力打拚，在藥堂站穩位置好求勝！

書展限定 **新書優惠75折**，精采不打折！

❤ **文創風大回饋特賣！** 001~053 **單本50元**（數量不多，售完為止）

LOVE便利店
24hr OPEN！

灩灩清泉／兩心相悅　琴瑟和鳴

＋ 7/18陸續出版 ＋

文創風 541-546 《錦繡榮門》 全套六冊

穿成貧戶又怎樣，翻身靠的是實力，
有家人疼、有銀子賺，她相信未來會越來越好的！
看小小農女如何逆轉命運，帶領家人邁向錦繡錢程——

唉唉，要說最倒楣的穿越女主角，非她錢亦繡莫屬！
因為被勾錯魂而小命休矣，居然還得等六年才能投胎到大乾朝，
她只好晝伏夜出，用阿飄的身分在未來家門附近徘徊兼打探，
孰料看了簡直讓她欲哭無淚，這錢家三房的遭遇也太悲慘——
爺爺病弱、爹爹失蹤、娘親癡傻，全靠奶奶和姑姑撐起家計，撫養孫子孫女，
一家雖感情和睦，但人窮被人欺，可憐的小孫女竟被村民欺負致死……
既然重活一次是犧牲一條珍貴性命換來的，她絕不能辜負！
闖下大禍的勾魂使者提點過，她家後山有寶貝，還說出大乾國運的驚天秘密，
六年鬼魂不是當假的，藏寶處早已被她摸透透，加上前世的多才多藝，
誰說小農家沒未來啊，看她大顯身手，帶家人把黑暗農途走成光明錢途～～

書展限定 **新書優惠75折**，精采不打折！

❤ **文創風大回饋特賣！** 001~053 **單本50元**（數量不多，售完為止）

2015年1月出版

君許諾

文創風 255～257

一雙人，到白首，不相離，問君憶記否？

雙世情緣，愛恨難明／陸戚月

前世她全心全意沈浸在夫君許諾的「一生一世一雙人」，
可最終丈夫不但背信納了妾，她還因一碗毒藥送了性命……
今生她想方設法要擺脫嫁入慕國公府的老路，
誰知，兜兜轉轉還是難逃命數，奉旨成婚做了他的妻。
她本打算與他相敬如「冰」、安分守己地做好妻子的本分，
無奈這婆婆無理、小姑刁蠻，要相安無事共處內宅實非易事，
不過，出身侯府又深獲太夫人賞識的她也絕非省油的燈。
原以為這一世因她重活一遭，導致有些事的發展有所變化，
豈料，一幅描繪前世夫妻恩愛的畫軸，
揭開了枕邊人亦是重生的秘密，
回顧這段日子他的情真意切，已讓人剪不斷、理還亂了，
再加上這筆「前世債，今生償」的帳，她該如何拎得清？

2017年6月出版

逆襲成宰相

文創風 528～530

他足智多謀，有不同於常人的傲骨；
她善良聰敏，有不該身處底層的學識，
仰天不會只看得見黑夜，明珠也不會永遠蒙塵……

今朝再起為紅顏，一世璧人終無悔／趙眠眠

趙大玲前世是個能幹的理工女，穿越後卻成了御史府的灑掃丫鬟，
父親老早就過世，母親在外院廚房當廚娘，
弟弟尚小不經事，自家沒靠山也沒銀兩，
前世的滿身才幹無用武之地，還要對其他丫鬟的戲弄忍氣吞聲，
雖日子過得無趣得緊，可為了生存，明哲保身才是正理！
直到一個全身是傷的俊美小廝出現在面前──
他滿腹珠璣，揀菜像在寫毛筆，還寫得一副好對聯，
其他小廝愛在嘴上占她便宜，他卻說男女授受不親，
當他們家被欺負而孤立無援時，是他找來幫手助她一臂之力，
他隱姓埋名，雖為官奴，可一身的氣度風華在在說明了他有秘密……

多情自古空餘恨　好夢由來最易醒／玉瓚

2017年6月出版

娶妻這麼難

一切如夢又如幻，她徬徨、茫然，不曉得該怎麼辦，
是該屈從環境，與這時代的女子一樣接受束縛的命運，
還是應要堅守本心，為了自由而努力奮鬥？

文創風 531 1

簡妍從小就知道，母親只是把她當成商品般養著，
目的只有一個，將她送給達官貴人為妾，好幫襯簡家。
為著讓她看起來體態輕盈，這些年母親不給她葷腥吃，
並且，一頓飯還不能超過半碗，因此她每日都覺得餓，
正所謂虎毒不食子，所以這人肯定不是她親娘啊！
事實上也確是如此，因為她根本不是這時代的人，
一場車禍使得她離了原本的世界，再睜眼竟穿來了這兒，
難道她真要如這時代的女子般，一輩子任人擺佈嗎？

文創風 532 2

徐仲宣未曾想過，自己竟會對一個小姑娘動情，
從來都是女子愛慕他、想法子接近他的，他何須主動？
況且以他的身分和地位，要什麼樣的姑娘沒有？
但老天爺偏愛捉弄他，硬是讓簡妍入了眼、上了心，
知道她吃不飽後，他餐餐巧立各種名目餵養她、送她吃食；
撞見她無法收養的小貓，他偷偷讓人帶回京裡養得跟豬一樣肥；
嚐到她可能會喜歡的糕點，他甚至還巴巴地策馬夜奔送過去。
他這般心悅她、喜愛她，為她費盡心思，可她卻求他放了她！
她是心儀他的，因何不肯待在他身邊，成為他的寵妾呢？

文創風 533 3

對這個時代的男人而言，三妻四妾是再正常不過的事，
有哪個男子願意一輩子只守著一個女人過活呢？
然而她簡妍卻是不願與其他女子共享一個男人的，
所以，她早早就決定要捨棄愛情，更遑論當人小妾了，
哪裡曉得，母親已相好目標，一心想讓那徐仲宣納了她！
說起徐家這位大公子，那可是十八歲就三元及第的響叮噹人物，
如今更是未屆而立便已坐到了正三品禮部左侍郎的位置，
此人氣場強大，目光幽暗深邃，她壓根兒就看不透他，
這般厲害的角色她真真惹不起，還是有多遠閃多遠的好啊！

文創風 534 4 完

徐仲宣終於明白，簡妍這個人已徹底支配著他的心。
他愛她入骨，欲戒不能，此生只得成為她最忠實的僕；
他愛她勝過自己的命，既如此，還有什麼是不能給的？
她誓不為妾，他便許她正妻之位；
她要唯一的寵愛，他便不再瞧其他女子一眼。
為了護她一世安穩，淪為亂臣賊子他也不懼；
為了保她一生無憂，拋卻功名利祿他亦不悔。
縱然她是從千百年後跑來的一縷芳魂又如何？
既已走入他的生命，便是要逆天而為他也絕不放手！

傲王馴嬌 1

國家圖書館出版品預行編目資料

傲王馴嬌 / 陸柒著. --
初版. -- 臺北市 : 狗屋, 2017.07
冊 ; 公分. --(文創風)
ISBN 978-986-328-744-5(第1冊：平裝). --

857.7　　106007790

著作者　陸柒
編輯　張蕙芸
校對　沈毓萍　周貝桂
發行所　狗屋出版社有限公司
地址　台北市104中山區龍江路71巷15號1樓
電話　02-2776-5889～0
發行字號　局版台業字845號
法律顧問　蕭雄淋律師
總經銷　知遠文化事業有限公司
電話　02-2664-8800
初版　2017年7月
國際書碼　ISBN-13　978-986-328-744-5

本著作物由北京晉江原創網絡科技有限公司授權出版

定價250元
狗屋劃撥帳號：19001626
網址：love.doghouse.com.tw　E-mail：love@doghouse.com.tw